夜届く

倉知　淳

『病気、至急連絡されたし。』——冬の夜に届いた差出人不明の電報。急いで家族に連絡するが、誰も変わったことはないという。日を空けて、再び同じような文面の知らせが……奇妙な電報騒動に神出鬼没の名探偵・猫丸先輩が鮮やかな推理を披露する表題作に加えて、花見で場所取り中の新入社員に話し掛ける“招かれざる客”たちの行動から意外な真相が導き出される「桜の森の七分咲きの下」、顔が塗り潰された迷い猫のポスターをめぐる謎解き「失踪当時の肉球は」など全六編を収録。日常に潜む不可思議な謎を、軽妙な会話と推理で解き明かす連作集。

夜　届　く

猫丸先輩の推測

倉　知　淳

創元推理文庫

IT ARRIVES BY NIGHT

by

Jun Kurachi

2002

目次

夜届く

猫丸先輩の推測

夜届く

世に残虐非道な行為は数あれど、炬燵《こたつ》に肩まで潜《もぐ》り込んで丸まっている時に、そこから引っぱり出すなどという蛮行が許されていいものだろうか。否、断じて容認されるべきではない。引っぱり出されるこっちの立場としては、これは途方もない悲劇だと思う。ましてや、駅からアパートまでの道のりですっかり冷えてかじかんだ体をユニットバスにたっぷり張ったお湯でゆったりとほぐし、暖まった勢いそのままに炬燵に這《は》い込んで何気なくテレビを点《つ》けてみれば贔屓《ひいき》の美人女優がバラエティ番組に出演していて、私って実生活では意外とドジなんです、とか何とか楽しいエピソードを披露しているので思わず見とれてしまっている——という、この状況においては尚更である。

だから僕はその時——ドア・チャイムが鳴った時——舌打ちしたいような気分で、反射的に時計を見ていた。

九時十六分——。

非常識とまでは云わないが、来客にしては少々遅すぎる時間だ。これが女性の独り住まいだったならちょっとした恐怖感すら覚えるのだろうけど、あいにくと云うか幸いと云うか、僕は男の独り暮らしだ。とは云え、幾分不審感はある。友人が訪ねて来る約束などないし、宅配ピザを頼んだ覚えもないし、こんな時刻に前触れもなく立ち寄ってくれるような女友達も――これはあいにくと云っていいが――今のところいない。

はて、一体誰だろう――と訝《いぶか》しく思って躊躇《ちゅうちょ》していたので、初動動作が大幅に遅れた。炬燵から出たくないという身体的欲求も、この遅れに大いに加担した。早い話が、寒いのが嫌でもたもたしていたわけなのだが、その間にもう一度チャイムが鳴る。

誰だよ、こんな時間に――口の中でぶつくさ云いながら、意を決してえいやっと炬燵から飛び出した。スリッパを履き、寒々とした小さな玄関口に出る。新聞の勧誘とかだったら断固追い返してやるからな、と思っていたので、

「はい、どなた」

ドアの向こうに呼びかけた声は、我ながらひどく突《つ》っ慳貪《けんどん》になった。返ってきたのは若い男のもので、

「八木沢《やぎさわ》さん、デンポーです」

「――はあ?」

一瞬、意味が判らなかった。一瞬どころか、デンポーという言葉が頭の中で漢字に変換されるのに数秒はかかったと思う。デンポー、デンポー――電報、か。そうか、そういう古めかしい通信手段がまだこの日本に残っていたのか、へえ、電報ねえ――半ば感心して半分びっくりしながら、僕はドアを開けた。

途端に、一月中旬の凍《い》てつく冷気がなだれ込んで来る。氷の矢尻みたいに棘々《とげとげ》しい空気の冷たさ。足元からひんやりと、せっかく暖まった体温を奪って背筋まで這い上がる。思わず肩をすぼめてしまう。

凝《こご》ったような寒さの澱《おり》の中に、若い男が立っていた。紺色の厚手のジャンパー姿で、腕には何やらこれも青っぽい腕章をしている。

「八木沢行寿《ゆきとし》さん、ですね」

「――ええ」

「電報が届いています、こちらの受領証にサインをお願いします」

配達係はそう云って、板に書類を挟むタイプのボードを差し出してきた。用意のいいことに、もう片方の手にはボールペンを持っている。

「はあ、そうですか」

云われるままに僕は、配達係の示す書類の空欄に名前を書き込んだ。

「はい、結構です、ありがとうございます――こちらが電報です」

配達係は書類を確認すると、今度は厚紙のような物を手渡してくれた。

「では、失礼します」

「はあ、どうも」

ドアが閉められ、狭い玄関に僕は一人取り残された。手に、透明なビニールで包まれた厚紙を持って、いささかきょとんとして――。

ぶるりと、身震いがした。寒い。こんなところにバカみたいに突っ立っていたら風邪でもひきかねない。慌てて部屋に戻って、改めて炬燵に滑り込む。

テレビではまだ美人女優とお笑いタレントとのお喋《しゃべ》りが続いていたが、僕はもうそれどころではなくなっていた。電報――。電報ねえ――今時こんなものが本当に使われているとは想像すらしなかった。携帯電話がこれだけ普及して、衛星通信だのEメールだのという時代に電報とは、なんともはや古風な話だ――。そんなことを思いながら、厚紙を包んだビニールを剝がした。そもそも電報なんてものを受け取るのって、初めてじゃなかろうか。今の時代、電報をもらうとしたら普通は、結婚式の祝電か葬式の弔電《ちょうでん》か、そんな場合くらいしか考えられない。あいにくと云うか幸いと云うか、僕はまだどちらも経験がない。そう考えると、やっぱりこれが初めての電報ってことになるな――。

と、厚紙を開いてみて、血の気が失せた。

『病気、至急連絡されたし。』

その瞬間、郷里の身内の顔が次々と頭に浮かんだ。ほんの二週間ばかり前、正月休みで帰省した。笑顔で迎えてくれた。初詣《はつもう》でに行った。酒もしこたま呑んだ。その時はみんな元気だったのに――病気、誰だろう、親父か、母か、姉のところの子供か、兄貴の嫁さんの実家の方だろうか、そう云えば義姉の家の爺さんがもういい年だったはずだ――混乱しながら、あたふたと立ち上がった。意味もなく炬燵の周りを一周回った。何をやってるんだ、動転している場合じゃない、そうだ、連絡だ、連絡しろって書いてある――無意識に受話器を取っていた。

苛立《いらだ》たしいほど長いコール音の後、やっと通じた。

「はい、八木沢です」

電話に出た母の声は、こちらの焦燥とは正反対にのどかそのものの調子だった。

「あ、僕――」

「ああ、行寿かね、こんな時間にあんた、何やっとりぁすね」

方言丸出しで母は云う。やはり、緊迫感のかけらすら感じさせない口調だ。

「何やっとりぁすって――あのさ、何かあったの」

「そりゃ母ちゃんが聞いとるだがや、何かって何だぎゃ」

母は不思議そうに聞き返してくる。おかしい――これがあんな電報を打ってきた家の者の云う台詞《せりふ》だろうか。少なくとも、誰かが急病で倒れて大騒ぎになっている雰囲気など伝わって来ない。

「いや、えーと、親父は何やってるの」

電報のことを問い質《ただ》そうかと思ったが、咄嗟《とっさ》の判断で思い止《とど》まった。母に無用の心配をかけたくない配慮が働いたのだ。

「お父さんなら、ほら、あれだがや、カラオケ。酔っぱらってまたやっとりぁすで。あ、また始めた、また『男船』だぎゃ、本当にあればっかりだでいかんわ――ちょっとお父さん、お父さん、行寿から電話かかっとるだで、聞こえんでボリュームもうちいっと小さくしてちょ」

母が怒鳴っている声に、賑《にぎ》やかな音楽が重なり、父が上機嫌に唄う声まで聞こえてきた。がなるみたいな胴間声《どうまごえ》だ。酔っぱらっている。正月休みに帰省して呆れたのだが、父は家庭用通信カラオケ機なる近所迷惑なシロモノを購入したばかりだそうで、正月三が日をマイクを握って過ごしていた。僕も付き合わされて閉口したものだが、この様子ではまだ飽きていないらしい。それにしても、家族が病気なのに酔っぱらってカラオケ唸《うな》る親父はいないだろう。とすると、この電報は何なのだろうか——。

「本当にもう、お父さんにも困ったもんだがや——そりゃそうと、行寿、どうしただぎゃ」

「あ、いや、えーと、ほら、この前帰った時に忘れ物しなかったかなと思って」

「忘れ物って何だが」

「ええと、ハンカチ」

「ハンカチ？　知らんよ、こっちに忘れただがね」

「あ、なかったらいいよ、多分どこか他で失くしたんだと思う」

「あんたハンカチ一枚失くしたくらいで何をうろたえとるぎゃ、ケチくさいったらありゃせんがね。だいたいあんた、三十にもなってハンカチくらい管理できんなんてとろくさぁていかんわ。そんなだから早く嫁さんでも貰《もら》えって云うだがや」

「その話は正月に散々聞いたよ」

「そんなもん何度でも云うたるぎゃ、ご近所の手前もあるだでね、八木沢さんとこの下の息子さんは東京で嫁さんも貰わんで何やっとりぁすかって聞かれるたびに母ちゃん肩身が狭いだでいかんわ、だいたいあんた、昔っからそうだで、なんだかもたもたしててはっきりせんで

——」

このところお馴染《なじ》みになった母の長々としたお説教から逃れてやっと電話を切ると、僕はしばし茫然《ぼうぜん》としてしまった。

一体何だったんだろう、この電報は——。炬燵の天板に頬杖《ほおづえ》をつき、電報の用紙をしみじみと観察する。

四六判ハードカバー本くらいの大きさの厚紙。色は青と紺の中間くらい。それが二つ折りになっていて、表側に長方形の窓が穿《うが》ってある。そのくり抜かれた窓から、中に印刷された住所氏名が読める仕組みだ。開いてみると、厚紙の台紙に挟まれて薄い紙が貼りつけてある。そこにワープロ文字みたいな無味乾燥といった感じの字体で、本文が印刷されていた。

定文　　お届け台紙名「一般」
　　　　お届け日　　　　　　夜間
トウキョウトスギナミクシモオギ
　　　　　　4—7—3
　　　コーポフランベ201
やぎさわ　ゆきとし　様

病気、至急連絡されたし。

後は用紙の一番下の隅に、何かのコード番号と思《おぼ》しき十桁余りの数字の羅列。書いてあるのはそれだけだった。

どういうことだろうか――狐につままれたみたいな思いで、用紙の裏を覗《のぞ》き込んだり台紙をひっくり返してみたりした。しかし発見できたのは、厚紙の裏に小さく白抜きでＮＴＴのロゴが入っていることだけだった。

届け先の住所と名前は、間違いなく僕のものだ。名前がすべてひらがなで書かれているのが、何だか小学生にでも戻ったみたいな気分でちょっと妙ではあるけれど、これはまあ、電送する際に漢字だと繁雑だというシステム上の都合なのだろう。

肝心の本文の方は「病気、至急連絡されたし。」だけである。電報というと何となく、全文カタカナというイメージがあるが、こうして漢字仮名交じり文になっているところを見ると、多少は進歩しているということなのだろうか。いや、そんなことはどうでもいい。問題は誰がこれを発信したかということだ。田舎の家族ではないようだし、と云って会社の関係者とも考えにくい。発信者のデータが何ひとつないのだから始末におえない。住所も名前も電話番号さえも――完全な匿名《とくめい》なのだ。用紙の最後に書いてある数字の羅列も、電話番号にしては数が多すぎる。一体全体、誰がこんな電報を打って来たのだろうか。僕にはまるで身に覚えがない電報。奇妙な話だ。間違い電話ならともかく、間違い電報なんて聞いたこともない。だいいちこちらの住所氏名は正確なのだ。これでは間違いなどあるはずもない。誰かが僕に宛ててこれを出したのは確実——とは云うものの、まったく思い当たりがないのも確かである。

「何なんだよ、これは——」

さっきからまるで進歩のない疑問を、独り言にして呟《つぶや》いてみた。本当に訳が判らない。もしかしたら、誰かが僕に急用があって電報を出したのが、何かの手違いで内容だけよその家のものと混線してしまったのかも——などと、およそありそうもないケースまで考えてしまう。そんなわけはないよな、だいたい急用があるのなら電話をかければいいだけだし、いや、待てよ、電話が故障してて何度かけても僕に繋《つな》がらない、という場合もある。だから電報なんてアナクロな手段を採用したのかもしれない。そう思いついて電話機に手を伸ばしかけて——途中で気付いて苦笑しながら手を引っ込めた。電話は故障などしていない。さっき実家にかけたばかりではないか。いかんな、まだ動揺してるぞ——。念のため、充電器に刺さっている携帯電話も調べてみたが、こちらもちゃんとアンテナマークが点灯している。

まいったな、本当に訳が判らないじゃないか——炬燵に深く潜り込みながら、もう一度電報の用紙を手に取ってみた。誰が何のためにこんなものをよこしたのだろうか。差出人の名前はどこにもない。僕の住所は正確。ちょっと不気味だ。用紙の一番下にある、素っ気なく記された数字の羅列が目に入る。意味不明の数字の並びは、何だか暗号めいて見えてくる。暗号——誰かが僕に暗号を送ってきた。電報を使うくらいだから、よほど急ぐことがあるのだろう。緊急の暗号電報——バカバカしい。別に僕は、国家主席様を崇《あが》める某国の潜入工作員でもなければ国際テロ組織の連絡伝達員でもない。ただの弱小出版社に勤める一介のサラリーマンなのだ。

暗号電文なんぞ受け取るいわれはない。

結局、どんなに考えても納得できぬまま、電報用紙を放り出して諦《あきら》めた。釈然としない気味悪さと、落ち着かないわだかまりだけが残った。まあ、多分何かの間違いだったんだろうな――そう思い込むことにした。何の間違いなのかは皆目見当もつかなかったが。美人女優の出ている番組は、とうに終わっていた。

*

その三日後、アパートに帰り着いてネクタイを解《ほど》きかけた時だった。時刻は九時四十二分――少しばかり残業をして、駅前の定食屋で遅い夕食をとり、寒風の中を急ぎ足で帰って、とにかく一刻も早く熱い風呂に浸《つ》かろうと思っている――そんなタイミングだった。

またしても届いたのだ、電報が――。

唖然《あぜん》としてしまった。

とりあえず炬燵とストーブだけは点け、まだ冷たくこわばった炬燵布団に足を突っ込み、急いで開封してみた。

『家火災、至急連絡されたし。』

おいおい、今度は火事かよ――何だか暗澹《あんたん》たる心持ちになってくる。これはどうしたことなのだろうか。

例によって差出人の名前はない。何なんだ、これは。新手のイタズラか、新味のイヤガラセか——電報を使うなんて、随分《ずいぶん》古くさい新手ではあるが、どっちにせよ腹立たしいことには変わりはない。一瞬ムカっとして、電報用紙を破り裂いてしまいたい衝動にかられたが、いやもしや万一、と思い直した。まさかそんなことはないだろうが、もし本当だったら大変だ。恐る恐る郷里に電話してみると、兄の声が出た。

「おう、行寿か、どうした、こっちは盛り上がってるがや、わははははは」

酔っぱらっている。呂律《ろれつ》が回っていない兄の声のバックグラウンドミュージックとして、父の十八番「男船」まで聞こえてくる。またニセモノだ——がっくりと、肩の力が抜けた。家が燃えている最中に、カラオケ大会を催す家庭はない。

「どうかしただぎゃ、何か用かいね」

「いや、別に用ってほどでもないんだけど——」

返答がしどろもどろになってしまう。火急のことで、うまくゴマ化す言い訳も思い浮かばない。

「なあ、行寿、お前この前もお袋に変な電話かけて来たみたいじゃなあきゃ、そっちで何かあっただがね」

「——何もないけど」

「なあ、何か心配ごとでもあるなら云っとみりゃあせ、聞いてやるだで。都会の独り暮らしで心が荒《すさ》んどるのか、コンクリートのジャングルで癒《いや》されることのない魂が孤独を叫ぶのなら、声に出して解放せんと胸が痛むばかりだでな。さあ、今こそ聞かせてみりゃあせ、お前の心の唄声を、なあ、弟よ」

フォークソング世代の兄は、寒気のするほど陳腐《ちんぷ》な言葉を並べ立てる。恐らくさっきまでフォークソングのメドレーでも熱唱していて、その世界にどっぷり浸《ひた》り込んだ挙句、酔った頭のどこかのスイッチがアコースティックギターモードに入ってしまったのだろう。

バカな酔っぱらいを適当にいなして、早々に電話を切った。ため息をついて座り直す。手には一通の電報——。

冷静になったので怒りは静まった。しかしその代わり、恐怖感にも似た不気味な感覚がじわりと湧いてくる。誰が、何のためにこんな電報をよこすのだろうか——。

矯《た》めつ眇《すが》めつ調べてみても、何の手がかりも見つからない。書式は三日前のものとまったく同じ。差出人のヒントすらない。違っているのは文面のみ——この前は「病気」で今日は「火災」だ。「家火災、至急連絡されたし。」たった一行だけの文章。その冷淡な静けさがかえって、裏側に潜《ひそ》む意思の冷たさを感じさせる。

炬燵は暖まってきたけれど、背中の薄ら寒さがなかなか消えてくれない。誰かが僕に悪意を持っている。正体を明かさずに縁起でもない電報を送ってくる。これが嫌がらせでなくて何なのであろう。

だが、しかし、身に覚えはまるでない。誰かに恨まれることも憎まれることも、していないと思う。思い当たるフシがないのだ。逆恨みという可能性もないではないだろうけど——と、ここ最近会った色々な人の顔を思い浮かべてみた。会社の同僚、原稿を依頼したライター、色校正の打ち合わせをした印刷会社の営業マン、エッセイを頼んだ小説家の先生はファックス入稿だったから電話で話しただけだったな——さまざまな場面を思い返して、不用意に相手を傷付けるようなことを云わなかったか、失礼な態度を取らなかったか、無用な軋轢《あつれき》が生じる類《たぐ》いの言辞を弄《ろう》さなかったか——検証してみても、引っかかることは何もない。そもそも僕は、人の神経に障《さわ》らないように臆病《おくびょう》なほど気を回してしまうタイプなのだ。人と争ってまで自己主張するくらいなら黙っていた方がいいという——我ながら情けない性格で、どうにかしてもう少ししゃんとしたいと思っているほどだし——口の悪い友人達には「人畜無害で人のいいことくらいしか取り柄のない奴」と評されているくらいだし、そう云えば先週の編集会議でも「八木沢君はもっと自分の意見をはっきり云わないとダメだ」とか何とか編集長に小言を喰らったっけ——。いやいや、そんなことを思い出して落ち込んでいる場合じゃない。とにかく僕はそんなだから、誰かに恨まれて嫌がらせを受けるなんてことはないだろうと思う。だから余計に、意図が判らなくて不気味だ。

風呂を沸かす気力さえ削《そ》がれたまま、僕は炬燵でぼんやり考えていた。

誰が電報なんて打って来るのだろうか——正体を隠して、夜中に。嫌がらせでなければタチの悪い悪戯《いたずら》だろうか。しかし、悪戯にしてはあまりにも悪質だし、大人気《おとなげ》ない。ふと、学生時代から付き合いのある、ある先輩のことが思い浮かんだ。大人気ないと云えばあれほど大人気ない人はいない。他人をからかうのを生き甲斐《がい》にしているみたいな、傍迷惑《はためいわく》な男——。だけど、あの先輩の悪戯ならこんなストレートな手口は使わないだろう。もっと突飛で、手の込んだやり方で仕掛けてくるはずである。だいたいあの人は基本的に陽性で、ある種躁《そう》病じみたところがあるから、匿名の電報などという陰険さは似合わない。だとしたら、他に誰がいるだろうか——と、何人か友人の名前を思いつくままに考えてみたが、こういう悪趣味をしそうな酔狂な奴はいそうもない。これではお手上げだ。嫌がらせとも思えないし、悪戯としても相手の想像すらつかない。だったら電報はなぜ届く——。

三日前の夜と同じく、思考はカラ回りして思索は袋小路に入り込み、空恐ろしさだけがひしひしと身近に感じられてきた。夜の静けさが、少し恐くなった。

＊

三通目は二日後、土曜日の夜だった。

休日で、のんびり炬燵でうたた寝などしていたから、ドア・チャイムが鳴った時は心臓がひっくり返った。全身の筋肉が一瞬でこわばる。ほとんど怯《おび》えにも似た驚愕——女の人が暗い夜道でいきなり怪しげな男に呼び止められたら、多分こんなふうにぎょっとするのだろうと想像できる——それくらい魂消《たまげ》てしまった。激しく脈打つ動悸《どうき》を抑えながら寒い玄関口に出てみると、やはり電報——。

『家浸水、至急来られたし。』

やれやれ、今度は大水か――ご丁寧にも毎回色々なバリエーションを見せてくれるものである。ただし変化があるのは本文だけで、他は相変わらず前の二通とまったく同様だ。僕の住所氏名は頗《すこぶ》る正確で、差出人の正体に繋がりそうなヒントはどこにも書いていない。

しつこすぎるよ、まったく――見えない差出人に対する恐怖感がますます高まってくる。一週間足らずの間に、縁起でもない電報を三通も打ってよこすなんて、常軌《じょうき》を逸している。嫌がらせにもほどがあるだろうに――僕は苛々《いらいら》と、電報の用紙を炬燵テーブルの上に叩きつけた。胸の鼓動はまだ収まっていない。それどころか、もしや今夜は連続で届くんじゃあるまいな、と無意識に警戒してしまっていて、耳の神経が絶えずドアの方に向けられているくらいだ。休日の夜に自分の部屋にいるというのに、恒常的に緊張してびくつきおどおどしている――安穏《あんのん》とした時間さえ許されない。これほど理不尽な話があるものだろうか。冗談じゃないよ、どうして僕がこんな目に遭わされなくちゃいけないいんだよ――。

僕は、苛立ちながら電話の受話器を取った。無論、生家に安否を確かめるためではない。こんな冬のカラカラ天気が続く時に、どこの地方で大水や洪水の被害が出るものか。例によってデタラメに決まっている。

電話の相手はすぐに出てくれた。土曜日の夜に簡単に連絡が付くくらいだから、もちろんその友人も僕と同じ独り者組である。

「ああ、八木沢君か、久しぶりですね、どうかしたの」

「いや、別にどうってことはないけど、暇だったからね」

「暇潰《ひまつぶ》しの相手にされたんじゃかないませんけどねえ――」

「忙しいのか？」

「忙しいですよ」

釘沼《くぎぬま》という少し珍しい名前の友人は、独特のはっきりした口調で云う。

「ほら、前にも云ったよね、この時期は受験前の追い込みなんだから、模試の問題作りで大《おお》童《わらわ》なんだよね。それに僕ら下っ端は受験生のメンタル面のケアなんてこともしなくちゃならんわけだから、毎日雑用の嵐でね、もうへとへとだよ」

言葉ではそう云うものの、釘沼の口吻《こうふん》は少しも迷惑そうではなく、いつものシャープで沈着なものだった。その平静な喋り方を聞いていると、少しは気分転換になる。気分転換のついでに、電報の件を相談してみようという算段なのである。当事者には思いつかない意見を、第三者の立場で考えてもらいたいと思ったのだ。

「ところでさ、最近ちょっと変なことがあるんだよ」

近況報告やら何やらの雑談の後で、僕はできるだけ何気なさを装って云った。大の男が電報ごときを恐がっていると思われるのも癪《しゃく》だ。

「何ですか、変なことって」

「いや、大したことじゃないんだけどね、電報が届くんだよ」

「電報――？」

釘沼は、そんなものがこの世に存在していること自体を失念していたかのように、きょとんとした声を返してきた。無理もない。僕もつい数日前までは同じようなものだったのだから。

しかし今は、それがいつ届けられるのかに慄《おのの》いてびくびくしている——。

「ははあ、それは確かに変だねえ」

僕が詳細を語って聞かせると、釘沼は感心したみたいに云った。

「変だろう、それでちょっと困ってるんだけどね」

「八木沢君、最近引っ越したわけじゃないよね」

「うん、ここにはもう五年住んでる」

「だったら前の住人の物が間違って届いたんでもないだろうしねえ」

「名前もちゃんと僕の名前なんだってば」

「ああ、そうか、そうですよねえ」

困惑している。そしてしばし沈黙してから、

「あのさ、八木沢君、近頃いかがわしい店に行った覚え、ない？」

「いかがわしい店？」

「うん、非合法の薬の売買に利用されてるバーとか、闇組織が取り仕切ってる売春クラブとか、賭場《とば》とか」

「どうして僕がそんなところに行かなくちゃならないんだよ」

「うん、だからそういう店に八木沢君が出入りしていて顧客リストに住所も名前も載ってて——それで差出人は、うっかり他の客に出すはずの電報を君に出してしまった——名前が似て

るとか名簿が一行ズレてたりして」

「病気やら火事やら洪水の電報を？」

「そう、それが秘密のコードになってるんです、『病気』だったら『ご注文のブツが入荷しました』という合図で、『火事』なら『今夜、いつもの場所で開帳します。レートは一万オールで』とか、それぞれ決まっているという仕掛けです」

「勘弁してよ、サスペンスドラマじゃあるまいし、そんな通俗的な」

「でも、君は身に覚えがないんでしょう」

「うん」

「それならやっぱり人違いと考えるのが一番納得できるんだけどなあ」

「そりゃそうだけど――」

「いいと思うんだよね、何か秘密で後ろ暗い、急ぎの通信手段として電報を利用するという手は。電話だと盗聴の危険があるし、手紙はタイムラグが出るからね、その点電報ならば盗聴の恐れはないしすぐ届くから」

「それは判るけど、もう少し現実的に考えてほしいな。だいいち僕はそんな店になんか通ってないよ」

「そうですか――だとすれば、やっぱり嫌がらせなのかなあ――君、本当に心当たりがないの」

「ないから不思議なんだよ」

僕が少しカリカリして云うと、釘沼はちょっと考え込むように、

「警察には行ったの？　交番とか」

「いや、行ってないけど――」

それも考えはしたのだ。だが、実害がまるでないのだから、まともに相手にしてもらえるとも思えない。いい大人が、電報が届いて恐いんですなどと訴え出るのもみっともない。

「そうですねえ、別にこれといって被害があるんでもないし、ちゃんと調べてくれないかもしれないよね」

「うん、だから警察はもうちょっと様子を見てからって思ってるんだけど」

「お巡りさんに鼻で笑われても悔しいだけだもんね」

と、釘沼は気軽な調子で、

「でも、たかが電報なんだから無視してればいいんじゃないのかな、気にしないで放っておけばそのうち終わるでしょ」

いとも簡単に云ってくれた。

やはり第三者の意見など当てにしたのは間違っていた。たかが電報などと気安く云ってくれる。当事者でなくてはこの苛立ちは実感できないのだ。神経を逆立てて、いつまたドア・チャイムが鳴るのだろうかと、寛げるはずの夜の静寂が破られることに怯えて、びくびくして過ごす時間の心細さは――僕以外には判らない。

＊

その翌々日、またしても電報は届いた。四通目だ。いい加減、むかっ腹の立っていた僕は、玄関で受領証にサインをしてから配達のお兄ちゃんに問い質してみた。

「この電報、誰が出してるのか判らないかな？」

「発信人の氏名ですか――？」

「そうです、名前が無理なら電話番号だけでも」

「さあ、そこまでは判りかねますが――私は配達の担当ですから」

素っ気なく、お兄ちゃんは云う。考えてみれば当たり前だ。届けるだけの係の人が差出人の正体を知っているはずもない。

寒そうに背中を丸めて立ち去る配達係を見送って、用紙を開いてみれば、

『家倒壊。』

脱力するほどすげない一言が記されているのみ。なんだか悲しくなってしまう。びくびくして落ち着かない夜を過ごして、チャイムの音に仰天した挙句、受け取ったメッセージはまるで意味のない一文だけなのだから。ひどくバカにされているような気がする。嫌がらせにしても、ここまですることはないじゃないか――と思う。僕の何が気に障ったのか知らないが、もう許してくれよ――本当に泣きたくなってきた。

だが、泣きごとを云っている場合ではない。受け身でいたら不愉快が募《つの》るばかり。攻勢に転じるのだ。どうにかして差出人の正体を暴いてやる。こうなったら直接NTTに出向いて調べてやろう。泣き寝入りなどするものか——恐怖感を憤《いきどお》りに変換して、僕はそう決意していた。

次の日の昼、早速その決心を実行した。

幸い出版社の編集という仕事は、自由に外出しても誰にも咎《とが》められない職種である。打ち合わせと称して——事実イラストレーターと約束があったが、実際の時間より一時間ほど前に——近くにあるNTTの営業所へ出かけた。

営業所とは云うものの、そこは大きなガラス張りのショーウィンドーまである立派で清潔感溢れるビルだった。ぴかぴかに磨《みが》き上げられた一階フロアだけでも、僕の勤める零細出版社の全社屋分の床面積があろうかという豪勢さだ。壁のあちこちに携帯電話のポスターが貼ってあり、ショーケースにも最新式の小型電話機が展示されている。

「お客様サービス窓口」という札が掲げてあるカウンターに、僕は向かった。そこの窓口で応対してくれたのは、やたらと歯切れのいい喋り方をする若い女性の係員だった。

「あの、電報のことについてちょっとお聞きしたいんですけど」

僕が用件を切り出すと、

「はい、祝電のお申し込みでございますか」

にこやかに女性係員は聞いてくる。

「いえ、そうじゃなくて、電報をくれた人が誰なのか知りたいんです」

「——と、おっしゃいますと?」

語尾が不可解そうな尻上がりになった。是非もない。「お客様サービス窓口」に座っていても、こんなことを尋ねに来る客などめったにいないだろう。

「これなんですけどね——」

と、僕は、昨夜の「家倒壊。」の電報を鞄《かばん》から取り出した。

「どこにも差出人の名前がありませんよね、それで、誰が出したのか調べてほしいんですけど」

女性係員は「家倒壊」の文字をまじまじと見つめてから、今度は僕の顔をしげしげと眺める。あらまあ、この人、家が壊れちゃったのに何を変なこと聞きに来てるんだろう——胡散《うさん》くさそうな目つきが、露骨《ろこつ》にそう語っている。それでも、不審感より職業意識が勝ったようで、係員は用紙の下隅を指で示して、

「本来ですと、こちらに発信者の方の電話番号とお名前が表示されるのですが、この場合は発信者の方が非掲載をご希望されたようですね」

少し事務的に、なおかつ妙にはきはきした調子で云った。なるほど彼女の云う通り、用紙の一番下、十数桁の数字が並んでいるすぐ下側が、ミシン目の切り取り跡になっている。台紙の厚紙の大きさに較べて、中の用紙がちょっと寸詰まりの印象を受けるのは、差出人の名前を記載する欄が切り取ってあるからなのだ。

「しかし、発信人名お問い合わせサービスというものがございます。これは、電報の受取人の

方のご請求で発信人のご住所お名前電話番号をご通知するシステムなんですが——こちらに記載されているコードナンバーを調べればすぐに判りますけど——ご利用になられますか」

係員は淀みなく云った。ビンゴ、だ——僕は思わず笑い出しそうになった。そう、この数字がクセモノだと思っていたのだ。電報の一番下に書いてある十数桁の数字の羅列。多分これを調べれば、何か手がかりを摑《つか》めるだろうと期待していたのだが、まさかここまでお誂《あつら》え向きのサービスまであるとは予測していなかった。

「利用します、利用します、すぐ調べてください」

僕は勢い込んで云った。

「一件につき千円の手数料がかかりますが、よろしいでしょうか」

「構いません構いません」

「では、少々お待ちください」

興奮気味の僕に一瞥《いちべつ》をくれてから係員の女性は、傍らのコンピューター端末を操作し始める。その鮮やかなブラインドタッチを見るともなく横目で眺めながら、僕は口笛でも吹きたい気分だった。こんなに簡単なことだったのだ。初めからこうすればよかったんだよな——と、バカバカしくさえ思えてくる。これできれいにすべて解決するのだ。匿名の差出人の化けの皮が剝がれる。NTTのサービス万歳、である。ひょっとして匿名野郎の奴、このサービスを知らなかったのかもしれない。電報本体で名前の非表示を依頼しても、このサービスがあればそんなことは無駄なのに、間抜けな奴である。頭隠して尻隠さずとはこのことだ。

しかし、ディスプレイから目を上げた係員は、

「あのう、申し訳ありませんが――」

と、本当に申し訳なさそうな顔付きになって、

「こちらはご通知することができません」

「はあ――？」

面喰らってしまった。

「でも、そういうサービスがあるんですよね」

「ええ、そうなんですが――発信人の方のご了解を頂けた場合だけなんです」

「受取人の僕が申し込んでも、ですか」

「はい、これは発信人の方が最初から非通知で申し込まれていますので」

「あらかじめ、誰が問い合わせても正体をバラすなって云ってあるってことですか」

「まあ、平たく云えばそういうことになりますね」

そんな、ひどい――膝《ひざ》の力が抜けそうになった。ここまできて糠《ぬか》喜びとはあんまりではないか。これでは元の木阿弥《もくあみ》だ。

僕があまりにも落胆したのを見かねたのだろうか、係員の女性は慰《なぐさ》め顔で、

「すみません、私どもには通信の秘密を守る義務がありますので――。警察や検察の方が、何か犯罪絡みの捜査で正式な令状を持っておいでになれば、すぐにお教えできるんですけど――」

と、何の慰めにもならないことを云った。結局、一般人が聞いても教えてくれないということなのだ。これではどうにもなりゃしない。やはり警察にでも行ったほうがいいのだろうか――。

がっかりしながらも僕は、係の女性から少し電報についてレクチャーしてもらった。今まで知りもしなかった知識だ。例えば、僕の受け取ったのは夜間配達指定の緊急定文とかいうものらしいこと――電報というのは午前六時から午後十時まで配達可能であるが、夜七時以降は定まった文面しか送れないらしい。その定文たるや、僕の馴染みの「病気」「火災」「浸水」に始まって「死す」「危篤」「入院」「怪我」「事故」「倒れた」などと、縁起の悪いパターンの目白押しだ。次はどんな言葉が送られて来るのかと思うと、うんざりしてしまう。さらに、夜間緊急定文には二十字までの文章を付け加えることができるという。これまでは利用された形跡がないけれど、二十字もあれば、縁起の悪い定型文の後にどんなエゲツない文句を付け足すのも自由自在だ。ますますうんざりしてしまう。

また、電報の発信申し込みは、115番に電話するだけで簡単にできるらしい。つまり匿名電報の送り主は、自宅でぬくぬくと暖まりながらひょいと電話をかけて、僕の住所を伝え「文面は定文902番の『死す、至急連絡されたし。』というのにしてくれ。あ、こちらの名前は伝えなくていい」と云うだけで、僕を炬燵から引きずり出して不安のどん底に叩き込むことができるというわけだ。おまけにこの申し込みは、ファックスやインターネットでも受け付けているという。これだと手間はもっとかからない。キーボードを叩くだけで、僕の部屋のドア・

チャイムを鳴らすことができるという寸法だ。

文明の発達も考えものだと思う。便利なサービスが全部、敵方を利しているのだ。それに対抗する手段が、こちらには、ない。こんな理不尽な話があるだろうか。気が重い。憂鬱《ゆううつ》になってくる。これでまた、寒心に堪えない夜を過ごさねばならない——。

あんまりしょんぼりしていたので、カウンターを立った時に係員の女性が気味悪そうにこちらを見ているのも、ちっとも気にならなかった。

＊

ツイていない時には悪いことが重なるもので、風呂が壊れた。

台所のガスコンロは何ともないから、正確に云えば給湯器の故障だ。寒風吹きすさぶベランダに出て、外壁にくっついている機械を色々いじってみたが、どうやっても点火してくれない。お湯が出ないということは入浴不能という、この季節にはいささか辛い事態を招く。熱い風呂に浸かって暖まるのだけを楽しみに帰って来たというのに、泣きっ面に蜂とはこのことである。

仕方がない、明日大家さんに連絡して修理してもらうとして、今夜は久しぶりに銭湯へでも行くか——と、ジャージの上下にセーターの重ね着という実用本位の出立《いでた》ちで外へ出た。

寒々とした夜の外気は刺すように冷たく、暗い空に浮いた月の灯りさえ、鋭く尖《とが》っているように見える。体はたちまち冷えきってしまったが、ドア・チャイムがいつ鳴り出すか怯えながらユニットバスを使うより、銭湯も悪くないかもしれない——。そう考えると、少しだけほっとするような心持ちになった。

念願叶って広々とした湯舟に浸かると、久方ぶりに解放的な気分になれた。高い天井に盛大に湯気が上がって行くのを眺めるのはなかなかに爽快で、平面的な壁の富士山もたまに観賞するには趣《おもむき》のあるものだと思う。脚を伸ばして、やや熱めの湯で全身を寛がせる。よし、後でフルーツ牛乳でも飲んでやろう、もちろんその時のスタイルはパンツ一丁で腰に手を当てて、だ——などと、くだらないことを考える余裕まで出てきた。「大黒湯」という偉く繁盛しそうな名前の割には、人の入りはまばらだ。夜の八時という中途半端な時間のせいだろうか。それとも杉並区内の家風呂普及率と関連があるのか。その理由は銭湯素人の僕にはよく判らない。ただ、お陰で周囲に気兼ねなく石鹼《せっけん》を使えるのはありがたい——そう思いながら、黄色のプラスティックの腰掛けに座って体を洗っている時だった。

思わず、耳をそばだててしまった。

出し抜けに、「電報」という単語が耳に飛び込んできたのだ。ぼんやりとリラックスしていた頭がびくりと反応し、意識が自然と声のする方へ集中する。

「またかい、飽きもせずにしつこいね」

「ああ、ほとほと困ってるんだ、薄っ気味悪いったらないぜ」

「おかしな話だな、悪戯なら一度や二度で済みそうなものだけどね」

「済まないから余計に気色悪いんだよ」

喋っているのは、僕とは背中合わせの位置で体を流している年配の二人連れだ。年齢《とし》相応にふやけた体つきで、鏡に映った顔にはどちらとも見覚えがない。僕が入って来た時にはもう湯に浸かっていて、その時は、ご近所のおじさんの二人組だな、と思っただけで別に気にもとめなかったが、こうなると話が違う。僕はためらいもせずに立ちあがり、二人の背後に近付いた。

「あの、すみません、ちょっと失礼」

我知らず大きくなってしまった僕の声が銭湯特有の残響音になって響き、二人の男は同時に振り返る。

「今、電報がどうとかって話、してましたよね」

「何だい兄ちゃん、藪《やぶ》から棒に——。どうでもいいけど前くらい隠してくれよ」

「は——?」

「いや、だから目の前にそんなもの突きつけられちゃ落ち着いて話もできやしねえ」

「あ、これは失礼しました——いえ、そんなことより電報ですけど、もしかしてお宅に変な電報が届くんじゃないんですか」

「どうして兄ちゃんが知ってるんだ——」

白髪の多い方の男が、びっくりしたような顔になって、

「あ、まさかあんたが犯人か。おい、どうしてあんなことするんだ、人の家にあんなもの届けやがって、何のつもりだよ」

「いえいえ、そうじゃないんですよ、実は僕のところにも届くんです。それで今、お二人のお

話を小耳に挟んで、ひょっとしたら同じ被害に遭ってるんじゃないかと――」

「え、兄ちゃんもか――」

白髪頭が目を剝《む》いて絶句する。すると隣の目の細い方の男が横から、

「これはまた、妙な展開になってきたね。ちょっと君、お兄さん、君もちょっと落ち着いて――整理してみよう、君のところに届く電報ね、どんな内容なのかね」

「内容は通り一遍のものばかりです、病気とか火事とか、そういう嫌な知らせですけど」

「松さんのとこも似たようなものだったね」

細目の男に尋ねられて、白髪頭は何度もうなずき、

「そうそう、至急連絡されたしとか何とかいうやつだ、兄ちゃんの方もそれか」

「そうですそうです」

「それで、出した奴が誰だか判らない」

「それも同じです」

そうやって両者の情報を擦り合わせてみた結果、白髪の男と僕はほとんど同じ状況に置かれていることが判明した。電報が届き始めた日も同じで、二回目以降も似たような間隔で届いて
いるらしい。そして発信者の正体は不明で、心当たりも身に覚えもない――。

場所を湯舟の中に移してから、僕は今日の昼間ＮＴＴの営業所であったことを語った。

「――ですから係の人の云うには、向こうの承諾がないと教えられないということなんです。それでもう、手がかりが途切れてしまったんですけど」

「やっぱりそうか。うん、俺も電話で問い合わせてみたんだけどな、木で鼻を括《くく》ったような返事しか返ってこなかったよ」

白髪頭が難しい顔で云うと、細目の方が、

「それで、君は警察に行ったのかな」

「いえ、それはまだ——何か盗られたとか、表立った実害があるわけでもないし。まあ、気分が悪いと云えば気分が悪いですけど、もう少し様子を見ようかなと」

「ウチは行ったんだ、女房がな。息子の嫁が気味悪がるもんだから——俺はわざわざお上《かみ》の手を煩《わずら》わせるほどのことじゃないって云ったのによ」

「で、どうでした」

「それが何だか心許《こころもと》ない話でな」

と、白髪頭は湯舟のへりに片肘をついて、

「警察ってのはやっぱり事件性がないとちゃんと動かねえみたいだな。まあ、パトロールを強化するとか何とか云ってたみたいだけど——女房のやつ、体《てい》よくあしらわれた形だ。応対が不誠実だなんて云って怒ってやがったけど」

「ははあ、やっぱりねえ」

僕が云うと、細目はざばりとお湯を両手でかきわけながら、

「でも、このお兄さんも届けたら警察も耳を貸すんじゃないかな。二件も同時にそんなことがあるんだから、もうただの嫌がらせじゃ済まされないだろう」

「もっともだ。よし、兄ちゃん、共闘だ、同盟を組もうぜ」

「望むところです」

銭湯の湯舟の中で男二人が力強く見つめ合ってうなずき合う、という若干気色悪いシーンを演じた後、白髪頭は照れくさそうに笑って、

「しかしまあ、何だか少し気が楽になったぜ、同じ被害者仲間がいるとなったら心強いな」

「あ、それ僕も思ってました」

と僕は云い、またも銭湯の湯舟の中で男二人が微笑《ほほえ》み合うという幾分ぞっとしない場面になってしまった。しかし実際、心細さが解消したのは確かだ。今までは、僕だけが何者かの悪意を一身に受けていたと思っていたが、どうやらそうではなかったらしい。この事実は随分気分を和らげてくれる。誰かが、闇からじっと僕の動静を観察している、しかも憎悪と怨嗟《えんさ》を込めて——そんな不快で薄気味悪い想像とは決別できる。もしかしたらドア・チャイムに怯える気持ちも、少しは緩和されるかもしれない。これは正直云って嬉しい。

だが、今度は別種の不気味さと疑問が湧いてくる。匿名の差出人は、どうして僕とこのおじさんに同じ嫌がらせを仕掛けてくるのか——。

細目の男も似たようなことを考えていたようで、

「どうやら原因は個人的な恨みごとじゃないみたいだね。俺はてっきり、松さんがどっかで何か人に恨まれるようなことでもしでかしたんじゃないかと思ってたんだけど」

「よせよ、俺はなんにも悪いことなんかしてないぜ」

「うん、このお兄さんも同じ目に遭ってるんなら違うみたいだな――とすると、何かご近所付き合いでマズいことがあって、松さんとお兄さんが同じ相手を怒らせた、とか」

「けどよ、ウチはゴミの日だって守ってるし、うるさく吠える犬なんかも飼ってないし――。兄ちゃんはどうなんだ、夜中に喧《やかま》しくしてご近所の不興《ふきよう》を買ったりしてないか」

「してませんよ、アパートへは寝に帰るだけみたいなものなんですから」

「そうか、だったら余計に妙だな――何かこの町ぐるみで陰謀でも起こりかけてるのか」

白髪頭はそう云い、顎《あご》まで湯に潜り込んでから、

「まあ、どっちにしても共闘だ。あ、俺は三丁目に住んでる松田っていうんだ、後で電話番号なんかも教えるからよ、兄ちゃんのも教えてくれ」

「ええ、判りました、次の電報が来たりしたらすぐ連絡します」

「それで警察に直談判だ。二人で行きゃ腰を上げてくれるだろう」

「そうですね」

僕は答えて、心強い仲間ができたことを改めて嬉しく思った。

もちろん、釈然としない思いが残ったのも確かだった。差出人の意図がますます理解できない。僕と松田さんは住所こそ近いものの、今日偶然ここで出会うまで、互いに顔すら知らない赤の他人だったのだ。その二人を同時に不快にさせて、一体何をしようとしているのだろう。そんなことをして何が楽しいのか判らない。電報の代金だってバカにならないだろうに、こうまで執拗《しつよう》に嫌がらせをして何の得があるのか――。町ぐるみの陰謀――と松田さんの云った言

葉が少し引っかかったが、それ以上のことは何も考えられなかった。

＊

次の日のことだ。会社のデスクで特集記事ページのレイアウトをチェックしていると、

「八木沢さん、外線です、二番」

斜め向かいのデスクから声がかかった。視線を上げると、アルバイトの折笠《おりかさ》みゆきちゃんが悪戯っぽく笑っているのと目が合った。

「誰から——？」

と聞いても、みゆきちゃんはにやにやしたまま答えようとしない。何となく悪い予感に捕られながら、僕は受話器を取り、二番の保留スイッチを押した。

「お電話代わりました、八木沢で——」

「お、ちゃんといやがったな、仕事してるみたいじゃないか、感心感心。でも、どうでもいいけどお前さん、もうちょいと弾んだ声で電話に出られないもんかね、そんな無愛想な声で出られた日にゃ電話したこっちが悪いことでもしたみたいに感じちゃうじゃないかよ——って、確かこの前も同じこと云ったよな、何度も何度も同じこと云わせるんじゃありませんよ、お前さんは。まったくもう、なんだってお前さんはそうやって進歩ってものをしないんだろうね」

傍若無人な早口の大声が耳元で弾《はじ》けたので、僕は思わず受話器を顔から遠ざけてしまった。

やれやれ、よりによってこんな時にこの人から電話とは——ちょっと辟易《へきえき》した僕の気分をどういう能力で察知したのやら、相手は、

「何だよ、僕が電話したのが何か不満かよ」

「いえ、そんなことはないですけど——何か用ですか、猫丸《ねこまる》先輩」

「ほら、またそうやって邪険な声を出しやがる、人がせっかくたまに連絡したってのに何か用ですかって挨拶《あいさつ》があるかよ。お前さん、もうちょいと愛想ってもんがあったってバチは当たらんと思うけどな」

「愛想がないのは元からです」

「わははははは、開き直ってやがる、まったくもう、判りやすい男だねお前さんも。そんなことよりな、お前さんの会社、そこって新宿に近かったよな」

「はあ、まあ近いですけど——」

「だったら好都合だ。いや、実はな、知り合いに頼まれて新宿にある店でバイトしてるんだよ、なんでもいつものバイト君が急に都合が悪くなったとかで、一週間だけの代打なんだけどね。ところがどっこい、この店っていうのが暇で暇で、毎晩閑古鳥《かんこどり》を追っ払うのに苦労してるんだよ。あ、云っとくけど今のは比喩《ひゆ》だからな、別に本当に鳥なんか追っかけてるわけじゃないぞ」

「判りますよ、いちいち断ってくれなくてもそれくらいは」

「わはははは、そうか、判るか、お前さんも多少は知恵がついたな」

「そんなことより何ですか、先輩の短期のバイトがどうしたんですか」

「あれ、察しが悪い男だねお前さんも。僕が働いてる店が暇で困ってるんだよ、ここまで云ったら普通、だったら私が行きましょうかくらいの台詞が出てもよさそうなもんじゃないかよ」

「出ますかね、普通」

「出るよ、出ますとも。まあお前さんに普通の反応を期待するのも酷だけどね——とにかく八木沢でも来てくれりゃ員数合わせにはなる。枯れ木も山の賑わいってやつさね。じゃ、いいな、メモの用意、店の場所教えるから——あ、それから今日で一週間の年季明けだから、僕がいるのは今夜が最終日だぞ」

「ちょっと待ってくださいよ、そんな急に云われても都合が——」

「そんなことは心配しなくていい。僕の当番は十時までだから多少遅くなったって構わないんだよ」

「いや、そういう問題じゃ——」

「いつまでもぐずぐず云ってるんじゃありません。いいか、場所、云うぞ、末広亭の前を新宿通りの方へ向かってまっつぐ行ってだな、それから——」

傍迷惑な先輩は自分の云いたいことだけ云うと、さっさと電話を切ってしまった。僕は茫然と脱力して、ただただ受話器を眺めるばかりだ。いつものことだが、猫丸先輩という人はこっちの都合などまるで斟酌《しんしゃく》してくれない。こんなふうに突然呼び出されることもしょっちゅうだ。お人よしの僕は間抜けなことに、毎度断り切れず猫丸先輩の身勝手さに振り回されるばかり

——まあ、断ったりしたら後で何をされるか判ったものではない、というのもあるが——。学生時代からのこの悪因縁は、もはや腐れ縁という言葉では追っつかない。

無駄な抵抗を諦めて、僕はのろのろと手帳の住所録のページを拡げた。とてもではないが、今の精神状態ではたった一人で、あの躁病の気のある先輩の相手をする自信がない。一緒に付き合ってくれる共通の友人を求めて、何件か電話をしてみた。ところが意に反して——当然と云えば当然だが——誰の承諾も得られない。まっとうな社会人は、いきなり今晩呑みに行こうと誘われて、ほいほい付き合ってくれるほど暇ではない。勘繰《かんぐ》って考えるならば、猫丸先輩はその辺の事情を充分承知した上で、僕を引きずり回してくれるのかもしれない。優柔不断で断りの言葉を口にできない僕の性質を見越して——。やれやれ、この小心な性格が憎い——と、最後の頼みの綱と期待していた釘沼にも断られて電話を切り、ため息をついていると、斜め前の席でこちらの様子を窺《うかが》っていたみゆきちゃんと視線が合った。目が、愉快そうに笑っている。

「あのさ、みゆきちゃん、今日暇かな」

僕が声をかけると、

「えー、それってデートのお誘いですかあ」

みゆきちゃんは大げさにのけぞって云った。いちいち反応がオーバーな子なのである。

「違うってば。判ってるくせに白々しい——猫丸先輩だよ」

「へへへ、それで今日は何ですって」

「飲み屋だかバーだかで働いてるから来いって」

「へえ、今回は割とまともなんですね」

僕が猫丸先輩に翻弄《ほんろう》されっぱなしなのは、もう社内では有名になってしまっている。だからさっきもみゆきちゃんは、電話を取り次ぐ時ににやにやしていたのだ。どうもこの子は、僕がどんな無理難題を押しつけられておたおたするのか、楽しみにしているフシがある。

「他の友達連中はみんなダメみたいだし、みゆきちゃんでも誘おうかと思ってさ」

「でも、なんですか私は」

「あ、ごめん、そうじゃなくて——」

「そんな誘われ方したら気が乗らないなあ」

「悪かったよ、頼む、付き合ってくれよ、僕一人じゃしんどいんだからさ」

どうして僕は、アルバイトの女子大生にまでこんな扱いを受けるのだろうか。

「頼むよ、ホント、この通り——」

「判りました。そうまで云うんなら一緒に行ってあげます、どうせ今日は暇だし」

みゆきちゃんはようやく折れてくれて、

「それに、私も久しぶりに猫丸先輩に会ってみたいし」

ちろりと舌を出して笑った。あの傍迷惑で大人気ない変人に会いたがる人間がいるとは、僕にはちょっと信じがたい。しかし猫丸先輩は、不思議とこの社内では評判がいい。というのも、先輩はアルバイトのひとつとして、僕の担当している雑誌で実録風読み物を書いているのだ——と云うより、正確を期すのなら、三十面下《づら》げて定職すら持たない生活は苦しかろうと、文章を書ける器用さを見込んで僕が仕事を回してやっているだけのことである。これが案外好評なのは癪な話だけど、わざわざ気を遣って仕事をさせてあげている僕に恩も義理も感じていない様子なのは、もっと釈然としない。猫だって三日飼えば恩を忘れないというのに――。

＊

その店は、なんだかコンセプトのはっきりしない店だった。内装は西欧の田舎家を模したのだろうか、骨太の梁《はり》に漆喰《しっくい》の壁。ごつい木材の柱に、赤銅のフライパンやらドライフラワーやら古びた水車小屋の写真やらが飾ってある。そのくせメニューは、生春巻きに豚の角煮にチゲ鍋にタコスにパエリアと、無国籍きわまりない。それでも、各テーブルの間隔をゆったりと取った空間に、黄色っぽい間接照明と板張りの床はどこか暖かい感じのいい雰囲気で、なかなか落ち着けそうな店だった。

僕とみゆきちゃんがコートの襟《えり》を掻き合わせながら到着すると、猫丸先輩は満面の笑みで迎えてくれた。

「いらっしゃいませえ、いやあ、よく来たよく来た。外は寒いだろう、さあ入ってくれ、入ったらとっととドア閉めろ」

乱暴な言葉とは裏腹に、膝に手を当ててバカ丁寧にお辞儀をする。いつものように活力に溢れる猫丸先輩は、学生の頃とまるで変わらぬ小柄で童顔。眉の下までふっさりと垂れた柔らかそうな前髪の奥には、仔猫みたいなまん丸の大きな目。女の子のように細い腕をかいがいしく腕まくりなどして、ぶかぶかのエプロンを着けているのが笑ってしまうほどよく似合っている。

「こんばんはー、私も来ちゃいました、ごぶさたでーす」

僕の背中の後ろからみゆきちゃんがひょっこり顔を出すと、猫丸先輩はさらに破顔して、

「おや、みゆきちゃんも来てくれたのか、こいつはいいや。八木沢一人で来られちゃどうも辛《しん》気《き》くさくていけないと思ってたんだ」

「辛気くさくて悪かったですね——。けど、結構混んでますね、暇なんじゃなかったんですか」

僕が云うと、猫丸先輩は仔猫じみた丸い瞳にとぼけた表情を湛《たた》えて、

「うん、ずっと暇だったんだけどね、今日に限ってこのありさまだよ——いやなに、混んでるって云っても七分程度だ、奥の席が空いてるから遠慮するな。どういうわけだか僕が入ったとたん、客がどどどっと集まって来てね」

「招き猫ならぬ招き猫丸先輩、ですね」

「うまいこと云うね、どうも、みゆきちゃんは」

二人で大口開けて笑っている。十も年下の女の子と同じレベルで笑い合えるのだから、この人の精神年齢は見かけと同様だ。

一番奥のテーブル席にみゆきちゃんと差し向かいで腰を落ち着け、ビールと料理をいくつか注文した。そうこうしている間にも、猫丸先輩は慌ただしく立ち働いている。いや、働いてい

ると云うより走り回っていると云った方がいいか――小柄な体でちょろちょろと、やたらと動きがスピーディだ。天真爛漫《てんしんらんまん》そのものの笑顔で、目まぐるしく動き――あっちのテーブルこっちの席、カウンターの内と外、厨房《ちゅうぼう》に消えたと思ったらまたすぐに飛び出して来る。ついでに何の意味もなく、店の隅から隅まで走って一往復までして、一時たりとも同じ場所に留まっていない。忙《せわ》しないことこの上ない。あちこちのテーブルでお客さんに愛嬌《あいきょう》を振り撒くその様は、三十男の威厳など爪の先ほども感じさせない。時折「バドワイザーお待ちどおさまあ」だの「牛肉のぴり辛炒《からいた》め入りましたあ」などと、大きな声を張り上げている。なんだかとても楽しそうだ。体が小さいから、見ようによっては子供が店のお手伝いをしているようにも見える。向こうの席のアベックが苦笑している。

相変わらずだな、この人は――と、僕も湯豆腐の小鍋をつつきながら苦笑をもらした。実際、十数年間ここまで変わらない人も珍しい。三十過ぎのいい年をして見かけは高校生みたいだし、まともに職に就かずにふらふらと呑気《のんき》に暮らしているし――とにかく世の中の森羅万象を面白いか面白くないかだけの判断でくっきり二分割して、己の興味のある対象にのみ突き進むその生き方は、おバカなのか賢いのか、傍目《はため》にはちょっと区別がつかない。あれだけ気ままに生きてたら悩みなんかないだろうな――と、そう思うにつけ、自分の災難を思い出して、僕はため息が出てしまう。

「どうしたんですか、八木沢さん、ため息なんかついちゃって」

ポテトグラタンを小皿に取り分けていたみゆきちゃんが、怪訝《けげん》そうな表情で聞いてくる。

「いや、別に何でもないけど――」

「でも、八木沢さん、先週くらいからちょっとおかしいですよ」

「判るの――?」

「うん、八木沢さんって何でも顔に出やすいから」

がっくりきてしまう。アルバイトの女の子にまで見透かされているとは、そんなに単純に見えるのだろうか、僕は――。

「いや、本当云うと、ちょっと変なことがあってね」

と、電報騒動の一件を披露してみた。酒の席の話題としてふさわしいかどうか知らないが、今はこのことで頭が一杯なのだから致し方ない。

「うわあ、それ絶対嫌がらせですよ、恐《こ》わあ」

案の定、みゆきちゃんはオーバーな反応でのけぞった。

「八木沢さん、何か身に覚えはないんですか、女の子を手ひどくフった、とか」

「だから何度も云ってるじゃないか、全然心当たりがないって」

「でも、その陰湿さは女の手口ですよ、それもぐろぐろの怨念に凝《こ》り固まった――。八木沢さんが冷たく捨てた女の復讐に決まってます。うわあ、そういう冷酷な人だったんですか、八木沢さんって」

「違うってば――」

僕が繰り返し弁明してもみゆきちゃんは、女だ女だ復讐だきゃあきゃあ、とはしゃいでいる。

会社で、芸能人の離婚などの噂話をする時とまったく同じ調子だ。

「ねえねえ、その電報って夜に届くんでしょ」

みゆきちゃんはなおも目を輝かせて、身を乗り出してくる。

「もしかしたら、今も届いてるかもしれませんね、アパートに」

「やめてくれよ、気色が悪い」

「今日帰ってみたら、郵便受けにごっそり電報の束が――」

「ホラーじゃあるまいし、そんなバカなことがあるはずないだろ」

「だったらさ、今そこのドアが開いて、怪しい黒ずくめの男が入って来てさ『八木沢さん、電報です、へっへっへっ、こんなところに隠れても無駄ですぜ、けっけっけっ』とか何とか――」

「おいおい」

冗談じゃないよ、人の気も知らないで――うんざりした僕の気分にお構いなしに、みゆきちゃんは大喜びで、ホラーだ復讐だ不幸の電報だきゃあきゃあ、と騒ぐ。

「あのね、電報は僕のところにだけ届くんじゃないんだよ、銭湯で会ったおじさんにも届いてるんだから」

僕がたしなめても、みゆきちゃんは興奮醒《さ》めやらぬ体《てい》で、

「だったらそのおじさんも復讐されてるんですよ」

「そんなバカな――僕と松田さんは何の関係もないんだよ、その二人がたまたま同時進行で、

しかも同じ手口で復讐されるなんて、そんな偶然はないよ」

「だから偶然でもたまたまでもないんですよ、差出人は同じ女なんです、きっと」

「同じ女――?」

「そうです、近所のスナックか何かの女性で、八木沢さんと銭湯のおじさんはお店に通ってて、それがきっかけで深い関係になって、それで、その人を弄《もてあそ》んだ挙句に捨てて――その時期はそれぞれ違ってたかもしれませんけど、結局同じようなことをした同罪なんですよね。その女性は最近何か凄く不幸な目に遭って、人生を悲観して思い詰めて、それで思い出しちゃったんですよ、自分を紙屑《かみくず》のように捨てた男達のことを――。私がこんな不幸になったのは、私を騙《だま》して捨てたあの男達のせいだ、あいつらのせいで人生を狂わされたんだ、こうなったらあいつらに毎晩電報を出して恐がらせて、最後は順番に刺し殺して私も死んでやる――ってな具合」

途中から妙に真剣な目つきになったみゆきちゃんは、ビールのグラスをごくごくと呑み干す。僕は呆気《あつけ》に取られて、彼女の白い喉元《のどもと》を見守るばかりだ。よくもまあ、こんな無茶苦茶なストーリーを考えつくものである。少し酔ってきて想像力が暴走し始めたらしい。それともプライベートで何かあったのか――。

「ともかくですね、八木沢さん、その女の人にちゃんと謝罪した方がいいですよ。僕が悪かったって謝って、何なら慰謝料払うとか、もう一度ヨリを戻すとか認知するとか、責任取んなくちゃダメですからね」

「そんな女はいないんだってば」

僕がほとほと困り果てて云った時、

「やけに盛り上がってるじゃないかよ、お二人さん」

と、猫丸先輩が近寄って来た。いつの間にかぶかぶかのエプロンを外して、いつものだぶだぶの黒い上着に着替えている。しなやかな身のこなしは、まん丸い目とも相俟《あいま》って、どこか黒い猫を連想させる。

「あ、猫丸先輩、お仕事は終わりですか」

みゆきちゃんが聞くと、黒い猫を思わせる小男は、

「うん、遅番のバイト君と交替の時間だ、僕の仕事はおしまい。いやあ、たまにはこうやって仕事に精を出すってのもいいもんだね、労働は尊く、そしてありがたいやな」

よく判らないことを云って、ひょいとちゃっかりみゆきちゃんの隣に滑り込む。座っても小さい人で、みゆきちゃんより頭ひとつ分くらい低い。

「いやもう、地道に労働に勤《いそ》しんじゃうと喉が渇くね、人間こうでなくっちゃいけないいや」

と、猫丸先輩は持参してきた大振りのジョッキに口をつけ、がぶ飲みする。下戸《げこ》だから中身はウーロン茶か何かなのだろう。

「うー、うまい、労働の後の一杯はたまらないや——。それはそうと、お前さん達何を楽しそうに話してたんだ、女がどうしたとか恨みがこうしたとか聞こえたけど」

「それがですね、大変なんですよ」

みゆきちゃんは大げさな仕草で両手をぱたぱたと振って、

「八木沢さんったらねえ、極悪なんです。かわいそうな女の人を騙して散々金品を貢《みつ》がせた挙句、冷酷非道にゴミ屑みたいに捨てて——それで今、その人に殺されそうになってるんですよお」

話がまた大きくなっている。勘弁してほしい。猫丸先輩にそんなデマを吹き込んだら、面白がってもっと尾鰭《おひれ》や背鰭《せびれ》をつけて吹聴《ふいちょう》するに決まっている。だから僕は慌てて、

「そうじゃないんですよ、別にそんな大げさな話じゃなくて——」

「うひゃあ、お前さん、そんなことしてやがるのか、この色悪《いろあく》めが」

猫丸先輩は仔猫じみた目をさらに丸くする。人の話を聞く気など、天からないらしい。

「凄いね、こりゃ。平凡の国から平凡を広めに来たみたいな平均面しやがって、やることだけはきっちりやってやがるんだから憎いじゃないかよ、参ったねどうも。おい、それどういう素《す》姓《じょう》の女なんだ、教えろよ」

「それが、八木沢さんってば、心当たりはないなんて云ってしらばっくれるんですよ」

みゆきちゃんが横合いから、火に油を注いでふいごで焚《た》き付けるようなことを云う。

「あらあ、こりゃまたいよいよただ事じゃないな、シラ切るなんてお前さんも随分な想わせぶりをするじゃないかよ。そんな面白い話、僕に聞かせないなんてどういう了見なんだよ」

「私にも教えてくれないんですよ、そんな女はいないなんて云って」

「隠すとなりゃますます怪しい」

「そうですよねえ」

「この平凡顔で女をねえ」

「そう、騙して捨てて」

「それで修羅場《しゅらば》になって」

「生きるの死ぬのと大騒ぎ」

「そりゃ自業自得だ」

「そうですよ」

二人揃ってきゃあきゃあ騒ぎ立てる。付き合い切れない。酔っているみゆきちゃんはともかく、十も年下の女の子と同レベルではしゃげるのだから——しかも素面《しらふ》で——これほど大人気ない人もいないだろう。あまりのくだらなさに、僕はとうとう気色《けしき》ばんで、

「いい加減にしてくださいよ、二人とも。そんな話じゃないって云ってるでしょうに」

「うひゃあ、怒った」

「極悪男が怒った」

「怒った怒った」

まだやっている。まるで子供だ。

「あのね、みゆきちゃんも猫丸先輩を煽《あお》り立てるようなこと云わないでくれよ。先輩も、ちゃんと話しますから、変なふうに話をややこしくしないでくださいよ」

僕は無理やり心を鎮《しず》めて、今度は猫丸先輩を相手に一部始終を伝えた。みゆきちゃんがおかしな合いの手を入れてくるので——ほうら女だ、その手口は女の復讐よね——喋りにくいこと

きわまりなかったが、どうにか語り終えた。すると猫丸先輩はゆっくりと煙草に火をつけると、大きく煙を吐いて、

「ふうん、なんだ、そんなことか――つまんないや」

本当に面白くなさそうに呟いた。急速に興味が醒めてしまったようだ。この人の気分が変わりやすいのは知っているが、ここまで極端なのは珍しい。みゆきちゃんも怪訝に思ったようで、きょとんとした顔になって、

「どうしてですか、面白いじゃないですか。正体不明の電報が夜毎に届くなんて、不思議でしょう――まあ、女だ復讐だっていう冗談はともかく」

「あれ、みゆきちゃん、さっきの冗談だったの」

僕がびっくりして聞くと、みゆきちゃんはやけに大人びた表情を向けてきて、

「当たり前ですよ、あんなこと本気で云うわけないじゃないですか」

「だったらどうして――」

「だって――八木沢さんってからかい甲斐があるんだもん」

あっさり云ってくれる。そりゃないだろう、おい――僕は頭を抱えたくなってしまった。

「まあ確かに、八木沢おちょくるのは楽しいけどな――」

と、猫丸先輩も妙に白けた声で煙草をくわえて、

「話そのものは別に大して面白いもんじゃない、これ以上展開がありそうもないし」

「どういう意味ですか、話は面白いじゃないですか。電報の謎。どうして八木沢さんにそんな

電報が届くのか──私、凄く気になります」

みゆきちゃんが云い、僕も、

「もしかして猫丸先輩、何か思いついたことがあるんですか。僕は本当にそんなもの送りつけられる覚えなんかないんですよ」

「お前さんに覚えがあろうがなかろうが、届くものは届くんだよ」

心得顔で意味不明なことを云う猫丸先輩に、僕はさらに、

「やっぱり何か感付いたんでしょう、その口振りは──。何が判ったんですか」

「判ったってほどでもないんだよ──ただ、ちょいと一つ可能性があってね、それを思いついちゃったから、なんだかつまんなくて」

「何ですか、その可能性って、教えてくださいよ」

「そうですよ、私も聞きたーい。気になって今晩寝られなくなります」

今度は僕とみゆきちゃんがタッグを組んで猫丸先輩に迫った。この人はまともではない分、頭の配線もちょっと常人とは違うおかしな按配《あんばい》になっているのだ。だから時に突拍子もないことを考えついて、僕らを驚かせることがある。今回もその素《す》っ頓狂《とんきょう》な頭脳で、何か閃《ひらめ》いたのかもしれない。

「お願いしますよ、僕はもう嫌なんです、あんな電報に悩まされるのは。正直云って神経が参ってるんですから。何か納得できる答えがあれば、少しは気が楽になります、何とかしてくださいよ」

「けど、僕の思いつきが唯一の解答ってわけじゃないぜ、一つの解釈ってだけの話で」

と、猫丸先輩は短くなった煙草を灰皿に押しつけて、

「それにね、僕はいっぱい労働したからね、お腹が空いてるんだよな。口を利くのも億劫《おっくう》なくらい腹ぺこなんだよねえ、あーあ、お腹が空いたお腹が空いた、空腹空腹、お腹が空いたよお」

突如として大声で喚《わめ》き出し、ゴネる三歳児よろしく短い足をバタつかせる。

「うわあん、お腹が空いたんだよお、何か食べたいよお、おいしいものが食べたいよお、お腹空いたお腹空いた、お腹が空いちゃったよお」

じたばたする猫丸先輩を押しとどめて僕が、

「判りました判りました、後で何でも注文して食べてくれていいですから、払いは僕が持ちますから」

伝票を手元に引き寄せると、一瞬で真顔に戻った猫丸先輩は、

「云っとくけど一つの解釈だからな、本当に正解かどうか保証はしないぞ」

「それでも結構です」

「ちゃんとオゴるか」

「奢《おご》ります奢ります」

「さて、問題のお前さんに届けられる電報なんだがな」

と、ふっさりとした長い前髪の下のまん丸い目をにやりとさせて、猫丸先輩は朗々とした声

で、

「火災とか病気とか、その内容には意味はないと思うんだ。確かに、それが暗号になっていて、それぞれの言葉に別の意味を持たせるっていう発想は悪くない。あの頭でっかちの釘沼のやつが考えそうなことだ。でも、肝心の受け取る側のお前さんが、その暗号解読コードを持ってないんじゃ仕方がないよな。間違いって云っても、お前さんの住所氏名は正確なんだし、そう何度も間違えるってのも不自然だ。だから、文面なんてどうでもよくって、お前さんに電報を出すっていう行為そのものに目的があったんじゃないか——そう僕は思うんだよ」

「それって八木沢さんに不愉快な思いをさせてやろうって、そういう目的ですか」

みゆきちゃんが尋ねたが、猫丸先輩はちらりと悪戯っぽい目つきだけを返して質問には答えずに、煙草に火をつけると、

「この一件のポイントはね、僕が今までここで何をしていたか——そこにあると思うんだ」

訳の判らないことを云い出す。僕は訝しげなみゆきちゃんと顔を見合わせてから、「猫丸先輩が何をやってたかって——アルバイトでしょう、と云うか走り回ってた」

「そうだよ、そこにポイントがある」

と、仔猫みたいな目をした小男は、煙草の煙を天井に向けて吹き上げる。まるで意味が判らない。猫丸先輩のバイトなんかと僕の電報には、全然何の繋がりもないではないか。何を云い出すのだろう、このおかしな男は——。僕とみゆきちゃんの困惑をよそに、当の変人は涼しい顔で、

「そうそう、この前な、別口のバイトで半日トラックの助手席に座ってたんだよ。別にそんなところに座ってることが仕事じゃないぞ、荷物を運んだんだけど場所が遠くて半日かかったってだけで――。それで、その半日ずっとラジオを聞いてたんだ。ほら、トラックの運ちゃんって、ラジオかけっぱなしにしている人ってよくいるだろう」

また脈絡のない話に脱線する。

「その時のラジオにね、ディスクジョッキーって云うのかパーソナリティーって云うのか、とにかくタレントが喋るような番組があったんだよ、ほら、聴取者からのハガキ読んだり流行の曲をかけたりする、その手の番組な。その中のワンコーナーで、新人のアイドル歌手だか何だかがゲストで出てきたんだよ、名前なんてもう忘れちまったけど、若いアイドルの女の子」

まん丸い目を輝かせて、弁舌鮮やかに喋る猫丸先輩の脱線は止まらない。

「それで、ファンからの電話で質問タイムってのがあったんだ。アイドルファンがラジオ局に電話してきて、運がよければアイドルと直接話ができて質問して、女の子がそれに答えるっていう、ありがちなやつね。で、その時の質問の一つにこんなのがあった――もし明日が地球最後の日だとしたら、あなたは何をしますか――ってな質問だ。どうだ、そのアイドル歌手、何て答えたか判るか」

「さあ――」

僕もみゆきちゃんも、当惑して首を傾《かし》げるばかりである。そんなこと関連も繋がりもないではないか。

「そのアイドルの答えってのはこうだったんだ——えーと、遊園地に行って一日思いっきり遊びたいですねえ、それと、凄く高級なレストランでうんと高くておいしいものいっぱい食べたいですぅ、どうせ最後なんだから、ダイエットとか気にしないでいいし」

身をくねらせながら裏声を出すという、三十男が演じるにはちょっと気色悪いパフォーマンスを見せてから、猫丸先輩はまた煙草に火をつけて、

「どうだ、この答え、お前さんはどう思う」

「どうって——まあ、アイドルの女の子としてはある種模範的な回答でしょうね、たわいなくて可愛くて、当たり障りのない答えです」

戸惑いつつも僕が感想を述べると、みゆきちゃんも、

「そうですねえ、最近は毒舌や本音がウリのアイドルもいますけど、新人ならまさか、カレシとしんねこを決め込んで一日中しっぽりと、なあんて云えないですもんね」

猫丸先輩に影響されたようで、おかしな言葉遣いになっている。みゆきちゃんの大学での専攻は近世国文学なのである。

「でもな、僕はそうは思わなかった。ラジオでそれを聞いた時、なんとまあ傲慢《ごうまん》な、と思ったね」

「はあ——?」

またぞろ意味が判らない。その無難な答えのどこが傲慢だと云うのだろうか。この小柄な変人の云うことはさっぱり要領を得ない。

「お前さんもね、それと同じ意味で傲慢なんじゃないかと、僕はそう思うね」

火のついた煙草の先を僕に向けて、さらに奇妙なことを云う。

「それじゃやっぱり、八木沢さんが傲慢に女の人を捨てたんですか」

みゆきちゃんがまた蒸し返してきた。僕はため息をついて、

「もういいってばその話は——冗談だったんだろう」

「でもねえ、手口の陰険さから考えると、女の人の復讐って発想、割としっくりくると思うんですよねえ」

「だからそんな思い当たりはないって何度も云ってるだろう」

僕がしかめっ面でそう云うと、あろうことか猫丸先輩まで、

「いや、みゆきちゃんのその女の復讐っていう説、いいセンいってるかもしれないぞ」

「ちょっと待ってくださいよ、勘弁してください」

「ほうら、やっぱりそうだったんだ——ねえ、八木沢さん、猫丸先輩もああ云ってるんですから、もう観念しちゃいなさいよ、嫌がらせされる覚えがあるんでしょ」

みゆきちゃんが勝ち誇る。猫丸先輩はそれを、人の悪そうなにんまりとした笑顔で見てから、

「けどまあ、どうせ嫌がらせをするんなら、電報なんてまだるっこしい方法に固執することはないんだな。やり方なんぞ他にもっといくらでもあるだろうに。電報が届くってことは、相手はお前さんの住所も名前も把握してるってことだろう、だったら例えば——無言電話一日百件とか、通信販売に勝手に申し込んで毎日山のような荷物が着払いで届くとか、サラ金の督促状

のニセ物作ってドアにべたべた貼るとか、それにほら、今はインターネットとやらの電子頭脳の機械で個人広告なんてのが出せるんだろう、僕はそういうややこしい機械のことはよく判らんけど、そういうのでお前さんの住所も氏名も公表して広告を出す——そうさな、こんな内容なんてどうだ——私は雑誌編集の仕事をしております独り暮らしの淋《さび》しい男です、夜毎の侘《わび》しさを紛らわせるために幼女物のポルノを愛好しております、幼い少女を見かけると、もう辛抱たまりません、どなたかあどけない幼女のなまめかしい肢体を満載したビデオか写真集など譲って頂けないでしょうか、お金に糸目はつけません——とか何とか、な。そういう広告をお前さんの会社の人の目にとまるようにするわけだ。あ、それより、マッチョで逞《たくま》しい兄貴を求めています、なんてのもいいかもしれない」

「えー、八木沢さんってそういう趣味があったんですかあ」

みゆきちゃんが即座に尻馬に乗る。

「バカなこと云わないでくれよ。猫丸先輩も大概にしてくださいよ、やめてくださいよね、そういうこと本当に実行に移すのだけは」

実際問題、やりかねないから恐いのだ。以前にも考えたことだが、この人だったらもっと手の込んだ突飛な悪戯を仕掛けてくる可能性さえある。

僕が語気を荒くしても、猫丸先輩はにやにやしたまま、

「まあ、そうやってムキになるんじゃありませんよ、猪《いのしし》みたいに鼻の穴おっ拡げて——本当にもう、判りやすい反応をする男だねお前さんは。そんなことはともかくだな、嫌がらせをす

るんならもっと手を換え品を換えて色々なやり方ができるってことが重要なんだ。でも、今回の場合、電報しか使っていない、そのことをよく考えてみろよ」

「電報しか使っていない――」

僕は茫然と呟いていた。確かにそのことには思い至らなかった。電報以外に僕が受けた被害と云えば、ドア・チャイム恐怖症くらいなものだ。だけど、そのことに何の意味があると云うのだろうか――。

「さっきも云っただろう、ポイントは僕が今までここで何をしていたかにあるって」

猫丸先輩は、のほほんとした口調で云う。

「こういう店で働いてるとね、たまに酔って気が大きくなる客なんてのがいるんだ。僕達店員に、おいちょっとお前、とか何とか横柄な口を利く輩《やから》がね」

「あ、いるいる、そういう人」

みゆきちゃんはオーバーなアクションで両手を打って、

「酔ってなくたってそういう態度の人っていますよ。デートしてても、私には猫撫で声出すくせに店員さんには、おい水くれ、とかデカい態度になる人。ああいうのって醒めちゃうんですよね、何様だこいつはって思っちゃう」

「そう、何様だってのはうまいね。つまりそういうわけなんだよ、ラジオのアイドルと八木沢が同じ意味で傲慢だって云ったのは」

猫丸先輩は、まん丸い仔猫じみた目でぎょろんと僕を見て、

「アイドルは遊園地や高級レストランへ行くって云った。でも、よく考えてもみろや、その日は地球最後の日なんだぞ、そんな日に遊園地やレストランが営業してるわけないだろうが。遊園地の従業員やレストランのコックが働いてるはずはないんだ。その人達だって地球最後の日となりゃ家族と一緒にいたいかもしれないし、今生《こんじょう》の別れにやりたいことだってあるだろう。何が悲しくって仕事なんぞしなきゃならん。つまり、問題のアイドルは、従業員やコックが自分と同じ人間だってことを忘れてるんだよ。そういう人は常に自分にサービスする義務がある、そう思い込んでるんだ。職場に付随してて死ぬまでその場にいることが、仕事だから当然だ、そう捉えてるわけなんだな。サービスする側とされる側を別種の人間としている——これが傲慢でなくて何なんだよ。だいたい笑っちゃうよな、地球最後の日に遊園地だなんて、そんな呑気な話があるもんかよ。もしそんな日が来ようもんなら、世界中殺戮《さつりく》と略奪と暴行の嵐だぜ、ヤケになってどんな無茶苦茶しようが天下御免だ。気に食わない奴を片っ端からブチ殺そうが、誰も止めはしないよ。だって明日がないんだから、刑法なんぞ歯止めにならないんだからね。そんな日に遊園地なんかに出かけようもんなら、着く前に暴漢に殺されるのがオチだ」

「いや、何もそんな、たかがアイドルのラジオにそんなに真剣にならなくても——」

よさそうなものだけどなあ——と僕は思う。そのラジオにしてもただの娯楽番組なのだし、アイドルタレントだってそこまで真面目に考えて答えたわけではないだろう。そんなものは右から左へ聞き流すのが普通だ。ただ、猫丸先輩はそういう一筋縄ではいかないところが、ちょっとある。普段の極楽お気楽な能天気顔からは想像もつかないが、物事のエゲつなくて暗い部分をわざわざ穿《ほじく》り返して冷笑するような、ペシミスティックな一面を、ほんのたまにだが覗かせる。万年躁病みたいな明朗闊達《かったつ》が持ち味のくせして、そんなところがあるから、ますますこの変人は理解しづらい。

「まあそんなわけでね、僕はそのアイドルを傲慢だと云ったんだけどね」

摑みどころのない変人は、いつもの屈託のない笑顔でそう云う。

「けど――僕は違いますよ、相手に応じて態度を変えるなんて、そういうのは僕だって嫌いですから」

天真爛漫な笑い顔に向かって僕が反論すると、

「でも、電報騒ぎのことのカラクリを見抜けなかったんだから同じようなものだよ」

おどけた仕草で、ひょいと長い前髪を撥《は》ね上げて云う。そして、

「まだ判らないんだったら考えてもみろや、いいか、お前さん、銭湯で同じ被害に遭ってるおっさんと出会ったんだろう。そんな二人がたまたま銭湯で出会《でくわ》すなんて偶然、そんなのちょいと信じられないだろ」

「あ、そうですね、確率としてはかなり低いです」

と、みゆきちゃん。

「そうだろう。でもだからと云って、銭湯での邂逅が演出されたものだとも考えにくい。もしそのおっさん二人組が謎の差出人の一味で、銭湯で偶然出会ったと装って八木沢に接近して『被害者はあんた一人だけじゃない、俺も同じ被害を受けてるんだ』ってことを何らかの目的

で知らせたんだとしたら――これは相当手間のかかる仕込みをしなくちゃいけない。まず第一に、八木沢を銭湯におびき寄せなければならない、ベランダの給湯器を壊して、な。それから第二に、いつ帰って来るか判らない八木沢の部屋の外で見張っている係が必要だ。おっさん二人連れは八木沢が銭湯に入った時にはもうそこにいたそうだからね、誰かが二人に『よし、ターゲットは銭湯に向かった、何喰わぬ顔で先に入って待機しろ』って指示しないことには、先に入っているなんてできやしない。まさか一晩じゅう入ってるわけにもいかないもんな。だからこの連絡係は、八木沢が家風呂を諦めて銭湯に出かけるのをきっちり確認しなくちゃならん道理だ。それから第三に、銭湯での雑談を自然な形で八木沢の耳に入れて、喰い付いてきてくれるのを待たなければいけないよな。こんな芝居はかなり難しいぞ。ちょっとでも不自然なところがあったら、いくらぼんやりした八木沢でも不審に思っちゃうだろ。そもそも、八木沢がその日は風呂に入ることを断念して、次の日に給湯器の故障が修理されて、もう銭湯に来ないかもしれない、というリスクすらある。こんな杜撰《ずさん》な計画を立てる奴はいないだろう。たかだか八木沢に接近するのに、ここまで手の込んだややこしい仕込みをするというのも、ちょいと平仄《ひょうそく》が合わない気がするんだ、スパイ映画じゃあるまいし――。それに、こんな手間暇かけた仕込みってのは、電報をちまちま送りつける手法とも肌合いが違っている。同じ人間の考えることとは思えないような感じだ。だいいち、そのおっさんは八木沢に連絡先を教えてるんだぞ。一味の者がそんなに簡単に正体をバラすとも思えないし、かと云ってデタラメを教えたら、八木沢が連絡した時に嘘だとバレて、自ら怪しい奴だって馬脚を現すことになっちまう。だから連絡先は本物と考える方が自然だ。とまあ、そんなこんなで、銭湯のおっさんが嘘をついているって可能性は、どうやら捨てていいみたいなんだ。結論としては、やっぱりおっさんもただの被害者で、八木沢と銭湯で顔を合わせたのも偶然ってことになる」

猫丸先輩は長広舌を振るってから、また新しい煙草に火をつけた。そしてウーロン茶をがぶりと飲む。下戸なのにヘビースモーカーなのだ。黙って耳を傾けていたみゆきちゃんが、小首を傾げて、

「でも、そうなるとさっき云ったことと食い違いますよ。同じ被害に遭っている二人がたまたま銭湯で出会す確率は低いって」

「まあね、でもこう考えたらどうだろう――被害者は八木沢とおっさんの二人だけじゃない」

「二人だけじゃない――？」

「そう、同じように夜な夜な電報を受け取っている人がもっとたくさん、それこそ十数人単位でいたとしたら――その中の二人がたまたま出会う偶然もあっておかしくない道理になる」

「たくさん――十数人単位？」

僕が呟くと、猫丸先輩はにやりとして、

「そうだ、嫌がらせの対象はお前さんじゃなかったってわけだ、どうだ、安心したか。お前さんと同じ目に遭ってる人は、ご近所にたくさんいた――そう考える他には、お前さんとおっさんが出会った偶然に理屈がつかないじゃないかよ」

「それじゃ、嫌がらせの相手は不特定多数だったってことですか。何かご近所ぐるみで誰かに

迷惑かけて、それを逆恨みされて――」

「ここまで云ってまだ判らないのか、お前さんも難儀な男だね」

と、猫丸先輩は僕の言葉を遮《さえぎ》って、

「いいか、何のために僕がさっきアイドルタレントの話なんかしたと思ってるんだよ。店の人は働いてて当然と思うような性根《しょうね》が傲慢だって云っただろう」

「それは判りましたけど」

「それと重ね合わせて考えてみろや、お前さんやその他多くの家に電報を送ることで、嫌な思いをする人がいるだろうが。この寒空に、わざわざそれぞれの家に出向かなくちゃならない人が――」

「あっ、ＮＴＴの人だ、電報を持って来る人」

と、みゆきちゃんが大仰にのけぞった。僕も呆気に取られて、猫丸先輩のまん丸い目を茫然と見ていた。猫丸先輩はその仔猫みたいな目をにんまりさせると、

「そういうことだ。お前さんと銭湯のおっさんは顔見知りでも何でもない。そしてさらに、もっと多くの被害者がいる可能性が出てきたからには、その不特定多数を共通にひっ括ることができる要素はご近所ということくらいしかないだろう。そこに電報という要素を加味すれば、接点はその人、ＮＴＴの配達員しか考えられない。他には被害者同士の接点がないんだから、これはもう当然の成り行きだな。つまり、嫌がらせの標的はその配達員だったわけだ、お前さんの住んでいる地区を担当している――。これが一番自然な解釈じゃないかよ。僕が思いつい

た解釈ってのはそれだ。どうだ、簡単だろう。まったくもう、お前さんときたらこんな簡単なことにも気がつかないんだから、やってられないよ」

わざとらしく顔をしかめる。そして、

「お前さんは自分のことばっかりに気を取られて、その人が電報を運んで来るのを仕事だから当然だとでも思ってたんじゃないか」

「いえ、別にそんなことは――」

「でも、この寒いのにご苦労さまって気持ちがあれば、すぐにその配達員のことに思い当たるはずだろう。そこに気がつかなかったんだから、お前さんも傲慢なアイドルと同じなんだよ」

「いや、それは――」

僕は云い訳の言葉すら失っていた。ぐうの音《ね》も出ない。確かに、炬燵から引きずり出されるのは理不尽だと、ずっとそんなことばかり考えていた。僕が炬燵から一歩でも出るのが嫌な時に、そんな寒い中を、外で働いている人のことに思いが至らなかった。配達員の顔すらまともに見ていなかった。これはさすがに恥ずかしい。俯《うつむ》くことしかできなくなってしまった僕に、猫丸先輩は楽しそうな声で、

「今さら反省したって遅いぞ。どうだ、お前さんが傲慢だってことが身に沁《し》みて判っただろう。みゆきちゃん、これからはこいつのことを平凡の皮を被った傲慢男と呼んでやってくれたまえ」

雪山で遭難しかけた人の頭にかき氷をぶちまけるようなことを平気で云う。嫌味な人である。

「判りました、明日から会社で早速——。でもね、猫丸先輩、この平凡の皮を被った傲慢男さんの電報騒ぎって結局、配達の人への嫌がらせだったんですか」

「うん、まあ正解かどうかは保証しないって云っただろう、僕はそう解釈したってだけで——。でも可能性は高いと思うね、八木沢や銭湯のおっさんや、その他ご近所に夜間電報の依頼があれば、その人はひっきりなしに出かけなければならない——こんな寒い夜に、ね」

猫丸先輩は、ただでさえ華奢《きゃしゃ》な肩をすぼめて、寒そうだということを表現してから、

「電報ってのはその性質上、頼まれたらすぐに届けなくちゃいけない。受け付けるのは中央のセンターで——115だっけ——一括して受けるんだろうけど、届ける方はそれぞれの地区の営業所とか何かの小さな施設でやってるんだろう。今日日《きょうび》あんまり電報なんか利用する人もいないだろうから、配達要員もそんなに大勢待機しているはずもない。狭い地区なんぞヘタしたら一人ってこともあり得るな。そんな態勢のところへ次から次へと配達の依頼があってみろよ、一件届けて帰って来たらまた一件、やれやれ終わったと帰って来ればまた次の一件——これが延々エンドレスだ。こいつはキツいぞ、充分嫌がらせになる。自転車やバイクならなおさらだし、車を使ってだって、こんな寒い中を出かけるのは誰だってご免こうむりたいよな。僕が思うに、多分嫌がらせの主は、ターゲットの配達員君の担当地区を歩き回って、表札や郵便受けを調べて、電報の送り先を選んだんじゃないかと思う。いや、それこそ電話帳を見りゃ住所も名前も一発だからそっちかな——もちろんその際、送り先の相手が必要以上に怯えたり警察沙汰になったりしないように、女の独り暮らしの住所は避けて、男名前のものばかりピックアッ

プしたんだろうが——。その中にたまさか八木沢や銭湯のおっさんの名前があったという、こんな寸法だ。二日、三日と間隔が空いたのも、標的が一人の配達員君だという傍証になる——その人の夜勤ローテーションに当たる日を選んでたんだから当然だな」

猫丸先輩は一呼吸ついて煙草をくわえると、

「費用は多少かかるけど、自分は家にいて115番で申し込むだけで、一晩中配達員君を走り回らせることができるんだから、陰湿な人にはたまらないだろうね。あの野郎は私の思い通りにこの寒い中を駆けずり回ってやがる、いい気味だ、もっとコマ鼠《ねずみ》みたいに走り回りやがれ、けけけけけ、寒い思いをして苦しむがいい、ついでに風邪でもひきやがれ、おまけに肺炎にでもなるがいい、へへへへへ——なんて想像できるんだから、こいつはこたえられないやね。まあ、本当の動機は判らないけどね、捨てられた女の腹いせっていうみゆきちゃんの説、割といいセンいってると思うぞ」

にやにやと、人の悪そうな笑顔で云う。本当に悪い小鬼みたいに見える。僕はげんなりしながらも、

「とにかく、僕が恨まれてるんじゃなくてほっとしましたよ——あ、その配達員君は気の毒だと思いますけど——でも、僕が標的じゃないんだったら、なにもあんな不吉な内容で送って来なくてもよさそうなもんですけどね、病気とか火災とか浸水とか」

「夜間の緊急定文とやらなんだからそいつは仕方ないだろ。急ぎの電報なんて大概悪い報《し》らせに決まってるからな、そういう縁起でもない定型文しか用意してないんだろうさ。それに、凝

った文面を工夫してないってところが、乱れ打ちでアバウトにたくさん出してるって傍証になると思うんだ、たくさん出すんだったら、いちいち文章を選択している余裕はないだろうからな」

「でもね、猫丸先輩、警察沙汰になったらどうするつもりなんでしょうね、その人——。それだけたくさん出してたら、誰かが気味悪がって警察に届けるに決まってますよ。現に銭湯のおじさんのとこは届けてるんだし」

みゆきちゃんが心配そうに云う。どうやら電報犯人の女の人——と決まったわけではないが——に同情しているみたいな様子だ。やはりプライベートで何か嫌がらせでもしてやりたいことがあるのだろうか。しかし猫丸先輩は、至って気楽な調子で、細い指先で長い前髪をくるりと摘《つま》み、

「それも覚悟のうちなんじゃないかな。悪戯電報打ったくらいじゃ別に大した罪になるわけでもあるまいし、バレてもいいと思ってるんじゃないか。事が大っぴらになったら配達員君も恥をかくわけだし、仕事に私怨《しえん》を持ち込まれたんじゃ職場に居づらくなるかもしれない。この不景気に職を失うのも、ちょいと辛いもんがあるしね、そこまで計算してるのかもしれないな。念の入った復讐もあったもんだよ」

「うわあ、凄まじい怨念《おんねん》」

みゆきちゃんはのけぞった。

「と、まあ、そういうわけで、そういうことを考え合わせていって、僕はこの一件を配達員君

個人への嫌がらせなんじゃないかって感じたわけなんだけど――どうだ、まだ何か疑問点はあるか」

仔猫みたいなまん丸の目を向けて来て、猫丸先輩は聞く。

「――ありません」

僕は心底、安心しながらうなずいた。猫丸先輩は一つの解釈にすぎないとしつこく云っていたが、僕にとっては充分納得できる解決である。説得力はあるし、何より憎悪の対象が僕ではないというところが気に入った。たとえこの推論が真相を射抜いていないとしても、もうドア・チャイムの音に怯えることもないだろう。恨まれているのは僕ではないのだから――そう考えると、あんなにびくびくしていたのがバカみたいに思えてくる。久しぶりに晴れ晴れとした気分だ。傍迷惑ではあるけれど、この常人と違った変な頭脳の持ち主は、たまには役に立ってくれることもある。感謝してあげることにしよう。

「まあ、お前さんの電報騒ぎも、もうじき終わるだろうさ」

変人は云う。

「警察沙汰になるか、それとも配達員君が事情を察して何とか処理するか――そうでなくても暖かくなりゃ収まるだろう。寒くなくなっちまえば、外を走り回らせても面白くも何ともないもんな」

と、急ににんまりとした笑みを浮かべて、

「さあ、というわけで八木沢、お前さんも一般労働者の苦労に思いを馳《は》せて少しは反省したら、ちょっとは申し訳ないと思いなさいよ。それでもってこの空腹の労働者にちゃんとオゴるんだぞ、そういう契約なんだからな――さて、思いっきり売上に貢献してもらわないとね、何を食べようかなあ、高い方から順繰りに――」

不穏当なことを呟いて、猫丸先輩はメニューに手を伸ばす。仔猫が目の前にボールを転がされた時みたいな、わくわくと嬉しそうな目の色をして――。

桜の森の七分咲きの下

桜の木の下には死体が埋まっている——。

何の文句かは忘れたけれど、確かそんな言葉があったような気がする。

木の下だろうが何だろうが、土の中に埋まった死体は当然腐っていることだろう。そして実際、桜の木の下にいる俺もクサっている。

——まあ、こっちは比喩《ひゆ》的な表現だけど。

などと、小谷雄次《こたにゆうじ》は膝《ひざ》を抱えてぼんやりと、埒《らち》もないことを考えていた。まったく、暇だとロクなことを考えない、と自分でも思う。

うららかな陽気の中で、雄次は気の抜けた大あくびをした。クサった気分とは裏腹に、景色は春爛漫《らんまん》の華やかさである。

花。

桜の花。

七分程度の開花とはいうものの、その鮮やかさは目を見張るほど見事だ。

四月の初めにしては気温も高めのいい気候。天気は快晴。見上げれば、どこまでも深い青空とピンクの花のコントラストが目に染みる。そろりと吹く軽やかな風に、花びらがちらほら舞い踊る。眠気を誘うような穏やかさ。

荒鷲薬師如来真言寺裏公園は、都内でも穴場的な桜の名所である。

広大な公園の隅に小高い丘があり、その頂上にはひときわ大きな桜が一本——樹齢数百年はあろうかという大木の桜が咲き乱れていて、雄次は今、その根本辺りに一人ぼんやり座り込んでいる。

丘の上から見渡せる眺望も絶景そのもの。広々とした公園の敷地内にところ狭しと咲き誇る桜、桜、また桜——。まるで、足元に拡がる雲海のごとくに、薄桃色の波がうねっている。丘が高いので、寺の本堂の屋根も地を這《は》うように見え、それも半ば桜のピンクに埋まっている。この丘の上は、喩《たと》えてみるなら、桜の海の展望台だ。視界を唯一遮《さえぎ》るものといったら、公園の向こうの住宅地の、これもこちらと同じくらいの高さの丘の上に一軒だけある、豪奢な邸宅のみである。金満家の邸宅らしきその贅沢な家も、全部の窓にカーテンが引かれ留守のようなので、桃色の海の孤島にたった一人漂着したみたいな心持ちだ。狂おしいまでの桜の洪水——絵に描いたようなと云うのか、はたまた絵にも描けないと表現すべきなのか、とにもかくにも素晴らしい景色である。

とはいえ、何時間も一人で眺めていれば、いかに絶景といえどもさすがに飽きる。平日のまっ昼間から、こんなところでぼおっとしているのもバカバカしい。

雄次はもう一度大あくびをすると、青空に向かって両手を高く突き上げ、伸びをした。そしてそのままの姿勢で後ろに寝っ転がろうとして——背中の下がごりっとした。

「痛——」

慌てて飛び起きた。背中が痛い。

痛いなあ、もう——顔をしかめながらゴザを手でさすると、何か硬い物がゴザの下にある。どうやら石のようだ。土の中に埋まった石の先端が地面から顔を出しているらしく、ゴザの上からいじってみても石は動かない。

「死体じゃなくてこんな物が埋まってやがった——」

独り言で呟《つぶや》いて雄次は尻をずらし、数メートルばかり移動した。幸い、場所はふんだんにある。なにしろ丘の上一面にゴザを敷きつめてあるのだから。

皆が集まれば、誰かがあの石のある場所に座ることになる。あんな硬い物の上に座るのは難儀なことだろう。どうせなら、あの総務課長をあそこに座らせてやりたいものだ——などと、雄次は思っていた。本当に、暇だとロクでもないことしか考えない。

桜の花を透過する木漏れ日の下、雄次は三たび大きく伸びをする。

まったくもう、退屈だよ——。

腕時計を見ると、二時を回ったばかりだ。まだまだ待ち時間は長い。

着慣れないスーツが皺《しわ》にならないように注意しながら——そしてゴザの下に今度は何もないことを確認して——雄次はだらしなくごろりと横になった。どうして俺だけこんな待遇なんだよ——と、クサった気分で。

昨日の入社式は形ばかりのものだったので、実質的な初出勤となる今朝は張り切って出社した。

服装も、イタリア製のアラペッツォのスーツで着こなしを決めた。無理をしてローンを組んだ一張羅だ。服飾関係の会社だというだけで、ブランド物のスーツに発想が直結するのは、いささか単純すぎるかもしれない。そうは思うが、しかしまあ、せっかくの初出社である。こざっぱりした恰好でいる分にはどこからも文句の出る道理はないだろう。憧《あこが》れの業界に入れたのだから、張り切るのも当たり前だ。

それに、この就職難の時代にやっと採用された会社ということもある。ファッションくらいにしか興味のなかった典型的な無趣味無目標学生だった雄次は、就職活動の時期になって、これまた単純な発想でもって、勤めるのならアパレル関連しかないと思った。あまり威張れるランクの大学でもなかったので、大手のメーカーやショップからは求人案内すら送ってもらえなかった。中堅どころさえ、けんもほろろの門前払い。入社試験をことごとく落ちて落ちて落ちまくった挙句、ようやく引っかかった会社なのである。小なりといえども自社ブランド製品も作っている。これでは張り切って当然と云えよう。もっとも内定を受けてから、自宅近くのスーパーマルエー二階の衣料品売り場で、自社ブランドマークがついたびっくりするほど地味な

*

おばちゃん用スカートを発見した時には、さすがにちょっと力が抜けはしたけれど——。

しかし、高望みできる立場ではない。あの激しい就職戦線を勝ち抜いてやっとの思いで入社したのだ。やる気に満ち満ちて、研修でも何でもどんと来い、という意気込みで出社した雄次の覇気は——妙な形でカラ回りすることになった。四人揃った新入社員の中で、雄次だけが呼ばれたのだ。

「小谷君、キミはちょっとこっちへ」

呼んだのは総務課長——なんだか生気の感じられない、陰気な中年男だ。

「総務課長の柳瀬《やなせ》です、小谷君は私と一緒に」

おや、研修すっ飛ばして早くも総務に配属か——などと思ったけれど、どうも少し様子が違う。雄次を伴った柳瀬課長は、生気の感じられない足取りで会社の裏の駐車場へ向かった。そして、倉庫から丸めたゴザを大量に引きずり出し、ワゴン車に積み込む作業を始めたのだ。何がなんだか判らぬうちに、その巨人の葉巻みたいな物体を積み込む仕事を手伝わされ、あれよあれよと云う間もなく、柳瀬課長の運転する車は会社を離れてしまった。助手席の雄次はぽかんとするばかりである。

途中で街道沿いのコンビニエンスストアに寄った。

「ここで昼食の弁当を買いましょう、どれでも好きなの選んで」

弁当売り場の横に、幽鬼のごとく佇《たたず》んで柳瀬課長は云う。

「はあ——あの、課長からお先にどうぞ」

一応、新入社員らしい気遣いを見せつつ、柳の下の亡霊のように身動きしない課長を訝《いぶか》りながらも雄次が勧めると、

「私は必要ありません、小谷君だけです」

「そうですか――それじゃ」

陰気な声に促され、雄次は弁当のひとつを手に取った。特選幕の内弁当、七百五十円。すると課長は、腐りかかった魚みたいな感情のない目つきで雄次を上目遣いに見据えて、

「弁当代は会社の経費です」

呪詛《じゅそ》と怨念《おんねん》に血塗られたかのような声で云った。雄次は慌てて弁当を取り替えた。ボリュームしゃけ弁当、四百七十円也。課長はしばしの間、じっと雄次の手にした弁当を見つめていたが、やがて満足してくれたらしく、ゆっくりひとつうなずいた。ただし、満足したと感じたのはあくまで雄次の主観であり、微笑すら浮かべない課長の表情からは、まるで感情が読み取れない。

「私が払います、会社の経費ですから」

そう云って課長は、雄次から弁当を取り上げる。そのままレジへ行くのかと思いきや、課長はまだ動かない。感情のまったくこもらない無表情な目で、静かに雄次を見つめてくる。

何だよ、四百七十円でもまだ不満なのかよ、今うなずいたのはどういう意味だよ――雄次が焦り始めると、課長はやおら口を開いた。

「お茶はいいんですか、弁当だけでは喉《のど》が渇きます」

「あ――はい、要りますね」

大いに拍子抜けして、雄次は近くのケースに手を伸ばした。一瞬躊躇《ちゅうちょ》したが、百四十円のミニペットボトルを諦《あきら》めて百十五円の缶入りのものを選ぶ。それでようやくレジに向かって歩き出した課長は、唐突に振り返って、

「あ、云っときますけど、お茶は経費では落ちません」

雄次は、自分も無表情になるのを自覚しながら、ポケットから財布を取り出した。

弁当を購入してもコンビニから出るわけでもなく、課長は店の一角にじっと立ちつくしていた。なんだか、店内に落ちる針の音を聞き取ろうとでもしているみたいな様子で、機能停止してしまった機械のように、まるきり動こうとはしない。

おいおい、今度は何だよ、まだ何かあるのか――と、雄次の不審感のボルテージがぐいぐい上昇する中、課長はいきなり、マガジンラックから雑誌を一冊引き抜いた。雄次が普段手に取ることもないような、おっさん専用の週刊誌だった。

「これを買ってあげましょう、退屈するだろうから――。経費ではありません、私のオゴリです」

物凄く恩着せがましく、課長は云った。

「ありがとうございます」

答えながらも雄次は、自分がさっきよりももっと無表情になるのを自覚していた。

そして、一言も会話のないドライブの果てに、到着したのは荒鷲薬師如来真言寺裏公園だっ

た。

　桜が咲いていた。

　公園いっぱいに拡がった桜の花――ピンクの綿飴《わたあめ》がふわふわと輝きながら、樹々の枝という枝から弾《はじ》けてこぼれるみたいに――それは素晴らしい眺めだった。まだ七分咲きではあるが、青い空が桃色に染め上げられていくような鮮やかさだ。

「うわ、凄い――」

　車から降りた雄次は、あまりの美しさに圧倒されて思わず呟いていた。

「見事でしょう」

　隣に立った課長が、まったく感情のこもらない声で云った。桜の華々しさとは対照的な、陰々滅々とした調子だった。

「はあ――見事ですね」

　浮き立った気分が瞬時に萎《しぼ》んでいくのを感じながら、雄次は一応返答しておいた。桜の花の華麗さを共感するのに、この人ほどふさわしくない人も珍しいのではあるまいか――そんなことを考えながら。

　しかし、それはそれとして景色は素晴らしい。課長に連れられて登った丘の上からの展望も、惚《ほ》れ惚《ぼ》れするほどだった。桜の海に浮かぶ離れ小島のような丘。眼下に花が咲き乱れ、それを足元に睥睨《へいげい》して立つ――いっそ幻想的とも神々しいとも云える、幽玄な風景である。もっとも、そこにせっせとゴザの束を運び上げて一面に敷きつめたら、とたんにやたらと世帯じみたセコい雰囲気になってしまいはしたが――。

ここまで事態が進行すれば、雄次にも自分の置かれている立場が飲み込めた。

「あの、もしかして俺の仕事というのは――」

最後のゴザを拡げ終わるのを機に尋ねてみると、

「そう、花見の場所取り、です」

柳瀬課長はこともなげに云い切った。

「新入社員歓迎会を兼ねて、ここで花見をするのが我が社の恒例です」

確かに、花見をするには絶好の場所である。下界の桜を見下ろし、頭上には一本の大きな木が花を散らす――最高のロケーションと云ってもいいだろう。よくぞ見つけたこの特等席、だ。でもだからといって、なにもそんなものを恒例にせずとも――と、雄次は思う。

「年度初めの重要な社内行事です。小谷君にはしっかりと、場所確保の大任を果たしてもらわなくてはなりません」

「はあ――」

あまり大任という気はしない。

「毎年、新入社員の一人に、初仕事としてこの任についてもらうことも決まっています。重大な仕事です。なにしろ社長が大の花見好きで、毎年楽しみにしておられますから」

「あの、重大な仕事なのはいいですけど――その花見は何時頃から始まるんでしょう」

げんなりしながら雄次が聞けば、

「夕方からに決まっています。皆、仕事があるんだから」

いともあっさりと、課長は答える。

ということは、それまで一人で待たなくっちゃいけないのか、まだ朝なのに――広々としたゴザにぽつんと置かれた弁当の袋を、情けない思いで雄次は見やった。なるほど、そういうことなら昼食の弁当は必要だし、一人分でいいわけか――。

「では、頑張ってください、私は社に戻るから――。まだ酒やつまみの段取りの仕事がありますから、忙しい」

それだけ云い置いて柳瀬課長は、これまで見せもしなかったあっさり具合で、とっとと丘を降りて行ってしまう。生気のない猫背の後ろ姿が、どんどん小さくなって消えていく。

雄次は、丘の上に一人取り残された。桜の花が艶《つや》やかに咲き誇る美しい丘の上に――。

まいったなあ、夕方までって何時間待てばいいんだよ――と、ため息をついて、桜の大木を見上げた。こっちの気分とは無関係に、青々とした空を背景にした花の桃色が心地よさそうに揺れている。

頑張ってくださいって云われても、何をどう頑張りゃいいんだ。ここでヒンズースクワット連続一万回記録でも達成すりゃいいのか。だいたい何なんだよ、花見好きの社長って。途轍《とてつ》もなくイメージ悪いぞ、それ。年中浮かれてるバカ社長みたいじゃないかよ――昨日の入社式の際に見た恰幅《かっぷく》のいい社長の頭に、桜の枝が生えているところを想像した。ついでに頬《ほお》に渦巻き模様を描いて、金ラメの羽織を着せ、両手に扇子を持たせてみる。花見好きの社長の出来上がりだ。

やっぱり中小企業はダメなのかな、この就職、失敗だったかなあ——と、先行きの不安感まで抱えながら、仕方がないのでとりあえず靴を脱ぎ、ゴザの上にあがった。ピンクの花びらがひとつ、ふわりとブランドスーツの肩に落ちてきた。

もしかして俺、就職試験、ドベだったのかな——そんなことも考えてしまう。だって期待されてる新入社員が、こんなくだらない仕事振り分けられるはずないし——。同期の連中は今頃研修か何かやっているだろうに、俺はこんなところで花見の場所取りだ。彼我《ひが》の差を思うと、出世の道すら完全に断たれてしまったような気さえしてくる。まだ出社初日だというのに——。

「まいったなあ」

と、また独り言で呟いて雄次は、ゴザの上に座り込んだ。桜の花だけが、平和に色鮮やかに咲いている。雄次には、ただぼんやりと座っていることしかすることがない。

＊

時計の針は遅々として進まない。

腕時計をちらりと見ても、まだ二時すぎ——さっきから数分しか経っていない。

緩やかな春の風がそよぎ、桜の花がはらはらと舞う。時折、小鳥の遊ぶ声も聞こえる。

丘の下の下界からは、風に乗ってかすかな人声も届いてくる。笑い声だ。花見の宴《うたげ》を催《もよお》しているのだろう。弁当を――会社の経費で買ってもらったやつだ――食べ終わった頃、何人かのおじさん達が荷物や筵《むしろ》を抱えて登って来ようとしていたが、こちらに雄次が陣取っているのに気づくとそそくさと引き上げて行った。あの連中が、下の桜の海底深いどこかで、呑んで浮かれて騒いでいるのだろう。

それにしても退屈である。

人は誰も来ない。

ごくたまに、近所の人と思《おぼ》しきご老人が、丘の麓《ふもと》を通って行くのを見かけるくらいである。花の下の散歩を楽しんでいるらしい。それから二、三人ほど、雄次と同じ立場らしきスーツの若い男が、恐らく場所取りの大任を担って来たようで、丘の下まで様子を見に来て、こっちの姿を見つけるや、すごすごと引き下がって行ったものだ。だから、この丘の上までわざわざ登って来る物好きは皆無である。

従って、余計に退屈だ。

暇で暇で、どうにもならない。

午前中は、それでも少しはすることがあった。することと云っても、ちょっと屈伸運動をしてみたり、意味もなく腕立て伏せをしてみたり、一本だけある桜の大木に少しだけ木登りを試みたり、と途方もなく非生産的な時間潰《つぶ》しでしかなかったが、そんなことを一人でやっても面白いはずもなく、すぐに飽きてしまった。陽気に誘われてうつらうつらしたりもした。それでも時間の経過は、なめくじの歩みのように遅い。

雄次は、これももう飽きるほどした大きなあくびをして、天を振り仰いだ。午前中の居眠りのせいで、もう眠くもならない。あくびもただの空《から》あくびである。目に滲《にじ》んだ涙を拭《ぬぐ》うと、青空はやはり健康的な抜けるような空色——桜のピンクも陽光にきらめいている。ちらり、と花びらが落ちてくる。

そうやって、ほとんど半分眠っているくらいにぼんやりしていたから、

「おい、交代だぞ」

声をかけられた時は魂消《たまげ》てしまった。

一体いつの間に登って来たのか——ぼおっとしていたので気づかなかったが——大木の幹の横に、男が一人立っていた。

「ふわい——な、なんですか」

覚醒《かくせい》レベルに意識が戻るのに時間がかかったせいで、雄次の返事はひどく間の抜けたものになってしまった。

「交代だと云ってるんだ。君はとりあえず社の方へ戻ってくれ、後は俺が引き受ける」

対して男はきびきびと云い、もう靴を脱いでゴザの上にあがっている。歯切れのいい口調は、今朝の総務課長とは正反対、三十くらいの年配で、スーツをちょっと崩した感じで着こなしている。どことなく無頼派っぽい雰囲気は独特なものがあり、有能な営業マンといった趣《おもむき》がある。

会社の先輩か——少し戸惑いながら、雄次は立ちあがった。昨日の入社式で顔合わせの機会

はあったけれど、先輩社員一人一人の顔をすべて覚えているはずもない。

「すまんが電車で戻ってくれるか、俺も車で来たんじゃないからな。駅は歩いて十分くらいだ。寺の参道の方から出ると近い。商店街を抜けると線路に突き当たるから、そこを右に行けば駅に出る」

てきぱきとした言葉に追い立てられるようにして、雄次は自分の靴を履いた。

「判りました――それで、その後はどうすれば――」

「後は向こうで指示が出る。酒やら何やら荷物があるから、そっちの方を手伝ってもらうんだと思う」

「はい。じゃ、戻ります」

なんだ、花見好きな社長の会社でも、まともな人もいるんじゃないか――ちょっと安心して、雄次は丘を降りようと足を踏み出した。何より、退屈地獄から解放されるのがありがたい。

「ご苦労さん――おい、雑誌、いいのか、忘れてるぞ」

云われて振り返ると、男はもう座っていて、週刊誌を手にしている。総務課長がコンビニで買ってくれた例のおっさん雑誌である。

「あ、それでしたら差し上げます、もう読んじゃったし――先輩も退屈するでしょうから」

「そうか、すまんな、助かる」

頼もしい笑顔でにやりとすると、男は雑誌をゴザの上へひょいと置いて、

「それにしてもいい場所を取ったものだな、ここは特等席だ」

目を細めて周囲を見回した。

歩き出そうとした雄次は、その言葉に引っかかりを覚えて、思わず足を止めてしまった。

あれ、変だぞ、総務課長はここで花見をするのは社の恒例行事だと云ってたはずじゃないか――今の台詞《せりふ》は、なんだか初めてこの場所へ来た人の云うようなニュアンスが感じられた。会社の先輩ならば、そんな云い方をするのはおかしい。中途採用の人か何かで、恒例行事を知らないのだろうか。でも、何かが妙だ。そう、この人は俺の名前を一度も呼ばなかった――。

もう一度振り向いて、胡座《あぐら》をかいている男をまじまじと見ると、相手も不思議そうにこっちへ顔を向け、

「どうした、早く帰らないと小言喰らうぞ」

「はい、でも――あの、あなた、先輩ですよね」

「そうだが――おいおい、寝呆《ねぼ》けてるのか、早く行かないとマズいぞ」

男の口調がきつくなったが、雄次はひるまずに云った。

「交代って、誰に云われて来たんです」

「誰って――そりゃ上からだよ」

「課長ですか」

「そう、そうだよ、課長だ」

「その課長、何て名前ですか」

思い切って聞いてみた。総務課長の名前は柳瀬。あんな小さな会社なんだから、社員だった

ら知らないはずはない。

「それは、えーと、あの、ほら、あの人だよ」

案の定、男はしどろもどろになる。

「課長の名前、知らないなんておかしいですよね」

雄次が詰め寄ると、とうとう男は黙ってしまい、無言で睨《にら》みつけてくる。

「変だと思ったんですよ、途中で交代があるなんて聞いてなかったから。あんた一体誰なんだ
――あ、もしかしたら」

突然思い出した。散歩するご老人達が丘の下を通るのに混じって、雄次と同じ立場らしい場所取りサラリーマンが二、三人、下からこちらの様子を窺っていたではないか。あの中に、確かこんな顔がいたような気もする。とすると、こいつは他社の場所調達係ということになる。

「あんた、さっき下から見てたでしょう、花見の場所取りに来て」

「へえ、目がいいんだな」

と、男は険のある目つきになって云う。

「視力のいいのは自慢ですからね――いや、そんなことはどうでもいい。あんたどこの人なんだよ、ウチの社の人じゃないんだろ、何者だ」

「ふん、バレたら仕方がない」

云うが早いか、男は物凄い勢いで靴を履き、雄次が止める間もあらばこそ、脱兎《だっと》のごとき勢いで丘を駆け降りて行ってしまう。

「あ、待て、逃げるな、こら」

呼び止めても後の祭。男の姿はもうとうに小さくなって、下界の桜の雲海の中へ走り込もうとしている。

まったくなんてヤツだ——呆れ返った雄次は、しばし茫然《ぼうぜん》とその後ろ姿を見送った。追いかけてもいいのだが、ここを離れてしまうのは心許《こころもと》ない。なにしろあんな場所泥棒が出没するのだから。

危ない危ない、油断も隙もあったものじゃないな、これだからサラリーマン社会は気が抜けないんだ——と、いささか的外れなことを考えながら雄次は、また靴を脱いでゴザの上にあがる。

結局、交代は幻のものにすぎず、状況は何ら変わりはない。雄次は再びただ一人、丘の上に取り残された。

それにしても本当に危なかった、すんでのところで場所を騙《だま》し取られるところだったぞ——桜の大木を見上げて、独りごちた。厚かましいヤツもいたものだ。こっちが新入社員だと目星をつけて、先輩のフリをするという強引な芝居を打ってきたのだろう。随分《ずいぶん》無謀なやり口だが——なにせ、新入社員が先輩全員の顔を知らないことに賭《か》けてきたのだから、無茶な方法だ——しかし、現にもう少しのところで騙されそうになった。こんな特等席だからこそ、多少危ない橋を渡ってでも奪おうと考えやがったわけか。用心しなくてはいけない。何がなんでもこの場所を死守しなくちゃ——いきりたって雄次は、場所泥棒が投げ出して行った雑誌を手に取った。丸めて棍棒《こんぼう》状にすると、意味もなく二度三度と掌《てのひら》に打ちつける。紙もちぎれよとばかりに、ぐりぐりと丸め、棍棒をより強固なものにした。実際にページがちぎれても構うものか。さっきあの男に云ったように、今朝からもう三回も——腕立て伏せやストレッチの合い間に——暇にあかせて熟読したから、もう用はない。内容は必要もないのに、それこそ広告の文句まで、すべて頭に入ってしまっている。それほど退屈していたわけであるのだが——。

ちなみに、このおっさん御用達週刊誌から仕込んだ無駄な知識というのは『金融再生委員会現職総括政務次官が、前回の総選挙直後に、支援お礼を兼ねて数百名の後援会員と温泉旅行に同行したのは、公職選挙法第一七八条にあるあいさつ行為の制限に該当する重大な事後買収と見做《みな》すことができるので、本誌特別取材班は今後もこの問題を追及する予定』とか『携帯電話販売の最大手の一つである某社の昨年度売上高が、当初予想を四割も下回り、創業以来初の数百億円単位にものぼる営業赤字になったため、同社は直営販売店を六割削減の大規模リストラ策を打ち出したが、株価の下落は抑えられない模様』だの『不倫疑惑騒動で注目される元横綱の某親方は、現役時代からの浮気癖が直らないくせに大の恐妻家で、愛人だけに教えている秘密の電話の存在を近頃おかみさんに察知されてしまい、その悋気《りんき》に怖《お》じ気《け》づいて意気消沈の今日この頃』やら『最近都下を騒がせている大がかりな空き巣窃盗団は、綿密な下調べの後、高級住宅街の留守宅を狙って、白昼堂々家具から絨毯《じゅうたん》まで根こそぎ運び出す大胆な手口』だの『新宿歌舞伎町にこのほどオープンしたとある風俗店の新サービスは、××プレイという新機軸で、本誌記者が突撃体験取材を敢行したところ、そのサービスたるやマコトにケッコウなものであり、本当に×××の女の子が×××の×××を×××××してくれるという徹底濃厚サービスで、その上×××の××を×××までしてくれて思わず昇天』とまあ、本当にどうでもいいものばかりである。ついでに、おっさん週刊誌には精力増強関係の広告が異様に多いことも発見した。最新式の増強剤開発者と謳《うた》われた医学博士とかのおっさんが、スッポンを手にしてにやけている脂ぎった笑顔などは、妙にインパクトが強くて頭に焼きついてしまっている。

そんな週刊誌の棍棒を振り回し、落ちてくる桜の花びらを打ちすえていると、こちらに登って来る人の姿に気がついた。

作業服のようなものを着た中年男だ。大きな白いビニール袋を下げて、スッポン博士みたいなにやにやした笑いを浮かべている。

「よう、兄ちゃん、花見の場所取りかい」

丘を登りきった中年男は、白いビニール袋をゴザの上におろして、雄次に声をかけてきた。

「こりゃいい眺めだ。兄ちゃん、いい場所取ったもんだな」

にやにやしたままで辺りを見回し、中年男は云う。そして、断りもしないでゴザに腰をおろすと、

「でも一人じゃ淋《さび》しいだろう、退屈そうだぜ」

「はあ、まあ——」

雄次の返事は、我知らず無愛想なものになってしまう。さっきの男に騙されかかったから、少し猜疑《さいぎ》心が強くなっているのだ。場所を死守しなくてはという義務感もあり、排他的な気分

にもなっている。

「退屈しのぎにどうだ、一杯やるか」

と、中年男はビニール袋から缶ビールを一本取り出した。

「遠慮するなよ、オゴってやるから」

「いえ、結構です」

「いいから遠慮するなって、俺の分もちゃんとあるから、気にするなよ」

そう云って中年男は、もう一本ビールを出すと、雄次の鼻先で缶を開けた。

「ほら、うまそうだろ、一緒にやろうぜ」

「いえ、本当に要りませんから」

固辞しながら、雄次は内心辟易《へきえき》していた。何なんだよ、このおっさんは、誰彼構わず一緒に呑みたがるアル中なのか。そんなに酔っぱらってるようには見えないけど、一人じゃ呑めない淋しがりやさんなのかよ、迷惑なおっさんだな――いくらここが花見の特等席だからといっても、勝手に上がり込んで酒盛りなどされてはかなわない。困ったな、やっかいなヤツが来ちゃったよ。だいたいこんなおっさんに付き合って酔って待ってたりしたら、後で言い訳が立たないじゃないか。一応これでも、社命で場所取りやっているんだし――。

「呑まないんなら俺が先に頂いちゃうぜ、いいのかい兄ちゃん、呑んじまうよ」

雄次の苛立《いらだ》ちに気づきもしないようで、中年男は嬉しそうにビールの缶に口をつける。

「くはあっ、うめえっ。昼間のビールは堪《こた》えられねえな。どうだ、兄ちゃん、うめえぞ、ほれ、呑めや、浮き世のウサを忘れるにゃこいつが一番だ」

「別に僕は忘れたいようなウサはありません」

「お、うめえこと云うじゃねえか、兄ちゃん。ウサがねえならめでたいことだ、だったらなおさら一杯やって楽しもうじゃないか、な、ほら」

ビールの缶を突き出してくる。

「要りませんよ、本当に」

「なんだよ、ビールは嫌いか。だったらこういうのはどうだ、若いんだからこっちの方がいいか、ほれ」

と、中年男はビニール袋からウィスキーのポケット壜《びん》を引っぱり出して、

「どうだ、洋酒だぜ、威勢のいい兄ちゃんにはこの方が似合ってるかもな。口呑みなんて野暮は云わねえ、こんなのもある」

驚いたことに、今度は紙コップまで出してきた。

「こいつでもって桜の花びらでも浮かべてよ、桜酒なんてのもオツだろう。ほら、兄ちゃん、遠慮はご無用だ、呑んでくれよ」

「遠慮してるんじゃないですよ、要らないんです、本当に」

「つれないこと云うなよ、兄ちゃん。お、そうか、つまみが要るか、こいつは俺が気が利かなかった、失敬失敬、これでどうだ」

サキイカやピーナッツの入った袋まで出てくる始末だ。なんとまあ、用意のいい酔っぱらい

がいるものだろう――呆れながらも雄次は、中年男の手を押し退《の》けて、

「いくら勧められても呑めるわけないでしょ、俺は半分仕事で場所取りやってるんだから」

「構やしねえよ、一杯くらい、付き合えよ、バレやしないさ、いいだろ」

「よくないよ、いい加減しつこいなあ――だいたいあんたに酒なんか御馳走になる義理なんてないんだから」

「堅いこと云いっこなしだ、一期一会でいいじゃねえか」

「訳判んないこと云うなよ、もうどっか行ってくれよお」

さすがにいらいらしてきた雄次が声を荒らげると、中年男はにやにや笑いを引っ込めて、

「なんだよ、俺の酒が呑めねえって云うのかよ」

「呑めません」

からんでくるかと身構えたが、相手は意外とあっさりと、

「なんだ、つまらねえ兄ちゃんだな――そんなに云うならいいさ。ちぇっ、せっかく人が一杯呑ませてやろうって云ってるのによ」

ぶつぶつと不満そうに呟いて、酒やつまみをビニール袋に押し込んで立ち上がる。

「人の親切を無にしやがって――まったく、若い者は人情ってのが判らねえんだからよ」

あんたみたいな非常識なおっさんに人情を語ってほしくないよ――口にはせねど非難の眼差しを投げかけてやると、やっと諦めたようで、中年男はビニール袋をぶら下げて丘を降りて行ってくれた。雄次は大きくため息をついた。

危なかったな、でも変な酔っぱらいに居つかれなくて助かった。確かにこの特等席で、のんびり一杯やってみたい気持ちは判らないではないが、あんなのに居座られたら、後で困ったことになるに決まってるもんな——そう考えて、ほっと胸を撫でおろす。それにしても、場所泥棒や酔っぱらいに来られてはたまらない。そういえば、何の文句か忘れたけれど、桜の花の下は人の気を狂わせる、なんてのもあったように思う。特別に眺めのいい場所だけに、この丘には変なヤツを引きつける磁力みたいなものでもあるんじゃなかろうか——などと、バカげたことまで考えてしまう。もう誰も妙なヤツなんて現れてほしくないよなあ——という雄次の切なる願いは、すぐに裏切られることになる。

酔いどれおやじを追っぱらってしばらくして、次に丘を登って来たのは、ラフなセーター姿の男だった。年齢は酔っぱらいと同じくらいだろうが、物腰はどことなく紳士的だ。だから雄次は最初、近所の普通の人が散歩にでも来たのかと思った。

「うん、いい景色ですね、ここは——。お花見の場所取りですか」

と、男が周囲を見渡し、微笑《ほほえ》んで聞いてきた。

「ええ、会社の花見で」

いささか警戒心を残したまま、雄次は答える。まともそうに見えるからといって、ゆめゆめ油断をしてはいけない。なにしろ変なヤツを集める磁力のある丘なのだから——。

思ったとおり、男がうっとりと花を見上げた後に、唐突に切り出した用件はあまり常識的なものではなかった。

「ところで、ちょっとお願いがあるんですけどね。私を一人にしてくれませんか」

「はあ――？」

何を云っているのか判らなくて、雄次は気の抜けた返答をしてしまう。一人になりたいのだったら、勝手にどこへでも行って孤独を楽しめばいいではないか。どうしてわざわざ人のいるところへ来てそんなことを云い出すんだ――しかし、相手は平然として、

「これは失礼、急にこんなことを云ったら驚きますね――いや、実はちょっと考えごとをしたくてね、少しの間でいいからこの場所を貸してほしいんだ」

「はあ――」

また返事に困ってしまう。何だ、それは、どういう意味なんだよ、まるっきり云ってることが支離滅裂だぞ、なんだって場所を貸さなくちゃならないんだ――。

「あ、失礼、ますます驚かせてしまったかな。実はね、私は絵を描く趣味がありましてね、ちょうど桜を描こうと思ってたんです。そこでこの素晴らしい場所に巡り会えて、ここでならいいインスピレーションを得られそうな気がしましてね」

満足そうに辺りを見回す男を、雄次は胡散《うさん》くさい思いで見ていた。絵を描く趣味って、そんな道具なんて何も持ってないくせに何云ってやがるんだ――男の言葉は嘘としか感じられなかった。さっき騙されかけたから、こっちだって学習している。何を企んでいるのかは判らないが、簡単には引っかからないぞ――と気を引き締める。

「それで一人になりたいんです。どうも私は、自分で云うのも変ですけど、偏屈なところがあ

りましてね、側に人がいると気が散って集中できないんですよ。ですから、どうでしょう、私をしばらくここで一人にしてくれないでしょうか」

「一人にって云われましても――俺はここで場所取りの役目があるわけで――」

相手をよく観察しながら、雄次は慎重に答えた。向こうの企みが那辺《なへん》にあるかによって対処の仕方も変わってくる。とにかく今は、何を企てているのか探るのが先決だ。

「ああ、場所取りだったら心配しないでください、私が見ててあげますから」

「いや、でも――」

雄次がさらに渋って見せると、

「君、お名前は何といいますか」

いきなり聞いてきた。

「はあ、小谷ですけど」

「小谷君、ですか――よし、判りました、こうしましょう」

と、突然声のトーンを上げて男は、

「私がここで一人でいる間、小谷君は町へ降りてパチンコでもして時間を潰していてください、ほら――軍資金は提供しますから」

素早くズボンのポケットから財布を取り出すと、紙幣を一枚引き抜いた。

「さあ、これでどうです」

ゴザの上に置かれたのは、一万円札――。

「え、これを俺に――?」

「そうです、遊んで来てください。もし勝ったら、それは小谷君のお小遣いとして取っておいてください。どうですか、悪い話じゃないでしょう」

「いや、でも――」

意表を突かれる成り行きに、ちょっと呆気《あっけ》に取られながらも雄次は必死に頭を回転させていた。金を出すってことは――つまり、これは買収なのだ。目的はもちろん、そう、やっぱりこの特等席だ。趣味の絵のインスピレーションだかなんだか知らないが、そんなことのために大枚一万円を出す阿呆はいない。だが、なにしろここは、これだけ素晴らしい眺望の、花見のための一等地なのだ。さっき騙されかかったあの場所泥棒の、不敵な面構えが頭に甦《よみがえ》る――あんなふうに騙すヤツがいるくらいだから、多少の金を犠牲にしてでも奪おうという手合いがいてもおかしくないだろう。接待花見か何かだったら、買収費用も経費で落ちるのかもしれない――。

そんなことを考えている雄次の沈黙を誤解したようで、男は、

「これじゃ足りませんか――そうですね、近頃のパチンコは一万円くらいあっという間ですから――じゃ、これでどうです」

もう一枚、紙幣をゴザに並べた。二枚の札の上に、花びらが一枚はらりと落ちる。

「二万――」

雄次は、思わず呟いた。ちょっとだけ、気持ちが揺れ動いたからだった。いや、二万円がど

うこう云うのではない、もちろんパチンコに行きたいわけでもない。朝から延々続いた退屈の無間地獄から解放されるのなら——花見の開始までにはまだまだ時間もあるし——この二万円を引っ摑《つか》んでここから逃げ出せたら、どんなに楽になれることだろう。そう思ってしまった。一人でぼんやり退屈と戯れる無意味な時間を過ごすことを思えば、町へ降りて行って思いきり解放感を味わえたら——いやいや、しかし、買収になんか応じるわけにはいかない。やっとのことで入社できた会社なのだ、たかが二万円ぽっちで売るなんて、できるはずもない。

「ダメですよ、いくら金を積まれたって、俺はここを明け渡したりしませんから」

決意を新たにして雄次は、買収男に向き直った。

「まあ、そうまでして特等席を奪いたい気持ちは判りますけど——こう見えても俺、愛社精神の固まりなんですからね、会社から大任を任されて場所取りしている以上は、断固死守しないといけないんですから」

一瞬、二万円で会社を売ろうとした後ろめたさも手伝って、雄次が強い口調で云ってやると、買収男は怪訝《けげん》そうに、

「何ですか、それは——その奪うとか死守とかと云うのは——」

「もういいですよ、とぼけたりしなくても。あなたも場所取りなんでしょう、この特等席を買収したいんでしょ」

「買収なんかしませんよ、私はただ場所をお借りしたいだけで——」

と、男は真顔で云う。

「だってここは小谷君の会社の花見会場なんでしょう、それを買い取ろうなんて、そんな傲慢《ごうまん》なことを私がするものですか。で、その花見は何時からなんですか」

「――えーと、夕方くらい、ですが」

男の真剣な口調に気圧されて、雄次は確信が揺らいでいくのを感じていた。こいつ、新手の場所泥棒なんかじゃないのか――。

「だったら大丈夫ですよ、私が見たいのは陽が当たっている桜の景色なんですから。五時頃戻っていらっしゃい、場所はきれいさっぱりお返ししますよ。小谷君には迷惑はかけません、ちゃんと私が確保しておきますし、ゆっくり遊んできてください――駅前まで行けばパチンコ屋もサウナもありますからね。あ、パチンコの資金が足りないならそうおっしゃってください、これでどうですか」

ゴザの上の紙幣は三枚になった。

「は――あの、ええと」

雄次は混乱してきた。場所泥棒じゃないのか、ちゃんと返すって云ってるし、いや、でも、だったら三万円というのはいくらなんでも――桜の木の下では人は気がおかしくなる――もしかしたら、このおっさん、本物の頭のおかしいヤツなのかもしれない。なんだか恐くなってきた。

「まだ足りませんか――では、これで」

紙幣が四枚に増える。

「あの——いや、ちょっと」

「まだですか、君も若いのに似合わず案外がめついんですね——それじゃもう一枚」

「ちょ、ちょっと、勘弁してくださいよお」

雄次は慌てて両手を振った。このままでは一万円札の山ができてしまう。こいつ、本当に本物の、春の陽気が頭に回っちゃったヤツだったんだ——まともに応対して損をした。どこの世界に、花見の場所の買収に五万円も出す常人がいるものか、こんなのに関わったらエラい目に遭うぞ——なおも増額しようとする男を、なだめすかしてかき口説いて、パチンコなんかしたくない、俺はここから動く気もないし上司の命令でずっといなくちゃいけないんだ、と泣きついた挙句、ようようお引き取り願うことには成功したが、雄次はぐったり疲れ果ててしまった。

まいった、危なかった。場所泥棒と酔っぱらいの次は、本物の怪しい頭のヤツまで来るなんて——今度は別の意味で危なかった。なにしろ相手は、桜で頭の芯まで浮かれちゃったヤツなのだから、いきなり暴れ出す可能性だってあったのだから——ゴザの上に大の字になって、しばし茫然としてしまう。本当にここは、おかしな人間を引き寄せるパワーか何かあるんじゃないかしらん。と、頭を巡らせると、いつの間に来たのか、ゴザの隅の日溜まりで、丸々と太った黒い猫が一匹、日向《ひなた》ぼっこをしている。

「畜生、猫にまでバカにされてたまるか」

飛び起きて雄次は、物凄い勢いでそっちへ走った。

「しっしっ、ここは俺の場所なんだよ、こんなところでごろりんするんじゃないよ」

追い立てると、黒い猫は薄目を開けて、ぶにゃんと一声不満そうに鳴き、それでものそのそ丘を降りて行ってくれた。猫を相手に大人気《おとなげ》ないとは思うものの、もう強迫観念的に、何もかも追い払いたくなっている。こう次から次へと厄介なヤツに乱入されたら、誰だってこんな気分になるよ——そう思い雄次は、こうなったらどんなものでも排除してやるぞ、と決心した。何人《なんぴと》にもこのゴザを踏ませてなるものか。

だが、決意の心の昂《たか》ぶりが緊張感を呼んだのか、間の悪いことにトイレに行きたくなってきた。この事態は想定していなかった。どうしたものかと周りを見回しても、丘の上には桜の大木とゴザの拡がりしかない。ふと目に止まったのが、昼食の際に飲んだお茶の空き缶——経費で落ちずに自腹で購入したものだ——いや、しかし、と慌てて首を振る。いくらなんでも、人間としての尊厳まで失うわけにはいかない。

一大決心の下《もと》、猛ダッシュで丘を駆け降りた。下界の公園の花の樹海へ飛び込む。幸い花見シーズンだけあって、公園の隅のトイレはきちんと整備された状態で雄次を迎え入れてくれた。

懸案の用件を無事に片付けてトイレを出ると、向こうのひときわ大きな桜の下で、おっさん達が宴会を開いているのが目に入った。昼過ぎに、場所を捜してうろうろしていた連中だろう。ピンクの花の天井の下、まさに宴たけなわといった風情だ。

「そうだそうだ、呑め呑め」
「わっはっはっ、こいつはいいいや」
「おーい、肉、焼けたぞ」

「ビールないぞお、回してくれえ」

「それでこの野郎があの女とよ――」

「うはははは」

「ほら、これでどうだ、一升壜」

「うまいな、これ」

「肉、焼けたってば」

「バカだなあ、お前は」

「わははははは」

「腎張《じんば》りやがって、この野郎」

「げははははは」

「何云ってるんだ、くだらない」

「そりゃ凄い、大したもんだ」

「うんうん、それでどうしたその女」

「あ、こりゃこりゃこりゃこりゃ」

「あ、そらそらそらそら」

「呑めえ」

「唄え」

風流に花を愛《め》でるという感性を持った人間は、一人としていないらしい。もっとも、大抵の日本の花見というものはこんなものだろうが——。それにしても、平日のまっ昼間からすっかり出来上がっているのは、結構なご身分である。近くの商店街か何かのおっさん達なのだろうか。自営業者は気楽でいいよな——と思う。雄次と同じ立場らしき場所取り係の連中が何人か、サラリーマンスーツご着用であちこちに各々の陣地を確保しているのが、情けなく見えてくる。最前の場所泥棒の姿はどこにもない。さすがに気まずくて、河岸《かし》を変えたのだろう。場所取り係の社用族の面々は、やはり退屈そうだ。所在なげに座って、おっさんどものバカ騒ぎをぽかんとした間抜け面で眺めている。やれやれ、サラリーマンは辛いよ、いや、まあ、まだ一日目だけど——。

少しばかり悄然《しょうぜん》とした足取りで、ネクタイをひらひらさせて丘を登ると、驚くべきことにまたぞろ招かれざる客がいた。瞬間、さっきの黒猫が巨大化したのかと目を疑ったが、よく見れば、それは紛れもなく人間だった。ゴザの横に、靴がきちんと揃えておいてある。ちゃっかり上がり込んでいるのだ。

また誰か紛れ込んで来やがった——げんなりした気分で雄次は、その男に近づく。今度もおかしなヤツじゃあるまいな——と、警戒心をかき立てられ、歩きながら相手を観察する。

随分と小柄な男だった。黒いぶかぶかの上着を羽織り、ゴザの上にちょこんとしゃがんでいる。細い肩の線としなやかそうな体つき——ああ、これで猫を連想したんだ、と雄次は妙に納得してしまった。猫が行儀よく座っている姿とよく似ているのだ。そういえば、ふっさりと垂れた前髪の下のまん丸い目も仔猫のようで、小さい顔にちんまりと愛嬌《あいきょう》たっぷりにまとまった目鼻立ちも、どことなく猫を思わせる。

仔猫の目をした小男は、雄次がゴザのところまで来ると、気がついたらしく、ひょいと立ち上がってこちらを見た。その動作も、猫が物音に反応する時とそっくりだった。

「あ、もしかしてここの張り番の人ですか――いやどうもお邪魔して失礼しております。僕、猫丸といいます」

小男は、膝に両手を当ててひょっこりとお辞儀をする。その丁寧さに、つい釣られて、

「あ、どうも――小谷です」

思わず自己紹介してしまった。しかし、そんなことをやっている場合ではない。猫丸と名乗ったこの小男、やっぱり妙なヤツのオーラを全身から発散している。年齢不詳の童顔のくせに変に落ち着いた態度といい、どことなく尋常な人間ではない雰囲気が醸し出されている。さっきからおかしな連中と渡り合ってきたから、今の雄次は、変人感知能力が必要以上に上がっている自信があるのだ。そんなヤツにはさっさと退散してもらうに限る。何者たりとも追い払う決意なのだ。だから雄次は突《つ》っ慳貪《けんどん》に、

「あんた、ここで何してるんですか」

開口一番、問い詰めた。

「いやあ、何してるって聞かれましても、ぼんやりしてただけで――」

と、猫丸は天真爛漫な笑顔になって、

「暖かくなっていい季節だから、ちょいと風雅に桜見物と洒落《しゃれ》込もうと思い立ちましてね、こ

の公園の花が見頃だって噂《うわさ》を小耳に挟んだものですから、散歩がてらに足を伸ばして来たわけなんですよ――そしたらまあ、あなた、実に見事じゃありませんか、結構な眺めで本当にもう何と云うか――特にこの場所は何ともたまりませんねえ、下の桜も一望できて、どうにもこうにも豪気な景色で、いや、大したもんです、まったくもって目の正月ってやつですねえ」

途方もない早口で喋《しゃべ》りまくる。愛想がいいのはともかく、どうしてこんなに長々と回りくどく説明するのかが判らない。それなら一言で「散歩の途中だ」と云えばすむことではないか。そもそも、平日の昼日中にいい大人が桜見物の散歩というところからしておかしいではないか。やっぱりこいつ、妙なヤツだった――予測が的中したことにうんざりしながら、

「眺めがいいのは判ったからさ、いいからどいてくれませんか。ここは俺が確保してる花見の場所なんだから」

硬い声で雄次が云うと、猫丸はきょとんとした顔つきになって、

「判ってますよ、ゴザまで敷いてあるんだから人の場所だってことくらい――。そんなに恐い顔しなくたっていいでしょうに。ほら、こんなにいい陽気なんだしね、もっと気楽にいきましょうや」

と、いきなりぺたりと座り込む。なんだか物凄くマイペースな性格なようで、雄次はいらいらしてきた。

「気楽にできないから云ってるんです、とにかくどいてくださいよ」

「まあまあ、そんなにいきり立つんじゃありませんよ。あんなにぽかぽかしてるお天道《てんとう》さまの

下でかりかりしたってつまらないでしょう。ちょっとくらい結構な景色のご相伴《しょうばん》に与《あずか》らせてくれたっていいと思いますけどねえ」

などと太平楽な口調で云って、猫丸は仰向けに寝っ転がろうとしたが、

「いでででででで」

突然、背中を反《そ》らせてのたうち回った。

あ、あの石だ——雄次はにやりとしてしまった。ゴザの下の石。さっき雄次も同じ目に遭った、土に埋まった石だ。あれにしたたか背中をぶつけたらしい。いい気味である。俺を困らせるからバチが当たったんだ——。

「あー、痛、うー、痛」

しばらく足をばたつかせていた猫丸は、雄次がにんまりしているのに気がついたのか、ひょいと起き上がって顔をしかめながら、

「何をにやついてるんですか——あ、もしかしたら知ってたんでしょう、ここに石なんか埋まってることを——それなら早く云ってよね、小谷君も人が悪いなあ」

やけに馴れ馴れしく「君付け」で文句を云う。

「ほら、そんなに痛いんだったらもう桜見物はいいでしょう、どっか行ってくれよ」

雄次も負けずに不平を云うと、猫丸は急にけろりとして、

「どうしてそうやって邪険にするんだろうね、小谷君は——。いいじゃありませんか、少しくらい景色眺めるだけなんだから、減るもんじゃなし」

「減らなくてもダメなものはダメです。ほら、邪魔なんだから、行った行った」

「またそうやって牛を追い立てるみたいに——なにもそうまでムキにならずとも」

「ムキにもなるよ、さっきからあんたみたいなのが入れ替わり立ち替わりで、いい加減俺もいらいらしてるんだからさ。騙してこの場所乗っ取ろうとしたヤツまでいるんだぜ。そんなのばっかり相手にしてたら誰だって気が短くもなるよ」

「何ですか、それ、その乗っ取りって」

猫丸は、仔猫みたいな大きな目をまん丸にして聞いてくる。

「だから花見の場所の乗っ取りだよ。それから酔っぱらいに、やたらと気前のいい頭のおかしいヤツとか——」

「なんだか面白そうだね」

「面白くないよ、ちっとも」

「いいからいいから——で、その乗っ取りってどんなことしたの、聞かせてよ」

猫丸があんまり無邪気に云うので、さらに苛立ちが高まった雄次は声高になって、

「お望みなら話してやるよ、あんたみたいなヤツにどれほど迷惑してるか——いいか、最初に来た男なんてな、騙そうとしたんだぞ、初めに交代だなんて声をかけてきて——」

と、これまで来た連中のことをまくしたてて教えてやった。どれほど不愉快な思いをしたか、この珍妙な小男を変人代表として苦情をぶつける——そんな気分だった。今までの不満を一気に発散させる意味合いもある。おかしなヤツの応対がどれだけくたびれるか、どんなにいらい

らするか、強く云っておく必要がある。そうすればこの小男も反省して、どこかへ行ってくれるだろう。

「——な、こんな目に遭ったんだよ。ひどいだろう。だからもう放っておいてくれよ、疲れるんだよ本当に」

最後は懇願口調にまでなっていた。しかし猫丸は、そんな雄次の奮闘をあっさり無にする形で、

「うひゃあ、凄いなそれは——へえ、そんなこともあるもんなんだねえ、なるほど、こいつは面白いや。犬も歩けばなんとやらって云うけど、楽しいことってのは結構その辺に転がってるもんなんだね」

妙に嬉しそうに丸い目を輝かせている。

「な、何云ってるの——なんにも楽しいことなんかないだろ、俺が迷惑しただけで」

雄次は脱力してしまう。こいつ、人の話をちゃんと聞いてたのかよ、それとも理解力ゼロのあんぽんたんなのか——。

「いやいや、物凄く楽しいじゃないか、充分エキサイティングだったよ、小谷君の体験談は。でも、気がつかないと判らないかな——つまり、これと同じだね」

と、猫丸はにこにこしたまま、ゴザの表面をぺたぺたと掌で叩く。あの石が埋まっている辺りだ。しかし、何を云っているのかさっぱり理解できない。こいつもやっぱり、桜が頭にまで回っちゃってる手合いなのだろうか——。

気味が悪くなってきた雄次にお構いなしに、猫丸はゴザを平手で軽く撫でて、

「要するにね、さっきまでの僕はこの下に石があることなんか知らなかったから、この地点に特別な意味を見いだすことができない——僕にとっては、ここもそっちもあっちもあの辺も、ただのゴザの一部でしかないってことなんだよ。これは、午前中に退屈したり、変な連中にからまれてかりかりしてた時の君と同じ状態、とも云えるよね。けど、ここに石があるのを知っている人は、誰かがここに寝っ転がらないかな、とわくわくしながら待つことができるんだ。現にさっき、小谷君も僕が背中をぶつけた時、してやったりって顔してただろ——それと同じでね、ある前提条件を知っていれば、その後で起こった色々な出来事に、表面からは見えない別の解釈をつけることもできるってことなんだよ。つまり、見方を変えれば何でも楽しくなってくるって、そう云ってもいいかもね」

　また長々と一人で喋ると、猫丸はまん丸い目をにやりとさせて笑う。そして、ぶかぶかの黒い上着から煙草を取り出し、一服つけて、頭上の桜の花に向かってゆっくり煙を吐き出した。のどかそのものの態度である。

　しかし、云っていることはさっぱり訳が判らない。ゴザの下の石にどんな意味があるというのだろう、見方を変えればどうなるんだって？　ぽかんとしてしまい、一言も発せなくなった雄次を、悪戯《いたずら》っぽい丸い目で見てきて猫丸は、

「合点《がてん》が行かないみたいだね——だったらまあ、話してあげようか、いい陽気で気分もいいしね。借景《しゃっけい》の拝観料代わりってことで——本当にもう、いい眺めだもんなあ」

と、くわえ煙草で下界の桜に目を細め、大きく伸びをした。それから上着のポケットから円形の懐中時計のような物――どうやら携帯式の灰皿らしい――を出し、蓋《ふた》を開いて煙草の灰をそこに落とす。

「それでね、小谷君。ここにやって来た、君のいわゆる『変な連中』なんだけどね、僕にはどうにも、行動が不自然に思えるんだよ」

「不自然――?」

「そう、君が変だと感じていらいらしたように――その人達が非常識な行動を取ったからこそ、君はその対応に疲れてかかりかりしたんだろう。それはとりもなおさず、連中の行動が不自然だったからなんじゃないかと、僕は思うんだ。そもそも、連中は、一体何のために来たんだろうね」

猫丸が急に真顔になって尋ねてきた。あんただってその変な連中のお仲間じゃないかよ、と思いはしたが、それをかろうじて飲み込んで雄次は、

「何のためって――そりゃ色々だよ。さっきも云っただろう、場所泥棒だったり、花見酒を楽しもうとしたり――あの金出したヤツも、今考えればやっぱりこの場所が欲しかったのかもしれないし」

「どうして」

「決まってるじゃないか、ここはいい景色で、絶好の花見スポットだからだよ」

「ほら、思った通り場所にこだわってる――まあ、場所取り係なんだから、こだわるのも無理

はないだろうけど、それじゃ視野が狭くなっちまうんだよな」

またしても意味不明なことを呟いて、猫丸は煙草をくわえた。そして、

「とにかく、最初から順ぐりに考えてみようや――いいかい、初めに来た男、小谷君に云わせりゃ場所盗《ぬす》っ人《と》だそうだけど、彼がここに登って来た時、君がこの広い丘の上にゴザを拡げて一人でぼけっとしてるのを見て、どう思っただろうか。板についてないスーツの若い男が一人でいる――これはどう見たって、会社関係の花見の場所取りだってのは一目瞭然だよね」

「まあ、そりゃそうだろうけど――」

アラペッツォのスーツが似合ってなかろうが大きなお世話だが、ようやく相手が意味の判ることを云ったので、雄次は少しほっとした。確かにそれはもっともな意見である。あの場所泥棒は、こっちが新入社員だと判断したから、会社の先輩のフリをして交代だなんて嘘をついたのだろう――それはさっき、騙されかかった時にも思ったことだ。

「だから、問題の男は、小谷君が会社の命令で場所取りをしてることは判ってたってことになるよね」

火のついた煙草の先端を、こっちに向けて猫丸は云う。雄次はうなずいて、

「そうだろうね」

「でもね、ちょいと考えてみなさいよ、花見の場所取りなんて早い者勝ちの世界なんだよ。どう考えてもこの場合、先住権は君と君の会社にある――こうやってゴザも敷いてるんだしね。そんなものを嘘ついて騙して乗っ取ったら、トラブルは必至じゃないかよ。君の会社の人達だ

って、騙されたんならしょうがない、なんてすごすご引き下がるはずないだろう。場所盗っ人の一行が奪い取った場所で花見をしているところへ、騙されたと気づいた君が、会社の人達を連れて乗り込んで来たら、ヘタすりゃ乱闘騒ぎだ。花見どころじゃなくなっちまうだろうね、実際。そうやって後のことを見越して考えれば、そんな嘘をついて場所を奪うなんて行動に出る人がいるだろうか――僕はちょっと疑問だと思うんだよ。普通は先住者がいたら諦めるもんだろう、こういうのは。にも拘《かかわ》らず、問題の男は嘘をついた――ね、どうだろう、不自然だと思わないかい」

確かに、下で宴会をやっているおっさん達も、昼過ぎに丘の麓まで様子を見に来て諦めていた。でも、しかし――、

「それはここが特等席だからじゃないんですか。これだけいい場所なんだから、後でモメるのも覚悟で奪いたかった――」

「ほら、まだ場所に引っかかってる」

と、猫丸は、雄次の反論をぴしゃりと封じると、

「だったら酔っぱらいはどうだろう。彼は君から何か奪ったりたかったりしようとしたわけじゃないんだろう、ただ酒を勧めただけで」

「そうだけど――」

「ビールにウィスキーに各種つまみまで持っていながら、どうしてわざわざこんなところまで登って来なくちゃいけないんだ。呑みたいんなら、もっとふさわしい場所があるじゃないか

よ」

「ふさわしい場所？」

「そう、あるだろう。酔っぱらいが好んで寄って行きそうな場所が」

「あったっけ、そんなの」

「今、下じゃおじさん達の宴会がまっ盛りだよ」

「あ――」

「いくら眺めがよくたって、話の合わない若い兄ちゃんと二人っきりで辛気《しんき》くさく呑むより、あっちへ行ってどんちゃん騒ぎの仲間に入れてもらった方が楽しいに決まってる。酒やつまみの手土産持参なら尚のこと、きっと歓迎されるはずだしね」

「そう云われればそうかも――」

猫丸の云う不自然というのが、ようやく腑《ふ》に落ちてきた。あの酔いどれも「特等席」にこだわっていると、てっきり思っていたけれど、よく考えてみれば、花なんかそっちのけで酔って騒ぐのが日本のおっさんの正しい花見の様式なのだ。なにもわざわざここへ来る必要はない。

「それにね、金回りのいい変なヤツってのも、どう考えても不自然だろう」

と、猫丸は短くなった煙草を携帯灰皿で擦り消して云う。言葉遣いがいつの間にか、ざっくばらんになっているが、雄次は気にならなくなっていた。

「この人物に関しては何をか云わんやだね、完全に失敗している。君があからさまに正気を疑うほど、ヘタな嘘をついて、不自然この上ない行動を取った――この世知辛《せちがら》いご時世に、意味なく他人に金をくれてやる人間なんぞいるもんかよ。これはもう、前の二人の失敗で焦ったあまりに、手段を選んでる余裕がなくなったと考えるのが、一番得心が行くと思うんだよね。多少おかしくたって、とにかく金で強引に解決しちまおうという——」

「ちょっと待ってくださいよ、前の二人って——それじゃあの三人、グルだったの」

雄次が思わず声をあげると、猫丸は仔猫じみたまん丸い目でまっすぐにこちらを見て、

「そう、だと思うよ。だってそう考えないことには三人の不自然な行動に説明がつかないじゃないか。そもそも、三人は同じ目的の下に動いているように見えるしね」

「三人がかりでこの場所を奪おうとしたってこと?」

「そうじゃないってば、君ももういい加減場所にこだわるんじゃありませんよ。この特等席に引っかかりすぎて目が曇《くも》ってるんだよ、君は」

「場所じゃなきゃなんだって云うんです」

雄次のいささかふてくされ気味の問いに、猫丸は、眉の下まで垂れたふっさりとした前髪を、細い指先でひょいとかき上げてから、

「場所でなけりゃ他にないだろ——ご覧よ、ここには何もない」

「そうですよ、なんにもないよ。だから場所にこだわってるんだし」

さっきトイレに行きたくなった時もそう思った。ここには桜とゴザくらいしかない、と——。

「君もなかなかしつこいね、考えてもみなよ——桜の木だったら他にもいっぱいあるし、この大木の下に財宝が眠ってるとか、ゴザのどこかに機密文書が縫い込んであるとかっていう、ス

パイ映画みたいなことが現実にあるはずもない。そう考えると、ひとつしかないだろう、場所以外にここにあるもの——人だよ。この一件は人にポイントを置いて見なくちゃいけないんだ」

　猫丸は、あっさりと云う。

「人——？　人ってなんですか」

「他にいないだろうに、君だよ、小谷君そのもの」

「俺——」

「うん、君にとってはこの場所は、桜とゴザの他には何もないように見えるだろうけど、君以外の第三者の目から見れば、ここには桜やゴザよりもっと目立つ物——すなわち君という人物がいる場所に見えるはずなんだよ」

「俺がいる場所——」

「そう、だって酔っぱらい男は君をこの場所から追い出そうとしたわけじゃないんだろう、ただ呑ませようとしただけだ。場所に関心があった様子はまったくない。それに、最初の場所泥棒だって、後のトラブルの問題を考えれば、場所を奪うのが目的じゃなくて、騙された君がしばらくの間ここから遠ざかることだけを狙っていると思うんだよね。ペテンに気づいた君が慌てて戻ってみれば、ここにはもう誰もいない——という筋書きだ。それから、金遣いの荒い変な男も、君がしばらくの間いなくなるように仕向けたかっただけ——ほら、夕方には場所は返すって云ってたはずだろう、そいつは——つまり、やっぱり場所には執着はなくって、君をどうにかしようとしただけにしか見えないんだよ」

「俺をどうするつもりだったって云うんです」

「どうも問題の三人は、何とかして君をこの場所から一時的に排除しようとしたフシが感じられる」

「一時的に排除って、何のために」

「そう、それがちょいとややこしい、何のために——。ちょっとばかり難問だけど、僕はこう考えるね。騙したり金にものを云わせたり、そういった無茶な手段に出るからには、多分まっとうな動機ではないんだろうって、そう思うんだ。正当じゃない手段を講じてでも、どうにかして君をここから排除しようとした理由。君をここから一定時間いなくする、もしくは酔っぱらって眠りこけるか集中力が低下するのを期待して、無理に呑ませる——そうまでするからには、何か後ろ暗い、やましいことがその理由なんじゃないだろうか。多少の金を費やしてもそれは先行投資と諦めて、回収できる儲《もう》けの方がよっぽど多いと踏んだとしたら——そう、例えば、犯罪とか」

「犯罪っ?」

「うん、だからね、さっきのゴザの下の石と同じで、ある情報を知っていることが前提条件となる——僕はこの前、ニュースで見たんだけどね」

そう云って猫丸は、華奢《きゃしゃ》な腕を水平に伸ばして、細い指先で彼方を指差した。その示す方向を見やれば——豪華な邸宅。住宅街の、こちらと同じくらいの高さにある一軒家。金持ちの家らしい贅沢な造りの、カーテンが閉じている丘の上の家。午前中からずっと見飽きるほど眺めていて、留守らしいから興味を持たなかったが、あの家はここから丸見えだ。

「あ――」

ついつい声を立ててしまった。ひとつの情景が、まざまざと頭に浮かんできたからだった。

丘の上の留守宅に、トラックを横付けする怪しい一団。一人が塀を乗り越えて門扉《もんぴ》を開ける。次々と忍び込み、高価そうな家具を運び出す男達。贅沢な調度品を一切合切丸ごと盗む窃盗団。もちろんその中には、あの三人の男もいる。最初の場所泥棒の男がスーツを着ていたのは、セールスマンを装った斥候《せっこう》役を務めるためだ。

そう、猫丸の云う「ある情報」というのは、雄次も周知の事実だったのだ。おっさん週刊誌で読んだあの記事。『最近都下を騒がせている大がかりな空き巣窃盗団は、綿密な下調べの後、高級住宅街の留守宅を狙って、白昼堂々家具から絨毯まで根こそぎ運び出す大胆な手口』――。綿密な下調べをする慎重さを持っていて、今まで捕まらなかった窃盗団のことだ。仕事をしている最中に通報されるようなヘマは、極力避けようとするだろう。いざ仕事にかかろうという時に、対岸の丘の上でぼんやりしている若い男に気づけば、どうにかして排除するに決まっている。だから雄次をここから引き離そうとした――騙されて会社に戻って、もう一度引き返して来るまでには相当な時間が稼げるだろうし、パチンコに行ったり酔い潰れて寝てしまえば、さらに理想的だ。

そういえば、スーツの男は、雄次を皮肉な目つきで見て「目がいいんだな」と云っていた。

あれは目撃者である雄次の視力を見極めていたのかもしれない。うっかりその挑発に乗って、視力を自慢してしまったのは雄次本人なのだ。だから彼らは、何がなんでも目のいい目撃者を排除しようとした――。それに、あの三人とも、ここに来るなり周囲を見渡していたではないか。あれも景色を眺めていたのではなく、ターゲットの豪邸がどのくらい見えるか確認していただけなのだろう。ついでに云えば、酔っぱらい男も、あまり酔っているようには見えなかった。仕事の前に本当に酔うわけにはいかないから――。

「いや、あの、でも、それ本当なんですか、あの連中が窃盗団のメンバーだなんて――。だって俺、あいつらの顔、ばっちり見てるし――そんなに簡単に素顔、晒《さら》しますかね」

そう云いながらも、雄次はもう、向こうの丘の上の家から目が離せなくなっていた。空き巣盗賊団がいつ動きだすのか気になって――。どきどきしてきた。

「ああ、君に顔を覚えられないかって心配ね――」

と、対する猫丸は意外なほどのほほんとした調子で、

「その心配だったら連中はしてないと思うんだよ。考えてもみなさいよ、もし明日のニュースや新聞で、盗っ人一味がまた新たな仕事をしたって報じられても、果たして君は気づくだろうか――僕ははなはだ疑問だと思うね。毎日通ってるところならともかく、一日だけ花見に来た場所と記事の中の地名を結びつけて考える人がどれだけいるだろう。自分に関係ないどっかの金持ちの家に泥棒が入ったって記事を見たとしても、大抵誰だって、ふうん、てなもんだよ。それに、発覚が明日じゃなくて、もっと遅れる可能性だってある。あの家の人は海外旅行か何

かに行っていて、一週間くらい帰って来ないって下調べができてるのかもしれないしね。どうだい、そうなったら小谷君は自信あるか。一週間後の新聞にあそこの住所が載ってるのを見て、咄嗟《とっさ》に今日の場所やあの怪しい連中を連想する自信が」

「そう云われると——確信はありませんね」

雄次が認めると、猫丸はさらに続けて、

「そういう、いわゆる都会の無関心ってやつを見越して、君に顔を見られても大した害にならないと連中は判断したんじゃないかって、僕はそう思うんだけどね。でも、三人がグルだってことや、君の一時的排除を目論《もくろ》んでるってことだけは悟られてはまずい——本当の動機、盗みに気づかれる可能性があるからね。だから君をここからどかそうと、あんな不自然な行動に出るしかなかったわけなんだよ」

「それはよく判りましたけど——いいんですか、このまま手をこまねいていて。早く報《し》らせなきゃ、警察に」

「ま、そんなに慌てなさんなって、それは不審な動きがあってからでいいんじゃないのかな」

あくまでも呑気《のんき》に猫丸は云い、新しい煙草に火をつけた。

「だいいち、これが真実とは限らないし、唯一の解答だって保証も、僕はしないしね。こういう捉え方もできるってだけの話で——。ご希望なら別の見方を披露してもいいよ、例えば、そうさな、こんなのはどうだろう——あの連中は君の会社が、君の能力や適性を測るために雇った調査員か何かでね、調査項目はこんな感じだね。一、トラブルに適切に対処できるか。二、上司の指示を確実に守り通せるか。三、酒に溺《おぼ》れないか。四、人当たりはいいか。五、金に転ばないか。とか色々ね——今頃どっかで君の成績表つけてるかもしれない」

「イヤなこと云わないでくださいよ」

「おや、何がイヤなんだい、調査員の心証悪くするような対応でもした覚えがあるのかな」

と、猫丸は、人の悪そうな笑いを投げかけてよこしてから、

「まあ、そんなことまでして社員を試す会社はないだろうから、安心していいだろうけどね——とにかく、そんなふうに色んな見方ができるってわけなんだよ。別に盗っ人や調査員なんかじゃなくて、君の感じた通り、ただの通りすがりの変なヤツだっただけのことかもしれないし——。でもね、最初に云ったように、このゴザの下の石と同じだろう。見方を変えさえすれば、何だって面白くなる。せっかく目の前に愉快なことが転がっているのに、退屈したりいらいらするなんて、損じゃないかよ」

本当に、さっきまでのクサった気分はもう微塵《みじん》も残っていない。あの連中が盗賊団だったという説を捨て切れない雄次はわくわくしてしまい、まだあの豪邸から目が離せないでいる。確かに発想と見方を変えれば、物事はこんなに楽しくなる。なんと云うか、とても面白い。

考えてみれば、猫丸の話も不思議で、実に面白い。雄次が不可解とも何とも思っていなかった一連の出来事に、ひとつの解決を示して見せてくれたのだ。謎の前に解決がある話——。推理小説か何かに喩えるのなら、謎が提示される前に解決編が始まる、とでも云おうか。こういう形式って珍しいのではないだろうか。

いや、そんなことより、この猫丸という小男こそ不可思議な存在だ。ふらりと現れて、物事の特殊な見方を諭し、未知の発想の局面へと導いてくれる人物――。もしかしてこいつ、市井《しせい》の賢人とかそういう立派な人なのかもしれない。こうして行脚《あんぎゃ》しながら人々を啓蒙し、ものの新たな見方、考え方を広めて回っているという、そういう偉い人――。

そんなことを考えて雄次は、隣で呑気そうに煙草をふかしている小柄な男を、ちらりと盗み見た。相も変わらぬ摑みどころのない年齢不詳の童顔だが、そんな風貌にさえ、どこか凡人とは違う突出したものを感じ、少しばかり尊敬の念さえ覚え始めていた。

「まあ、僕のこせこせした仮説なんて、どっちみち大したもんじゃないよ。こんな豊かで絢爛《けんらん》たる大自然の前じゃ、まったくもってたわいないセコいものだと思っちゃうけどね。ご覧よ、この春の景色の雄大さを」

と、猫丸は、大人物にふさわしい鷹揚《おうよう》なことを云って、短くなった煙草を携帯灰皿に押し込んだ。そして、優雅な猫を思わせる仕草で、軽く伸びをする。その頭上には、艶《あで》やかに咲き誇る七分咲きの桜が、ピンクの雲みたいに拡がっている。花びらが一枚、猫丸の長い前髪の上に、ふわりと落ちかかる。

「眺めもよくっていい心持ちだ――もうちょいとだけ、この春の気分を満喫させておくれよ」

猫丸はそう云って、ごろんとゴザの上に寝っ転がったかと思うと、突然、

「うげっ、いでででででで」

背中をよじって暴れだす。

「いだだ、痛、痛——石、石——石があるの——忘れてたあ」

じたばたとのたうち回るその姿を見ているうちに雄次は、芽生え始めた畏敬《いけい》の念が急速に萎《な》えていくのを感じていた。どこの世界の偉人が二度もあんな石にひっかかるものか——。ゴザの上を七転八倒する小柄な男は、やはりただの変なヤツにしか見えなかった。

失踪当時の肉球は

依頼人の家の前に車を停めたのは、午後四時十分前のことだった。時間厳守は優秀な探偵の条件のひとつだ。

私は運転席から出ると、見知らぬ町のアスファルトの道路に降り立った。トレンチコートの襟《えり》を立て、煙草に火をつける。梅雨時《つゆ》のねばりつくような湿気の中を、紫煙が音もなく漂っていく。陰鬱に曇《くも》った空は低く、今にも雨が降りだしそうだった。

路上駐車した愛車のドアをロックすると、私は依頼人の家に向かった。住宅地の中の平凡な一軒家だ。平凡であることは悪いことではない。ただ、いささかの気後《きおく》れを感じるのは、それが私の手には遠いものであるからかもしれない。

静かな住宅街に没個性的に佇《たたず》むその家の玄関には「平田《ひらた》」と、これも無個性な表札が掲げられていて、そこが依頼人の住居であることを私に教えてくれている。少しでも目を離せば周囲の家々と区別がつかなくなるような、ありきたりの木造家屋だ。だが、今この家にはささやかな不幸が巣くっている。それを解消するのが私の仕事だ。

呼び鈴のボタンを押そうとした私の指が、一瞬、ふと止まった。門扉《もんぴ》の黒い鉄柵に、張り紙が貼られているのに目を奪われたからだった。

迷い猫をさがしています

オスの雑種で白黒のブチ猫です
大きさは四〇センチ位
しっぽが長くて黒いです
宜しくお願いします
平田

文字は手書きだった。雨よけのためにビニールでコーティングしているのは上出来だが、所《しょ》詮《せん》は素人の悲しさか。これでは肝心の特徴が曖昧《あいまい》だ。煙草を靴で踏み消し、トレンチコートの襟を立て直すと、私は今度こそ迷わず呼び鈴を押した。依頼人が出てくる前に、私の舌はもう反射的に初対面の挨拶《あいさつ》を繰り出す準備を始めている。「お電話いただきました郷原《ごうはら》です」これまで何度となく口にした、慣れきった台詞《せりふ》だった。同時に右手はコートのポケットを探っている。鉄でできた重くて不粋《ぶすい》な武器を取り出すためでは、もちろん、ない。名刺を出すためだ。その小さな紙きれには私の職業が印刷されている。『郷原ペット探偵事務所』と——。

＊

応接間に通された私がまず気付いたのは、独特の匂いだった。敏感なプロの鼻がそれを嗅《か》ぎ当てた。動物の臭気だ。長年ペットを飼っている家に染みついた、特有の獣《けもの》くささだった。私には馴染《なじ》みの匂いだ。しかし、普通ならば微笑《ほほえ》ましいはずのその匂いも、今はどこか寒々しい部屋の雰囲気を助長させる役にしか立っていなかった。梅雨の鈍重な雲が部屋を薄暗くしているせいなのか、臭気の主の不在という先入観を私が与えられているためなのか、私には判断がつかなかった。

「どうぞ、おかけください。今、お茶を――」

依頼人がそう告げて、奥へ向かおうとするのを、

「いや、結構。それよりお話を伺《うかが》いたい」

私は押し止《とど》め、改めて依頼人を観察した。今回の依頼人は中年の婦人だった。いや、既に初老の域に達していると表現した方が正確かもしれない。平田夫人は、平凡な主婦という以外、際立った外見的特性を持たない女だった。家と同様に、似たような年恰好の主婦達と並べてシャッフルしたら、どれが本人か見分けがつかなくなるだろうと思わせるほど、彼女は平凡だった。ただ、深い憂いが、この初老の婦人をやつれて見せているのも確かなことだった。心労が激しいのだろう。今も、暗く沈んだ目を、悲しげに床に落としている。悲嘆に暮れたその目を

見つめながら、私はソファに腰を降ろした。

「いなくなったのは、猫ちゃんでしたね」

私が促すと、依頼人は、

「はい――」

ため息のような返事をして、低いテーブルを隔てたソファに座った。

「その時の状況からお聞かせください。失踪したのはいつでしょうか」

尋ねながらも私の手の触覚は、ソファの表張りの布が、不自然にケバ立っているのを察知していた。猫が爪を研《と》いだ痕跡《こんせき》であることは、プロの私には瞬時に判断できた。依頼人の背後の襖《ふすま》の下半分も、爪研ぎの犠牲になっているのが見える。

「はい――」

もう一度、ため息に似た返事をして、

「二日前の夕方のことでした」

ぼろぼろの襖を背にした依頼人は、ゆっくりと話し始めた。

「外で、カラスが鳴いていたんです。この辺りはゴミ出しのルールがきちんとしてますから、普段はあまりカラスなんかが来ることはないんですけど――あの日はどういうわけか二、三羽揃って騒いでいまして――。ちょうどその時、小雨が降り出したものですから、私、急いで洗濯物を取り込まなくちゃいけないと思って――このところ雨続きでしたから、久しぶりに干した洗濯物で、私、慌てていたんです。そっちの座敷から庭へ出まして――その時、ついうっかりこの襖を閉め忘れてしまって――」

依頼人は、自分の背後の襖を、見たくないもののように伏せた目で示す。

「あの子、その前からカラスの鳴く声に興奮していましたから――開けっ放しにしていた窓からするっと庭に出て――カラスの声を追っかけるみたいに――。私、あっと思って止めようとしたんですけど、もうその時にはあの子、走って生け垣をくぐり抜けて外へ――。戻ってきなさいって呼んだんですが、もう全然――。それで、暗くなっても帰って来なくて――心配したんですけど、夜になってもとうとう帰らなくて――」

絶望感の漂う目を、依頼人は窓の外に向ける。ガラス窓の外の狭い庭は生け垣に囲われていて、その向こうに私の愛車の屋根が見えている。

「それが二日前のことですね」

私は確認した。その日は確か、夜半過ぎから雨が激しくなったと記憶している。雨のせいで帰り道を見失ってしまったのだろうか。

「そういうことは今までにありましたか。ふらりと出かけて、何日も家を空けるようなことは」

私の質問に、依頼人は激しくかぶりを振った。

「いいえ、一度も――。あの子は家の中で飼っていましたから、外へ出たことなんかなかったんです。臆病《おくびょう》な子なんです、ひいちゃんは――窓から庭を眺める時でさえおっかなびっくりで、外へ出て行く勇気なんかなかったくせに――あの日に限ってカラスの声につられて――。私が悪いんです、襖を開けっ放しにしたから――急いでいて、ついうっかり――だから、あの子――」

膝《ひざ》の上で、両手を強く握り締めて、依頼人は言葉を詰まらせた。哀切な様子に、私はただ無言でいることしかできなかった。

「主人も子供達も仕事がありますから、昼間は捜せませんし――私一人じゃどうしていいのか判らなくて、それでお願いしようとお電話さしあげて――」

私の登場となったわけか。私はまた、黙ってうなずいた。依頼人にとっては稀《まれ》な悲劇でも、私にしてみれば日常だ。特に今回のケースは最も一般的な案件であり、動物病院や旅行中に預けたよその家から失踪したパターンより、ずっと仕事がやりやすい。まして、外へ出ることを知らぬ家猫となれば、有効な捜索方法は自《おの》ずと限られてくる。

「状況はよく判りました」

私は、口を開いた。

「では次に必要事項をお聞きします。まず、猫ちゃんのお名前から」

「ヒノマルです。家ではみんなひいちゃんって呼んでました」

依頼人は、悲しげな目をまっすぐに私に向けてきた。藁《わら》にも縋《すが》ろうとする弱い人間の目だ。これも私には馴染みのものだった。

「種類は？」

「種類って云っても、普通の雑種です――全然珍しい猫なんかじゃなくて――どこにでもいるような日本猫で、丸い頭をしてて――でも、私も、主人も子供達も、みんなかわいがっていて――」

「体の模様は？」

私は、依頼人の感傷を断ち切って質問を重ねた。私に必要なのは同情ではない、情報だ。

「白くて、黒のブチです。ところどころが黒くなっている――」

「性別は？」

「オスです」

「年齢は？」

「四歳か、多分五歳ですから、もう大人です――体の大きさはこれくらいで――」

依頼人は、両掌《りょうて》を自分の肩幅ほどに開いて云った。体長四十センチといったところか。仔猫ではない、成猫《せいびょう》だ。

「尻尾《しっぽ》を入れないで、その大きさなんですね」

「はい、尻尾は長い方ですから――尻尾まで含めると、これくらいになります」

「肉球の色は？」

「ピンクでした。きれいな桜色で、触るとぷにぷにして、撫《な》でてやると、長い尻尾をぱたぱたさせてくすぐったがって――」

「首輪はしていないんですね」

またぞろ感傷的になる依頼人を、私は再度遮《さえぎ》った。私もぷにぷにの肉球は嫌いではない。

あれは柔らかくて気持ちのいいものだ。だが、肉球談義に花を咲かせて無駄にする時間はない。

「はい、してませんでした――」

依頼人は悄然《しょうぜん》として答える。

「こんなことになるんなら、せめて首輪をして、電話番号でも書いておいたらって、私――。でも、あの子は外へ出ない子でしたから、首輪なんか要らないだろうと高をくくって――」

「判ります、首輪を嫌がる猫ちゃんもいますから――で、猫ちゃんの好物は?」

「ちくわです、ひいちゃんはちくわが大好きで――一袋くらいぺろっと平らげるほどで――」

「判りました、お聞きしたいのはとりあえずここまでです。早速捜索にかかりますが、その前にヒノマルちゃんの写真をお借りできますか」

「写真、ですか」

依頼人は少し意表を突かれた表情を見せたが、すぐに私の意図を察してくれたようで、

「あ、はい、写真ですね――今、持ってきます」

立ち上がり、奥の部屋へと姿を消した。

一人になった私は、これまでに得た情報を頭の中で整理し始めた。失踪した猫ちゃんはオスの成猫。名前はヒノマル、ちくわの好きな白に黒ブチの雑種。さかりの季節ではないから、メス猫の色香に惑わされて遠出をした可能性は低いだろう。血統書付きの高級猫でもないので、無分別なペットマニアに連れ去られたという線も薄い。私の職業的カンは、ヒノマルちゃんはこの付近で迷っていると告げている。となれば、一番オーソドックスな探索方法が最も効果的

になるだろう。

私の思案がまとまった頃、依頼人が写真の束を手に戻って来た。早速テーブルの上に拡げてみると、この猫の名前の由来が即座に読み取れた。白い体毛の額《ひたい》に、まん丸の黒ブチがくっついている。文字通りの日の丸模様は愛らしく、名前を付けた飼い主の愛情の深さが窺《うかが》える。

写真には、日の丸模様の猫が様々なポーズで写っていた。畳の上を悠然と歩いている姿。小さな布団《ふとん》で丸くなって眠っている姿。猫じゃらしに飛びかかろうとしている姿。前脚で顔を洗っている姿。エサ皿に頭を突っ込んでいる姿。白い腹を出して大の字にひっくり返った姿。自分の黒い尻尾の先を釈然としない顔つきで眺めている姿。柔らかそうな脇腹の毛を舐《な》めている姿。依頼人に抱かれてあくびをしている写真もある。

かわいい猫ちゃんだ。だが、このかわいい猫ちゃんは、今はこの町のどこかで帰り道が判らずに彷徨《さまよ》っているのだ。かわいそうに、さぞ心細いことだろう。淋《さび》しさに耐えかねて鳴いているかもしれない。胸が詰まる思いで、私は、日の丸模様の猫の顔立ちを脳裏に焼きつけた。大丈夫だ、きっと捜しだしてやる。そう心に誓い、私は写真をまとめた。

「これをお借りします、よろしいですね」

顔が最もはっきり写っている正面から撮られた一枚を選び出し、私は依頼人にそう告げた。

「はい、くれぐれもよろしくお願いします。あの子、甘やかして育てたから、食べる物なんか自分で捕れないだろうし――今頃お腹を空かせていると思うと、かわいそうで――かわいそうで――」

依頼人は、声を詰まらせて口に手を当てた。低い嗚咽《おえつ》が、その隙間から漏れる。
「報酬は電話でお伝えした通りです、ご了承ください」
私はビジネスライクにそう云うと、ソファから腰を上げた。依頼人の悲嘆に付き合っている暇は、今の私にはない。
「それから——これを」
写真をトレンチコートのポケットにしまう代わりに、小さなシールを取り出して依頼人に差し出した。米粒のような字で和歌が書いてあるシールだ。
『たちわかれ
いなばの山のみねにおふる
まつとしきかば
いまかへり来む』
涙に濡れた瞳で私を見上げる依頼人に、
「古い呪《まじな》いです。この和歌を行方不明の猫ちゃんの食器に書いて、それを伏せて三度叩くと帰って来るという——そういう云い伝えがあります。迷信ですが、気休めにはなるでしょう」
私が云うと、依頼人は縋るような目で二度三度とうなずいた。依頼人のメンタルケアも報酬のうちと考える私は、探偵として甘いのかもしれない。だが、これが私のやり方だ。
私が出口に向かって歩き出すと、足元で、鈴のついた猫の玩具《おもちゃ》が、ちりんと軽い音を立てた。

依頼人の家を出ると、私は空を見上げた。低く垂れ込めた雲は、それでもまだ泣き出すのを我慢しているようだ。

＊

トレンチコートの襟を立て、煙草に火をつけた。紫煙をくゆらせながら周囲を見回す。ごくありふれた住宅街の風景だ。この町並みのどこかに、ヒノマルちゃんが迷っている。

ふと、視線を感じて振り向くと、依頼人宅の隣家の縁側に立つ老人と目が合った。深い皺《しわ》を額に刻んだ利かぬ気らしい老人は、不審の色を隠しもしないで、じっと私を睨《にら》みつけている。怪しい男がいるとでも思っているのか、それともセールスマンか何かと誤認しているのか。このトレンチコートを見れば、探偵だと判ってもよさそうなものだが、頑迷な民間人の中には想像力が欠如した者も少なくない。

私は老人の凝視に構わず煙草を投げ捨てると、自分の車のドアロックを外した。運転席に身を滑り込ませ、ダッシュボードから地図を取り出す。依頼人から電話を受けた直後に用意した、この近辺の地図だ。手近に手頃な小公園を見つけた私は、そのまま車を発進させた。

公園の脇に車を停めた私がまずしたことは、携帯電話で電話をかけることだった。私の携帯電話には都下の保健所、清掃局、自治体の衛生課など、必要な公共機関の番号がほとんどメモリーされている。自動車に轢《ひ》かれたり行き倒れになった小動物を、市民が自力で埋葬するような奇特な習慣も、またはそのための土の地面も、現代の都会では失われてしまっている。それは公の清掃局の仕事だ。さらに、ノラ猫にゴミ集積所を荒らされた心にゆとりのない住民が、保健所にノラ猫捕獲の要請を出す場合もある。保健所に捕まったノラが悲惨な末路を迎える現実も、私は仕事柄熟知している。

三本ほど電話をかけることで、最悪の事態には至っていないのを確認できた。ヒノマルちゃんに該当する猫ちゃんは、どのような形であれ「処分」はされていない。今のところは。

私は安堵の吐息をついた。しかしこれは、半ば予測していた結果だ。元より、ヒノマルちゃんは老猫ではない。行き倒れの可能性は薄いはずだった。外界を知らない家猫のこととて、唯一危惧《きぐ》していた交通事故でもない。やはり、雨で帰り道を見失い迷っているという線が濃厚だろう。

さらにもう一本、電話をかけた。六回のコール音の後、相手が出た。

「もしもし、鯖江《さばえ》君か」

「はいはい、誰?」

「私だ、郷原だ」

相手の反応が少し遅れた。戸惑っているらしい。同じ飲み屋の常連客同士で始終顔を合わせているとはいえ、電話をかけるのは初めてなのだから、これは無理からぬことだろう。

「あ、郷原さんっすかあ、どうしたんすか」

「暇そうだな、鯖江君。アルバイトの口がある、やるか」

私は端的に用件を伝えた。電話を通して騒音が聞こえる。パチンコ屋の騒音だ。耳障《みみざわ》りで下品な轟音《ごうおん》は私の美学に反するものではあるが、致し方ない。人手は必要だ。これまで使っていたアルバイト学生が、この春から四回生で就職活動に専念するというので辞めてしまった。鯖江青年も学生だが、ろくに学校へ行かずに遊び暮らしている。遊びの軍資金稼ぎに汲々《きゅうきゅう》としているらしく、以前からアルバイトを紹介してほしい旨《むね》、聞いていた。彼の能力は未知数だが、名前は悪くない。猫が寄ってきそうだ。

「あ、覚えててくれたんですか、バイトの話。いいっすよ。パチンコ、調子悪くって今日はもう諦《あきら》めようと思ってたとこっすから——ええと、今からですか」

「そうだ、すぐに来てほしい。それから仕事はパチンコのような遊び気分ではできない」

「判ってるっすよお、お任せですから」

鯖江青年は軽薄な口調で云った。幾分不安を感じたが、私はそれを押し隠して、今いる町の所番地を教えた。

「目印は公園だ。それから鯖江君、バイクだろう、途中でちくわを買ってきてくれ」

「は——何すか」

「ちくわだ、ちくわ」

「ああ、ちくわ——了解っす。でも郷原さん、その渋い声でちくわちくわって、笑わしますね、落差ありすぎ」

「君は無駄口が多いな」

「また、もう、郷原さん、シブすぎっすよ。いつものことですけど、カッコつけですよね、職業柄ってやつですか」

「探偵は職業ではない、生き方だ」

しばしけたたましい爆笑を聞かせてから、鯖江青年は電話を切った。失礼な若者だ。だが、若者の礼儀の欠如を詰《なじ》るほど、私も年老いてはいない。

携帯電話をコートのポケットに滑り落とし、私は車を降りた。愛車のバンの後方へ回り、荷台の扉を開く。荷台には、ペット運搬用のキャリーケースが四つ、置かれている。ただのケースではない。私が改造を加え、独自の機能を持たせたものだ。

ケースを引き出しながら、私は空模様を確認した。重そうな曇り空は、まだかろうじて雨を落とす寸前で堪《こら》えてくれている。降らないでいてくれるといいが、と私は独りごちた。雨は仕事をやりにくくする。いずれにせよ、忙しくなりそうだ。今夜は夜を徹しての作業になるかもしれない。

＊

翌朝早く、私は再び依頼人の家に赴《おもむ》いた。今回は鯖江青年を伴っていた。車のドアを閉じながら、私は密《ひそ》かに鯖江青年を観察する。昨日の夕刻から行動を共にして、無駄な動きと口数の多さには予測通りのことで閉口したが、スタイルは合格だ。バイク青年だから、革パンツに黒い革ジャンを着ている。長身でシャープな体型に、それがよく似合っている。これで口を利かなければ、イメージにぴったりだ。トレンチコートの中年男と革ジャンのバイク青年の組み合わせは、誰が見ても探偵とその助手に見えることだろう。美学的な満足を感じ、私は内心ほくそ笑んだ。

「あーあ、眠う——眠いっすねえ、郷原さん」

外見のスマートさを裏切って、鯖江青年はまるで賢そうには聞こえない声を発した。黙っていれば完璧な探偵助手に見えるのに、これでは私の内的美意識が瓦解《がかい》する。こいつの口をホッチキスでとめてやろうか。

「愚痴は何の足しにもならない。これから依頼人に会うんだ、少しはしゃんとしてくれ」

不機嫌さを押し殺して、私は云った。感情を顕《あら》わにするのは、優秀な探偵のポリシーに反する。

「でも、眠いっすよ、まともに寝てないんですから——あんな夜中まで町をうろうろしてたんだし」

「猫は基本的に夜行性の動物だ。夜の捜索の方が遭遇率が高い」

「そりゃそうでしょうけど、人間は夜行性じゃないんだから、寝なきゃ眠いっす——郷原さんだって眠いでしょ」

「何度云ったら判るんだ、仕事中は所長と呼べと云ったはずだ」

「はいはい、そうでした、所長——でも、なんで所長なんすか」

「昔から決まっている」

「何が？」

「探偵事務所の所長は皆そう呼ばれる」

どっひゃっひゃっひゃっと下品な声で、鯖江青年は笑った。

「ホントにもう、朝っぱらから笑わせてくれますねえ、カッコつけなんだから、郷原さ——あ、いや、所長は」

「いいから早く荷物を出せ」

「へい、了解っす、所長」

鯖江青年はバンの荷台を開け、我々の睡眠不足の原因となった厚紙の束を引きずり出した。

「ふわああ——眠う」

大あくびをしながら、鯖江青年はまだぼやいている。確かに私も寝不足だが、この町のどこかで不安と空腹に震えて一夜を過ごしたであろうヒノマルちゃんの心細さを思えば、文句を云ってはいられない。一刻も早く、この依頼人の家に連れ帰り、寛《くつろ》がせてやらないといけないのだ。

依頼人とは、昨日と同じ応接間で面談した。焦燥の色がなお濃くなった依頼人は目の下に隈《くま》を作り、昨日よりもさらに老いを感じさせた。そんな顔色の悪い相手に、私は辛い報告をしなくてはならなかった。

「残念ながら、昨晩の捜索ではヒノマルちゃんは発見できませんでした」

「そうですか――」

　私の言葉に依頼人は眉を曇らせ、憂いに満ちた視線を落とした。

「でも、ホントにもう、大変だったんすから――あっちこっちの公園とかどっかの家の敷地の中まで覗《のぞ》いて捜し回って、迷子の迷子の猫ちゃんやーいって感じで、夜中までごそごそ這《は》い回って――」

　勝手に喋《しゃべ》り始めた鯖江青年を、私は足を踏んで黙らせた。

「本日はもう一度綿密な捜索活動を行う予定です。また、これを町の要所要所に貼ります――鯖江君、お見せしてくれ」

「了解っす、所長」

　鯖江青年は、傍らにまとめて置いていた厚紙の束を、拡げて掲げた。

「昨夜《ゆうべ》、夜中の探索終わってから夜なべで作ったんすよ、ポスター、三十枚もあるんですよ。拡大コピーして印字して――それから、ほら、この針金で電柱なんかに括《くく》りつけるようにしてあって――」

　私は再び、鯖江青年の足を踏みつけなくてはならなかった。

「三十枚ありますから、反応は必ずあると思います。これまでも何度も効果を上げた方法です」

　私が云うと、依頼人は感心したように目を見開いた。

「よくできていますね」

ちゃんの写真を拡大し、中央に配置した、ずっとそれでいい感じの

「経験で培《つちか》ったノウハウがありますから」

私はできる限り自画自賛にならないように云った。

実際、ポスターは会心の出来だった。まん中に、昨日借りた写真からコピーしたヒノマルちゃんの顔が大きくあしらってある。額の特徴的な日の丸模様も、くっきりと写っている。

まいごの猫ちゃんをさがしています

白くて黒ブチのオスの猫ちゃんです
しっぽも黒いです
十四日（火よう日）におうちからいなくなりました
名前は「ヒノマルちゃん」です
おたくの近くで白黒の猫ちゃんを見ませんでしたか？
見かけたかたは電話してください

かならずお礼をします

そして、平田家の住所と、私の携帯番号が書き添えてある。さらに一番下に小さな文字で、

『猫ちゃんが見つかり次第このポスターは剝がします。美観を損ねて申し訳ありません』

と、当局へのエクスキューズも忘れない。完璧な仕上がりだった。

「もし今日発見できなかったら、今夜はこのポスターの小型版をチラシにして印刷する準備ができています。明日はご近所のご家庭個々に配布して、近隣の協力を仰ぎます」

私が云うと、鯖江青年がまた、

「すみません、奥さん――チラシ、間に合わなかったんすよ。ポスターに針金通すのに時間喰っちゃって――終わったの明け方ですからね、お陰で眠くって」

云わずもがなのことを云う。

「それはご苦労さまです、何から何までお手数をかけまして――」

依頼人も眠れなかったのだろう、腫《は》れぼったい目で、それでも深々と頭を下げる。

「どうぞ、よろしくお願いします。もう三日も経っていますから、あの子、どこでどうしているのか――私、心配で心配で――」

「大丈夫っすよ、奥さん。郷原さ――いけね、所長だ――所長はこの道長いプロなんですから、任せておいてくださいよ。俺、飲み屋で知り合ったんすけど、最初はスカした変なおっさんだなって思ったりしたけど、仕事がうまくいった自慢話なんかたんまりと聞かされて、それでこのおっさんなかなかやるじゃんって――」

私はお喋りな助手を黙らせるのに、今度は足を蹴らなくてはならなかった。

「では、捜索に出かけます――鯖江君、行くぞ」

「へい、了解っす」

立ち上がった我々に、

「どうかよろしくお願いします」

依頼人がまた、深く叩頭《こうとう》した。

＊

家の外へ出ると、鯖江青年が私の袖《そで》を引いてきた。

「郷――いや、所長、なんかジイさん、見てますよ」

彼が顎《あご》で示す方角を見ると、昨日と同様に、隣家の縁側からこちらをじっと凝視している老人と視線がぶつかった。深い皺が穿《うが》たれた顔に、不愉快そうな表情を貼りつかせて微動だにしない。まるで、昨日からずっとその場所で一歩も動かず、立ち往生してしまったかのようにも見える。私が軽く顎を引いて会釈を送っても、反応はまったく見られなかった。

「何すかね、あのジイさん――何で睨んでるんすか」

「気にするな、暇なんだろう」

私は、不可解そうな鯖江青年を促し、車に乗り込んだ。トレンチコートの中年男と革ジャンの若者のコンビを見ても、探偵と感付かないような、感性の鈍った老人には、私は用はない。老人のことはすぐに忘れて、私は車を出した。

昨日と同じ公園脇に愛車を停めると、私は早速鯖江青年に段取りを伝えた。

「今日の君の仕事は、まずポスター貼りだ。丁寧にやってくれ」

ダッシュボードから地図を出し、依頼人の家を中心に、指先で同心円を描いて示した。

「こんな具合に、少しずつ範囲を拡げて貼っていけばいい」

「俺一人でやるんすか」

「そうだ、不満か」

「別に不満とかじゃないっすけど――しんどいなあ、三十枚も一人じゃ」

「それほど大変な労働ではない。初めは慣れないだろうが、コツを摑《つか》めば効率が上がる。午前中には終わるはずだ」

私は、唇を尖《とが》らせている鯖江青年の言葉を遮って云った。口を動かすより先に体を動かすのが探偵の基本だ。

「なるべく公共の電信柱に貼るようにしてくれ。個人の家の塀や木に貼るとトラブルの元になる」

「へい、了解――それで、俺がポスター貼ってる間、郷原さんはどうするんですか」

「所長、だ」

「はいはい、所長はどうするんですか」

「捜索を続ける」

「ああ、例の徘徊《はいかい》を」

「徘徊ではない、捜索だ」

「はいはい」

へらへらと笑っている鯖江青年に、私はもうひとつ指示を出すことにした。

「それから、ポスターを貼っている時に近所の人が通りかかったら、できるだけ積極的に声をかけてポスターを見せるようにしてくれ」

「はあ、どうしてっすか」

「迷い猫はどこかの家に上がり込んで保護されている場合も多い。向こうも飼い主を捜しているはずだ」

「なるほど——結構やること多いんですね、この仕事って」

「嫌になったか」

「そこまで云ってないっすよ、ただ感心しただけで——」

「辛くなったら依頼人の顔を思い出せ、依頼人はもっと辛いはずだ」

「はあ、まあ、確かにかわいそうでしたね、あのバアちゃん、意気消沈してて」

「依頼人の憂い顔を笑顔に戻すのが探偵の使命だ」

「どうでもいいっすけど、疲れませんか、その喋り方」

「必要最低限の情報を伝えるのが言語の役割だ。喋りすぎる探偵は信頼されない」

どっひゃっひゃっひゃっとひとしきり笑ってから、鯖江青年は車を降りていった。ポスターの針金を締めるためのペンチを忘れて行かなかったのは、彼にしてみれば上出来の部類だろう。

ポスターの束を抱えた鯖江青年が路地に入って行くのを見送ってから、私も車を降りた。

梅雨の空は今日もまた暗く、どんよりとした雲が頭上にのしかかるように拡がっている。昨夜は幸いにして降られなかったが、本日もその幸運に与《あずか》ることができるのか、保証の限りではない。

私は小さな公園の中に歩を進めた。天候のせいか、この大気がねばつく湿気のためか、公園には人影ひとつ見られなかった。子供達の歓声に見捨てられた哀れな小公園に、私はざっと視線を巡らせた。ターゲットが犬や猫の場合、探索する視界はほぼ一定の高さに保てるので、首が疲れないのがせめてもの救いだ。かつて手掛けた仕事では、肉体的に疲弊することも数多《あまた》あった。グリーンイグアナのナナちゃんのケースでは、公園の樹上で発見するに至るまでの四日間、上を向きっぱなしだった。フェレットのポン太ちゃんの時は、土に不自然な穴が空いていないかどうかを捜して、ずっと下を向いていた。どちらの場合も、首筋に必要以上の負担がかかった。タイリクガメの権太郎くんの事例では、町じゅうの道の側溝を這い回って覗き込んだものだ。その際には膝がすり剝《む》けた。ありがたいことに、猫は木に登っても保護色にならないし、穴を掘って身を隠す習性もなく、ましてや溝の中に潜《もぐ》り込むこともしない。私は不要な肩凝《こ》りの心配をしなくてもいいというわけだ。

無人の公園を横切って、私は敷地の隅に到達した。塀沿いに灌木《かんぼく》が連なっているが、木と塀の間にわずかな隙間がある。職業上の経験から、猫がこうした狭い場所を通り道として好むことを、私は知っている。

灌木の茂みに手を差し入れてかき分けると、プラスチックのケースはすぐに見つかった。昨日の夕方、私がここに置いたペット運搬用のキャリーケースである。ケースの取っ手を摑んで持ち上げようとすると、重い手応えがあった。ヒットしている。逸《はや》る気持ちを抑えながら、私はケースを狭い木の隙間から引きずり出した。

このケースはただの運搬用ケースではない。私が独自に改造したトラップなのだ。猫が中のエサに喰いつけば扉が閉まる仕掛けの、いわば鼠捕り器の猫用バージョンである。エサは無論、昨日鯖江青年が買ってきたヒノマルちゃんの好物、ちくわだ。

「ヒノマルちゃんかい、出ておいで」

地面に置いたトラップケースの戸を開けて覗いてみると、中にいたのは額に日の丸模様のある猫ではなく、ごくありきたりの茶トラの猫だった。茶トラの猫ちゃんは情けなさそうな顔つきで、ケースの奥にうずくまっていた。

「すまなかった、君に意地悪するつもりではなかったんだ、許してくれ」

私は茶トラの猫ちゃんにそう話しかけ、トレンチコートのポケットからビーフジャーキーの袋を取り出した。ビーフジャーキーを適当な大きさに裂いて扉の前で振ってやると、茶トラちゃんは「ふにゃん」と鳴いて、のそのそケースから這い出してきた。

「悪かったね、ほら、これをあげるから勘弁しておくれ」

顔を突き出して、私の手元のビーフジャーキーの匂いを嗅いだ茶トラちゃんは、すぐにそれに齧《かじ》りついた。頭を左右に振り振り反動をつけるような動きで、たちまちビーフジャーキーを平らげた茶トラちゃんは、私を見上げるとまた「ふにゃん」と云って、私の脛《すね》に頭をすりすりと擦《す》りつけてきた。

「そうか、お腹が空いたか、すまなかった」

慰謝料代わりのビーフジャーキーを再度与えて、私はがっついている茶トラちゃんの頭を撫でた。人なつっこい猫ちゃんだ。体毛がだいぶ汚れているから飼い猫ではないようだが、人に慣れているところからして、近所の人が定期的にエサをやっている地域猫なのかもしれない。

「猫ちゃんを捜しているんだ、ここのところに日の丸の模様のある子だ。もしどこかで会ったら、早くおうちに帰るように伝えてくれ」

茶トラちゃんの額に丸く指を這わせて、私は云った。まさか本気で、猫同士で伝言をしてくれるとは思っているわけでもないが、私なりの動物に対する敬意の表れとでも云おうか。誠意を持って接すれば、ペットも必ず人間のことを理解してくれる、そう私は信じている。少なくとも信じたいと思っている。

「ぶるにゃん」

私の言葉を理解してくれたのかどうか、茶トラちゃんはこちらを見上げて、そう鳴いた。

トラップに新しいちくわをセットしてから、茶トラちゃんにとびきり大きいビーフジャーキーをあげて別れを告げ、私は公園を後にした。トラップはあと三つある。二つはそれぞれ別の空き地の隅に、残りのひとつは粗大ゴミの不法投棄場所になっている駐車場のフェンスの裏だ。どちらも猫が好んで通りそうな場所だった。

しかし、三つのトラップを見回った結果は虚《むな》しかった。ヒノマルちゃんはおろか、猫の仔一匹、ケースの中には発見できなかった。エサのちくわを新しいものと交換し、私は町の探索に回ることにした。

動物行動学に則《のっと》るのならば、都会の猫のテリトリーは、せいぜい直径五十メートルの円の中に収まるといわれている。町内のボス的存在の強いオス猫でも二百五十メートル程度だ。飼い猫が夜のパトロールに出かけるのは、ほぼその範囲内を巡回しているだけなのである。ただ、ヒノマルちゃんの場合は外に出たことのない家猫だけに、行動半径が読み切れない。方角を見誤って遠くへ行ってしまったとも、存外近くで迷っているとも、どちらの可能性も考慮しなくてはならない。

私はまず、依頼人宅の北側の地域を探索することにした。昨夜もざっと見回った場所ではあるが、ターゲットは自力で移動する能力がある。行き違いもあり得るのだ。探偵の辞書には、二度手間という言葉はない。

ちくわを一本片手に、家々の間を歩き回った。見るべきところは数多くある。民家の屋根の上、縁の下、ブロック塀の上、アパートの階段の下、植え込みの中、狭い路地の奥。そのどこかにヒノマルちゃんが潜んでいるかもしれない。私は手にしたちくわを振りながら、猫が潜り込みそうな町の死角のひとつひとつを、丹念に覗いて歩いた。天気が良好な日ならば、陽だまりを集中的に捜索するというセオリーもあるのだが、この季節だとその手は使えない。蒸し暑い湿気の中で、多少なりとも猫が快適に感じるはずの風通しのいい場所はないかと、私は具《つぶさ》に町の隅々まで目を凝らした。停まっている車の下、家の玄関先の冷たそうなコンクリート、庭の木の根本、板塀の隙間、自動販売機の上、人気《ひとけ》のない駐車場。私は靴を擦り減らして、こつこつと歩いた。

猫の姿は何匹か見かけたが、どれも額に日の丸模様はなかった。私は彼らに行き会うたびに、ヒノマルちゃんへの伝言を頼むのを忘れなかった。そしてもちろん、歩きながらちくわを振ることも忘れていなかった。ヒノマルちゃんが好物の気配に近寄ってきてくれるという、糸よりもさらに細い期待もないわけではないが、それよりも首尾よく発見できた暁に、咄嗟《とっさ》に逃げられないよう呼び寄せるためにも、ターゲットの好物を持ち歩くのが、私のやり方だ。

町のそこここの電柱には、ヒノマルちゃんの顔が大きく写ったポスターが括りつけてある。もう他の地域へ移ったらしく、鯖江青年の姿は見えないが、助手もよく働いているようだ。私はささやかな満足感にうなずいてから、一軒の家の庭先に目を走らせた。小さいながらも、よく手入れされた芝生の庭だった。塀際の一角には、オレンジ色の花がきれいに咲き誇っていたが、あいにく何という名前の花なのか、私は知らない。

「何ですか」

突然、険のある声をかけられて、私は視線を移した。オレンジの花の向こうから、中年婦人が一人、近づいて来る。専業主婦然としたその女は、怪訝《けげん》そうな表情で私の顔を見て、私が手に持ったちくわを凝視した後、また私の顔を睨んだ。

「何の用ですか、人の家をじろじろと」

「失礼、猫を捜しています。迷い猫です。こういう猫ちゃんですが、見ませんでしたか」

私がヒノマルちゃんの写真をコートのポケットから取り出しても、女はほとんどそれを見ようとしなかった。

「猫ってノラ猫？　困るのよね、ゴミの袋、破って散らかすから。ウチはちゃんと朝に出してるのよ、でも収集車が来る前にノラ猫が散らかしてくんだから、どうしようもないでしょ」

「いえ、私が捜しているのはノラ猫ではない。飼い猫です」

「飼い猫だったらなおのことときちんと躾《しつ》けてくれなくちゃ困るじゃない。どうして飼い猫がゴミ漁って散らかすのよ、ちゃんとエサやってないんじゃないの」

中年女は、さらに刺《とげ》のある口調で詰め寄ってきた。私は為《な》す術《すべ》を知らず、そこを退散することにした。一般論で云っても、女の理不尽な怒りを言葉だけで諌《いさ》めることが可能なものは、少なくとも人類の男性の中には存在しない。

付近住民の協力を得られないことは、珍しいことではない。中年女の家から少し離れた歩道に私は立ち、煙草に火をつけた。トレンチコートの襟を立て、私はまた歩き出す。探偵は、孤立無援といえども契約を遂行するものなのだ。

私の捜索は、そのまま昼過ぎまで続けられた。

＊

愛車のバンの運転席で、昼食のパンの最後のひとかけらを缶入りコーヒーで流し込んでいると、助手席の鯖江青年が話しかけてきた。

「で、俺、午後はどうしたらいいんですか」

ポスター貼りのノルマを午前中で終え、自らの有能さを証明して見せた形になったのが嬉しいらしく、鯖江青年は上機嫌だった。

「捜索に加わってもらう。二人になればターゲットが移動しても見落とす危険が少なくなる」

「げ、またちくわっすか。あれ、カッコ悪いんですよねえ——昨日はもう暗かったからともかく、まっ昼間っからむき出しのちくわ持って歩き回るなんて——うわあ、キツいなあ」

「捜索はこの仕事の基本だ」

鯖江青年の上機嫌に水をささないように、私は努めて冷静に云った。

「でもねえ、郷原さ——じゃなくって、所長——ヒノマルちゃん、もう猫捕りに捕まってるかもしれませんよ、今頃は皮を剝がれて三味線に——」

「君は意外と古いんだな。そんなことは昔の話だ、今は三味線も猫の皮など使わない」

「じゃ、何の皮なんすか」

「豚の皮か、さもなければプラスチックだ」

「へえ、風情ないんすねえ」

鯖江青年はそう云って、缶入りコーヒーを飲み干した。私は煙草に火をつけながら、

「とにかく、私のカンではヒノマルちゃんはそういう悲惨な目に遭っているということはない。

必ずどこかで迷っているはずだ。この近辺で見つからなかったら、隣町まで捜索範囲を拡げる」

「でも、猫ってそんなに遠くへ行っちゃうもんなんですか」

「中途半端な猫好きの人間が、道端で人なつっこい猫を抱いて連れて行って、遠くで放してそれっきりというケースもある。大通りの陸橋か何かを渡ってしまったら、猫は自力で戻れなくなる」

「ふーん、そんなこともあるんすか」

「そうした場面も想定すれば、捜索範囲を拡げるのは無駄ではない」

「はあ——やっぱ、メンドいんですねえ、この仕事って」

「探偵の仕事に派手さはない、地道なものだ」

私が云うと、どっひゃっひゃっひゃっひゃっと、鯖江青年が笑い声を立てた。

「また、出ましたね、郷原さんのお得意のカッコつけが」

「所長、だ」

短く訂正した私を、また鯖江青年が下品な声をあげて笑った。助手の非礼を窘《たしな》めようと開きかけた私の口が、ふと止まった。視界の端に猫の姿を発見したからだった。運転席のガラス越しに、道路を横切る猫が見える。ヒノマルちゃんではなく、飼い猫と思《おぼ》しきまっ白いきれいな猫だった。私は素早くドアを開け、車から滑り降りた。ポケットからビーフジャーキーの袋を取り出し、鼠鳴《ねずな》きしながら白い猫ちゃんに近寄った。

「猫ちゃん、猫ちゃん、君のお仲間を捜してるんだ。ヒノマルちゃんっていうんだが、見かけなかったかい」

私が呼びかけると、白い猫ちゃんは不思議そうな目でこちらを見た。しかし、すぐに関心を失ったように尻を向けて、優雅な仕草で歩いて行ってしまう。

「郷原さん、それヤバいっすよ」

白猫ちゃんの返事の代わりに、助手席の窓から身を乗り出した鯖江青年が、不満げな声をかけてきた。

「昨日も云おうと思ったけど、猫に無暗《むやみ》と話しかけるの、よした方がいいっすよ。どう見たって変な人にしか見えないんだから」

「なり振りに構っている場合ではない、今の我々は猫の手助けも借りたい立場だ」

私はビーフジャーキーの袋を、ポケットに戻して云った。

「でも、猫に言葉通じるわけないじゃないっすか」

「そう思うか」

「当たり前っすよ」

「世の中にはやってみて無駄ということはひとつもない」

「――まったくもう、勘弁してほしいなあ」

鯖江青年は、天を仰いで呆れたように云った。人生に必要な教訓を得るには、彼はまだ若すぎるようだ。

「そんなことより仕事を再開する。鯖江君、地図を頼む」

「へいへい」

軽薄に肩をすくめて、鯖江青年は地図を片手に車から降りてきた。私はそれを受け取り拡げると、指で示して指示を与えた。

「君はこの辺りから始めてくれ、私はこちらからスタートする。両側から探索すれば、この辺で合流できるだろう」

「へい、了解っす」

踵《きびす》を返そうとした鯖江青年の革ジャンの背中に、私は呼びかけた。

「鯖江君、忘れ物だ」

私がコートのポケットからちくわの袋を取り出すのを見て、

「うわ――やっぱ、それ持たなきゃダメっすかあ」

鯖江青年は、世にも悲しげな顔つきになった。

「カッコ悪いんすけどねえ、それ――」

「なり振りに構っている余裕はないと云ったはずだ」

「うう、せめて知り合いに会いませんように――何て言い訳したらいいのか判んないもんなあ」

「世間体など気にするな。ヒノマルちゃんの身にもなってみろ、今もお腹を空かせているんだぞ」

「猫の身になれって云われても――」

まだ釈然としない表情の鯖江青年に、私は無言でちくわを一本差し出した。

＊

トレンチコートの襟を立て、ちくわを振りながら、私は町を歩いた。ゆっくりとした歩みだったが、目だけは鋭く四周を見回している。幸い雨はまだ降ってこない。じっとりと湿った重苦しい湿気の中を、私は慎重に捜索して歩いた。家々の隙間、植え込みの中、植木鉢の裏、トタン屋根の上、ポリバケツの横、電柱の陰。ヒノマルちゃんらしき姿は見えない。

白い自転車の制服警官とすれ違った。警官は私の横を何気なく通りすぎたが、すぐに慌てた様子で引き返してきた。

「あの、ちょっとあなた、いいですか」

呼び止められた私は、舗道に立ち止まって振り向いた。

「何か――？」

問うた私の顔を、警官は驚いたような目で見つめてから、私の手にしたちくわに視線を移した。たっぷり十秒間はちくわを観察して、しかる後に彼はまた私の顔に目を戻した。

「えーと、あなた、それは何ですか」

「ちくわですが」

「いや、ちくわは見りゃ判ります——ちくわ持って何をしてるのか聞いてるんです」

「猫を捜しています」

「猫——」

口をぽかんと開けた制服警官の鼻先に、私は自分の名刺を差し出した。

「こういう仕事をしています、今回のターゲットが猫なのです」

「ははあ、ペットを捜す仕事で——それでちくわを——」

納得がいったのかいかぬのか、警官は私の顔と名刺を何度も見較べた。

「えーと、それはともかく、身分証か何か拝見できますか、こういう名刺じゃなくて」

「身元確認が必要ですか」

「まあ、一応——失礼ですが、不審尋問ってことで」

「私が不審だ、と？」

「不審でない、と？」

警官は、薄ら笑いを浮かべた。

「はっきり云わせてもらえば、思いっきり不審ですな。この季節にそんなコート着て、ちくわ一本ぶらぶらさせてる男を見つけたら、こっちとしては職掌柄素通りするわけにもいきませんので——どうかご協力を」

このコートは私の探偵としての美学の表れでしかないのだから、それを官憲に咎《とが》め立てされる筋合いはない。しかし、「最近の警察は市民のファッションセンスにまで口を挟むのか」など不毛な反論をするほど、私は愚かではない。私は黙って運転免許証の入ったパスケースを警官に呈示した。

「なるほど——はい、結構です」

私の免許証をまじまじと見据えて気が済んだのか、警官はようやく私を解放してくれる気になったようだった。白い自転車のペダルに足をかけた警官に、今度は私が協力を求める番だった。免許証をしまって入れ替わりに、ヒノマルちゃんの写真を出す。

「私が捜しているのはこの猫ちゃんです。迷い猫として交番にでも届けられたら、私の名刺の携帯番号に連絡していただきたい」

「あーはいはい、判りました」

警官は写真をちらりと一瞥《いちべつ》しただけで、あまり興味のなさそうな顔つきで生返事をした。

「仕事熱心もいいですけど、よその家の庭かなんかに入っちゃダメですよ」

捨て台詞とも受け取れる一言を添えて、警官は行ってしまった。私は無感動にその後ろ姿を見送ることしかできなかった。感慨は何もない。探偵と官憲が相いれないのは、昔からの伝統のようなものだ。

携帯電話が鳴ったのは、警官と別れてしばらくしてからだった。

早速ポスターの効果が現れたのかもしれない。私は期待に胸を躍らせて、通話スイッチを押した。

「はい、こちら郷原ペット探偵事務所」

だが、期待とは裏腹に、受話器の向こうから聞こえてきたのは、息せき切った鯖江青年の声だった。

「あ、郷原さん、大変っすよお」

「所長、だ」

「そんなこと云ってる場合じゃないですよ、大変なことになってるんです」

「どうした」

尋ねながら、私は先ほどの警官の淡泊な対応を思い出していた。慣れない鯖江青年が、国家権力と何かトラブルでも起こしたのだろうか。

「ポスターにイタズラされてるんです、ひどいんっすよお」

鯖江青年の切迫した答えは、私の予測を裏切っていた。

「ポスターがどうしたんだ」

「だからイタズラですよ、無茶苦茶ですよ、ホントに」

受話器を通して、鯖江青年の異常な興奮が伝わってきた。

「要領を得ないな、君の云うことは。とにかく合流地点まで来てくれ、そこで落ち合おう」

「了解っす」

通話を切ると、私は駆けだした。鯖江青年の慌てぶりはただごとではない。軽佻浮薄《けいちょうふはく》な若者ではあるが、今の焦り方は生半《なまなか》なものではなかった。何かよほど逼迫《ひっぱく》した事態が出来《しゅったい》したに違いない。

合流地点に到着した私の目に飛び込んできたのは、悲惨な光景だった。

電柱に括りつけられたポスターは、確かに鯖江青年の云う通りひどいイタズラをされていた。黒く塗り潰《つぶ》されている。それも、ちょうどまん中の、ヒノマルちゃんの写真が印刷してある部分だった。まるでヒノマルちゃんの額の日の丸模様が大きくなって、顔全体を侵食してしまったかのように、写真は黒い丸で覆い隠されてしまっていた。

近寄ってよく観察してみると、黒い丸はペンキか何かの塗料だと判った。暴走族が壁にラクガキをするようにして、スプレー缶のものらしき塗料が吹きつけられている。それがヒノマルちゃんの写真を黒く塗り潰しているのだ。

四つ角を曲がり、鯖江青年が駆けてきた。

「あ、郷原さん、ひどいんですよ、向こうの——げ、こっちもやられてる」

鯖江青年は荒い息遣いのまま、ポスターの前で棒立ちになった。

「こっちも、とはどういうことだ。これ一枚ではないのか」

私が尋ねると、鯖江青年は怒りに燃えた目を向けてきて、

「そうなんすよ、今俺が来た道の分も全部——畜生っ、寝ないで作ったのによおっ」

堅いライダーブーツで、電信柱を蹴りあげた。

「そっちの通りが全部か——」

「そうなんすよ、これと同じようにべったりと」

「嫌な予感がする、他がどうなっているのか気になるな」

「そうっすね、見て回りましょうか」

「ああ、私はこっちから行く、君はそっちだ。ここでまた合流しよう」

「了解っす――畜生、誰がやりやがったんだ、こんなひどいこと」

悪態をついて、鯖江青年は走りだした。私も、もちろんそれに倣《なら》った。

再び合流地点に戻った私と鯖江青年は、焦燥感漂う視線を互いに見交わすこととなった。

悪い予感は見事に的中し、ポスターが全部、黒ペンキの犠牲になっていることが判明した。念の入ったことに塗り潰し犯人は、三十枚ものポスターを一枚も見逃してはくれなかったようだ。

「タチ悪いなあ、なんでこんなイタズラするんだよおっ」

鯖江青年の怒りはなかなか収まらないらしく、また、荒々しく電柱を蹴飛ばした。

「だが、イタズラにしてはやりすぎだとは思わないか」

呟《つぶや》いた私の言葉は、若さにまかせて電柱に八つ当たりしている鯖江青年の耳には届かなかったようだった。

イタズラにしてはやりすぎではないだろうか。今度は、口に出さずに、私は考えていた。単純なイタズラならば、四、五枚もやれば気が済むのではないだろうか。三十枚もあるポスターをすべて塗り潰すのは、いくら何でも偏執的すぎないか。単なるイタズラで、ここまでするとは、少し極端すぎる気がしてならない。この塗り潰し犯人には、何らかの意図があるのではないだろうか。

しかし、それよりもうひとつ、気にかかることがある。トラップだ。私が仕掛けた猫捕獲用の罠。ポスターにこれほどひどいイタズラをされているからには、あちらも無事ではないかもしれない。万一、トラップにもイタズラをされていたとしたら、それは明らかに私に対する敵対行為と見做《みな》さざるを得ない。

「鯖江君、トラップが心配だ、見に行こう」

まだ電柱に当たっている鯖江青年を促して、私は走りだした。まずは、車を停めてある公園だ。私の考えを察してくれたらしく、鯖江青年もすぐについてきた。

＊

小さな公園は相変わらず無人だった。しかし、私と鯖江青年はトラップを張った塀際に近づいて、それが間違いだったことに気付かされた。無人ではない。何かがいる。それも、トラップケースを隠したまさにその場所に、だ。

灌木の茂みに半身を突っ込むようにして、それはいた。第一印象は、黒い大きな猫が、トラップ内のちくわを取ろうともがいているようにも見えた。だが、すぐにそれは目の錯覚であることが判った。やけにしなやかな身のこなしをしているから、途方もなく大きな黒猫のように感じただけで、それは紛れもなく人間だった。猫にしては大きすぎるが、人間としては相当小さい部類と思われるその人物は、黒いぶかぶかの上着を羽織っていた。ほっそりとした後ろ姿は、若い女性か少年のように見える。

「おい、そこで何をしている」

背後に接近した私が声をかけると、黒い背中を見せていた小柄な人物は、その場でびくんと飛び上がった。仔猫が犬に吠えかかられて仰天したような仕草だった。

おずおずと振り返ったのは女性でも少年でもなく、まん丸い目をした若い男だった。いや、長く垂れた前髪と小作りな童顔のせいで若くは見えるが、それほどの若年ではないのかもしれない。仔猫じみた丸い目をした、年齢不詳の小男である。

「聞こえてんのかよ、ここで何してるのかって聞いてるんだよ」

鯖江青年が私の隣で、気色《けしき》ばんだ。ポスターを蹂躙《じゅうりん》された怒りが、彼を戦闘的な気分にしているようだ。

「いや、まあ、何をしてるのかって云われましても――」

仔猫の目をした小男は、いきなり愛想のいい笑顔になって答えた。

「ほら、ここに変な箱があるでしょう、プラスチックの箱。僕はちょいと通りかかっただけなんですけど、ふとこいつが目につきましてね、何の箱が置いてあるのかなって気になっちゃって、それで覗いて見てたんです。なかなか面白いですよ、これ。妙な仕掛けがしてあって――あ、僕だけ見てちゃズルいですよね、あなた達も見ますか」

「見なくても知ってるよ、俺達が置いたんだから」

鯖江青年がぶっきら棒に云うと、小男はきょとんとして、

「あらまあ、そうなんですか、へえ――でも、何だってこんな物こんなところへ置いたんですか。何かの罠みたいに見えますけど」

どうやら異常に好奇心が強いらしく、まん丸い仔猫のような目を爛々《らんらん》とさせて聞いてきた。

私は仕方なく、自分の名刺を差し出した。

「仕事に必要だから置いたんだ」

「あ、こりゃどうも、ご丁寧に痛み入ります――えーと、郷原さん、とおっしゃるんですか、いやどうも初めまして――僕、猫丸といいます」

小男は膝に両手を当てて深々とお辞儀をした。そして、また興味津々《しんしん》の体《てい》で私の名刺を眺める。

「ペットの探偵さんなんですか、へえ、ほお、ふうん――はは あ、なるほど、それでこういう罠を仕掛けてたんですね。あ、これで得心《とくしん》がいきました。うん、納得納得。いやあ、世の中何でも聞いてみるもんですねえ。判らないことも聞いてみりゃ案外簡単に呑み込めちゃったりするから、面白いですよね。それにしても、これ、よくできてますねえ、エサにかぶりついたら扉が、こう、がっちゃんと、それでもう出られないって寸法なんですね。本当にもう、なんと云うか、うまい細工ですよ、この罠」

ぺらぺらと小気味よく喋る小男は、私にはとても胡乱《うろん》に感じられた。そもそも仔猫のような丸い目をしていて、猫丸などと名乗るところからして、実に胡散《うさん》くさい。

「所長、こいつ怪しいっすよ」

鯖江青年も私と同感らしく、険しい目つきでそう云った。私は無言でうなずき返して、同意の旨を伝える。

「わはははははは、怪しいってそんな」

しかし、猫丸はいきなり高笑いすることで、私達の疑義を一笑に付した。

「そんなこと云ったら、郷原さん達の方がよっぽど僕より怪しいですよ。郷原さんも、そっちの革ジャンのお兄さんも」

「彼なら助手の鯖江君だ」

「あ、鯖江君とおっしゃるんですか、どうも初めまして——僕、猫丸といいます」

恐ろしくマイペースな性格のようで、また丁寧にお辞儀をして自己紹介を繰り返している。毒気を抜かれて、鯖江青年はぽかんとするばかりだ。

「怪しいですよ、郷原さんも鯖江君も——だってほら、男が二人ちくわ一本ずつ摘《つま》んでふるふるさせてる図なんざ、どう考えたって珍妙じゃありませんか。何かと思っちゃいますよ。それ、何の儀式のつもりなんですか」

「捜している猫ちゃんの好物だ。だから持っている」

恥ずかしげにちくわを自分の背後に隠した鯖江青年を尻目に、私は毅然《きぜん》として答えた。商売道具にプライドを保てなくては、探偵として失格だ。

「ははあ。猫ちゃんの好物ねえ——」

猫丸は、私の手元で震えるちくわをにやにやと眺めて云った。そしてさらに、

「まあ、ちくわはともかく、郷原さんのその恰好もどうかと思いますよ。この蒸し暑いさ中にトレンチコートはないでしょう。ヘタしたら変質者に見えます」

「人のスタイルなどどうでもいいだろう」

私は内心の不機嫌を押し隠して、短く云った。先ほどの警官といいこの小男といい、誰も彼もが私の探偵としての美学を理解しようとはしない。コートの下は背中まで汗びっしょりなのは事実であるが、私は私自身の美意識に準じて我慢しているというのに。辛抱強いのは優秀な探偵の条件のひとつでもあるのだ。

「あんたのその服装も、私のことをとやかく云えないだろう、似たようなものだ」

一矢報いようと、私は猫丸のぞろっと長い黒の上着を顎で示し、冷淡に云ってやった。だが、猫丸はまるで気にもせずに、

「これは見た目より涼しいんですよ、生地が薄いから——それに僕はどう見たって変質者ってガラじゃないですもんねえ」

しれっとした顔つきで云った。確かに童顔でまん丸い目の小男は、変態には見えない。それにしてもこの男、どうにも人を喰った態度で、私のペースを著しく乱す。

「そんなことより、あのイタズラ、あんたの仕業なのかよ」

私の隣で、じれたように鯖江青年が云った。そうだ、この小男のおかしな雰囲気に呑まれている場合ではない。私は気持ちを素早く立て直した。

「猫丸さんとかいったな、あんたはやはり怪しい。今も私のトラップをいじろうとしていたし、

あのポスターもあんたがやったんじゃないのか」

私の言葉に、猫丸はまん丸い目をもっと丸くして、

「何です、ポスターって。何かあったんですか」

「何だよ、トボけるのかよ、ふざけんなよな」

鯖江青年が凄みを利かせても、猫丸はどこ吹く風である。

「トボけてなんかいやしませんよ、何のことやら僕にはさっぱり」

「だったらどうして今度はトラップにイタズラしようとしてたんだよ」

「イタズラなんてしませんってば、ちょいと見てただけだってさっきも云ったでしょうに」

きょとんとした表情の猫丸は、本当に何も知らないようにも何もかも承知で居直っているようにも、私には感じられた。まったく摑みどころのない奴である。

「だったら現物を見てもらおう、ポスターがどうなっているのか——。ちょっと一緒に来てくれ、いいな」

「はあ、事情は判りませんけど、構いませんよ。なんだか面白そうだしねえ」

私の誘いに、猫丸はにこにこした笑顔でうなずいた。

「面白がってる場合じゃないんだよ」

「うひゃあ、鯖江君、恐いなあ——ガタイがいいから怒ると迫力あるね、君は。でもまあ、そんなにカリカリいきりたつんじゃありませんよ、せっかくの色男が台なしだ。革ジャンも似合ってるし、いい男なんだから——もしかしてバイクか何か乗ってるの？　それともロック方面

かな。どっちにしても女の子にモテるだろうね、いよっ、憎いよ、この、女殺し」

鯖江青年の背中をぺたぺたと気安く叩いて、猫丸はお気楽な声をあげている。どこまでも底抜けに得体の知れない奴だ。いずれにせよ、私の美学に反する人物であることだけは間違いはない。

*

ポスターの前に立った猫丸は、しばらくじっとそれを眺めていたが、やがて、そのまん丸い仔猫のような目を私に向けてきた。

「これ、郷原さんのポスターですよね、猫ちゃん捜すための」

「そうだ」

「郷原さんが作ったんですか」

「私と鯖江君の二人で、だ」

「あの、こんなこと云っちゃ失礼かもしれませんけど——このデザイン、変ですよ。どうしてこんなまん中に、どーんとでっかく黒い丸なんか描いてあるんですか。意味判りませんよ、これじゃ」

怪訝そうに云う猫丸に、鯖江青年が呆れたように、

「あんた、ホントに判ってないのかよ。この期《ご》に及んでトボけたってダメだぜ」

「だからトボけてなんかいませんったら」

大真面目な顔で云う猫丸に、私はヒノマルちゃんの写真を突きつけた。

「この写真が印刷してあった。それがいつの間にか塗り潰されていたんだ」

「おや、かわいい猫ちゃんですね、耳が大きくてかわいらしいこと――あ、なるほど、この頭のブチがあるからヒノマルちゃんって名前なんですね――へえ、珍しいですねえ、こういうブチの猫って見たことありませんよ、僕」

写真をまじまじと見ていた猫丸は、急に顔を上げた。

「えっ、この写真が塗り潰されてこうなってるんですか、このポスター、元からこうじゃなくて」

「最初からそう云っている。あんたはどうも反応速度が鈍いようだな」

私が云うと、猫丸はもう一度ポスターを凝視して、

「ありゃまあ、ひどいもんですね、こりゃ――どうしてこんなことをしたんでしょうねえ」

「本当にあんたがやったんじゃないだろうな」

鯖江青年が睨むと、猫丸は、長い前髪と共に首を勢いよく振って、

「とんでもない。僕がこんなことするはずないじゃないですか――だいいち僕はこんなペンキなんか持ってないですよ、ほら」

黒いぶかぶかの上着をはたはたと、鳥の羽ばたきのようにはためかせた。

「そんな弁解しても、もし本当はあんただったら、容赦しないからな」

鯖江青年がまた凄む。

「昨日徹夜で作って、今朝俺がしゃかりきになって貼ったんだからよ。俺の苦労、水の泡なんだから」

「へえ、これ、今朝貼ったんですか——じゃ、まだ新しいんだね」

「そうだよ、だからこんなに怒ってるんじゃないか、せっかく貼ったばっかりなのによ」

ぶつぶつ云う鯖江青年を、気遣うように見やって猫丸は、

「そいつはお気の毒さまだねえ、こんなひどいイタズラされるなんて——嫌がらせか何かなのかなあ」

「いや、どうもそうとは思えない。なにしろ三十枚全部やられている」

私はそう云って、先ほど考えたことを猫丸に伝えた。三十枚すべてを塗り潰すのは、イタズラにしては執拗《しつよう》すぎるのではないか、と。この小男が本当にトボけているのかどうか、確かめる気になっていた。

「うわあ、三十枚もこうなってるんですか。なるほど、そいつは確かにやりすぎですよねえ、イタズラや嫌がらせにしちゃいくらなんでも度が過ぎてるし——」

猫丸は本気で驚いたらしく、嘘をついているようには見えなかった。この様子では、本人が云うように、本当にこの件とは無関係の、ただの通りすがりの妙な奴なのかもしれない。

「だったらこういうのはどうでしょうね」

私に疑惑を持たれているのを知ってか知らずか、猫丸は好奇心で輝く丸い目で私をまっすぐ

に見上げた。

「世の中には猫嫌いの人もいますからね、そういう人がここを通って——うぎゃあ、猫の顔なんか金輪際《こんりんざい》見たくなかったのに、こんな町なかに猫の写真べたべた貼りやがって、俺の視界に入るな猫の顔、畜生、こうしてくれるこうしてくれる——ってんで、塗り潰して歩いたっていう」

「それでも全部はやりすぎだとは思わないか。そういう事情ならば自分の通る道だけでいいはずだ。もしくは、電話をかけてきて苦情を云ってポスターを外させる、とか——。いずれにしても三十枚も塗る必要はない」

「ははあ、なるほど、そう云やそうですよね——なら、こんなのはどうです、ここまで非道なことをするからには、塗り潰し犯は悪いヤツだっていう前提も成り立ちますよね。悪いヤツが何か悪事を企んでるってことで考えると、行方知れずのヒノマルちゃんは実は猫攫《さら》いの誘拐犯人に捕まっているっていう筋書きで、そのかどわかしの連中が身代金を強奪する前に、ちょいと悪事の予行演習のつもりでこうやってポスターを塗り潰して——」

「あんた、本気でそんなこと云ってるの」

鯖江青年が呆れ返った顔で、まくしたてる猫丸の言葉を遮り、

「誘拐犯が何の必要があってポスター塗ったりなんかするのさ」

「いや、だから——それは、ほら、被害者の名前や顔を報道しないのが誘拐事件のセオリーだから——」

「それは警察側の話だろ、犯人を刺激しないように――。逆だよ、逆」

「はあ、まあ、それもそうだね。こいつはちょいと先走りすぎたかな」

と、猫丸は照れたみたいに、天真爛漫《てんしんらんまん》な笑顔になった。本当に摑みどころのない男だ。何なんでしょうこいつ、とでも云いたげに、当惑した様子の鯖江青年が、私に救いを求めるような視線を投げかけてきた。私は、目の前の長い前髪の小男に向かって、念を押した。

「もう一度確認するが、あんたはあくまでもこれとは関係ないと主張するんだな」

「ええ、きれいさっぱり濡れ衣《ぬれぎぬ》です。僕はなんにも知りませんよ」

猫丸が真顔で云った時、私の携帯電話が鳴った。写真は塗り潰されてしまったが、ポスターの効果はまだ健在かもしれない。私は素早く、コートのポケットから電話を取り出した。鯖江青年と猫丸が、それぞれ高い位置と低い位置から、期待のこもった眼差しで私を見る。二人の注視の中、私は通話スイッチを押した。

「はい、郷原ペット探偵事務所」

「あ、探偵さん、私です、平田です」

電話は、依頼人からだった。

「どうかしましたか」

「ええ、戻って来たんです、ひいちゃんが自力で、今、ひょっこり――自分で帰って来てくれたんですよ」

三人で、依頼人の家に向かった。

どういうつもりか、猫丸もちゃっかりくっついて来た。「だって僕、まだ塗り潰し犯の容疑者なんでしょう。ちゃんと見張ってないと、僕、逃げちゃうかもしれませんよ」と、妙な理屈を捏《こ》ねて、私達から離れようとしなかったのだ。好奇心旺盛なばかりか、野次馬根性まで発達しているらしい。迷惑きわまりないが、今は追い払うのに費やす時間が惜しい。ヒノマルちゃんの無事の帰還を確認するのが先決だ。

依頼人の家に入る時に、何とはなしにちらりと確認したが、隣家の動かない老人の姿はいつもの縁側に見当たらなかった。自ら移動する能力があったのか、家人が片付けたのか、そこまでは確かめる術はない。

応接間で三人並んで、依頼人と対面した。依頼人は、猫丸を助手の一人とでも思ったのか、ありがたいことに誰何《すいか》しなかった。

「お手数かけまして申し訳ありませんでした――でも、ひいちゃんは自分でちゃんと帰って来てくれました。どこで迷ってたのか知りませんけど、やっと帰り道が判ったんですね。皆さんにはご迷惑をおかけしまして――本当にありがとうございました」

そう云って依頼人は、私達に丁寧に頭を下げた。しかし、その言葉とは裏腹に、彼女の表情がどことなく冴えないことが私には気がかりだった。晴れ晴れと安堵しきった顔を見せてくれるかと思っていたのだが、その微笑も無理をして取り繕っているように、私には思えてならなかった。


「ヒノマルちゃんはご無事でしたか、どこかケガなどは?」

疑念を抑えつつ、私は尋ねた。

「ええ、お陰さまで大丈夫です。さすがにお腹が空いたらしくて、ごはんをいっぱい食べましたけど、ケガはしていません」

答える依頼人は、やはり浮かない気持ちを隠しきれていないように、私は感じた。

「ご無事でなによりでした。それでは、ヒノマルちゃんに会わせていただけますか」

「あら、会うんですか——あの子、疲れたみたいで寝ちゃってますけど——」

少なからず困惑気味に眉をひそめる依頼人に、私は重ねて頼んだ。

「一目だけでもお願いします。仕事柄、本人の元気な姿をこの目で見ないことには安心できないものですから」

「でも——」

「寝ているところを少し拝見するだけで結構です」

「——」

「ぜひお願いします」

「——そうですか、判りました——それなら、ちょっとだけ」

依頼人は不承不承うなずいて、ソファを立った。そして、後ろの襖を細く開け、奥の部屋へ入って行った。

「所長――」

鯖江青年が隣から、訝《いぶか》しげな声をかけてきた。彼も、依頼人の不自然な態度が気になったのだろう。

「あのバアちゃん、なんか全然嬉しそうじゃないっすね。猫ちゃん、帰って来たのに――」

小声で訴える鯖江青年を、私は黙って首を振って制した。探偵の仕事では、先入観は禁物だ。猫ちゃんを見るまでは、何事も判断をつけてはいけない。

やがて、依頼人は一匹の猫を抱いて戻ってきた。白いふわふわの毛並みが、背中をこちらに向けて丸くなっている。依頼人の脇の下に鼻先を突っ込んでいるような姿勢なので、その顔までは私の位置からは見えなかった。

「三日間あんまり食べてなかったんでしょうね――この子、ちょっと痩《や》せちゃったみたいなんです」

依頼人は立ったままで、黒ブチのある白い背中を撫でて云った。

「ほら、ひいちゃん、このおじちゃん達が捜してくれたんですよ。ご迷惑をかけたんですからね、ごめんなさいって云うんですよ」

赤ん坊をあやすように、依頼人は腕の中の猫を軽く揺すって云う。黒くてあまり長くない尻尾が、そのリズムに合わせてぺたぺたと動いた。

「やっぱりこの子、冒険でくたびれちゃったのねえ、眠くって仕方ないみたいで——おウチが一番ですからね、すみませんねえ、もう寝かせますから」

ぎこちない笑顔を私達に向け、依頼人はさっさと襖を開けて引っ込んでしまった。猫ちゃんと私の対面時間は、あまりにも短かった。

手ぶらで戻って来た依頼人がソファに座ると、鯖江青年がのんびりした調子で、

「とにかくよかったっすね、猫ちゃん帰って来て——でも、これじゃ俺達、完全に無駄足でしたね、捜さなくても自分で帰って来たんだから」

助手のくせに余計なことを云う。こちらから無駄足だと公言する必要はない。依頼人が報酬を渋ったらどうするつもりだ。私は、鯖江青年の足を踏んで黙らせてから、

「猫ちゃんが自力で戻って来るのはよくあることです。恐らく、私達が捜し回っている気配を感じて、帰る気になったのでしょう」

「きっとそうですね、本当によくしていただいて——ありがとうございました」

私の心配は杞憂《きゆう》だったようで、依頼人は茶封筒をテーブルの上に置いた。

「お約束のお礼です、お納めください」

さっきから一言も発しないでおとなしく座っていた猫丸は、その封筒を何か不思議な物でも見る目つきで、ぽかんと眺めている。無関係な闖入者《ちんにゅう》が余計なことを口走る前に、私は茶封筒を取り、コートのポケットに落とし込んだ。探偵は生き方であるが、ビジネスでもある。

これでもう、これ以上ここに留まる理由はなくなった。私は鯖江青年と猫丸を促して立ち上

がった。

「それでは、私達は失礼します。またのご用命がありましたら、いつでもお電話ください——」

いや、またの機会がないに越したことはないのですが」

「そうですね、もう二度とあの子、外へ出さないように気をつけます。本当にありがとうございました」

依頼人の声を背に、私はドアへと向かった。

その時、奥の襖がかたかたと鳴った。木枠を爪で引っかくような、かりかりという音も聞こえる。私達が振り返るのと、襖が隙間を作るのと、ほぼ同時だった。そしてそこから、猫がひょっこりと顔を覗かせた。

飼い猫の中には、自分で襖や扉を開ける器用な芸を持っているものも少なくない。

「あら、ダメでしょ、こっちに来ちゃ」

慌てた依頼人が猫を追い払ったが、私達が猫の顔を見るには充分すぎる時間があった。

白い猫の額には、特徴的な日の丸模様はなかった。

＊

依頼人の家を出たところで、早速、鯖江青年が声をかけてきた。

「見ましたか、あれ、ヒノマルちゃんじゃなかったっすよ」

「ああ」

私は短く応じた。

「おデコのここんとこに、丸いブチなんかなかったじゃないですか」

「判っている」

私にしても、鯖江青年に負けず劣らず不可解な気分なのだ。

一緒に出てきた猫丸が、舗道にぼんやりと立ち尽くして依頼人の家の玄関を見つめている。何を眺めているのかと思ったが、どうやら、門扉の鉄柵に貼られた張り紙を見ているらしい。昨日私も見かけた、依頼人の手書きのポスターだ。不審な小男が何に関心を持とうと、私には興味の埒外《らちがい》だ。私は猫丸を放っておくことに決めて、歩き出した。車は公園の脇に停めてある。

「あの猫、替え玉だったんすよ、きっと。ヒノマルちゃんじゃなくて」

私に追いすがって来て、鯖江青年はなおも云い募った。

「ってことは、あのバアちゃん、嘘ついたんですよ、俺達に」

「そうらしいな」

私はまた、短く答えた。確かに、依頼人は私達に嘘をついたのだろう。しかし何故だ。私には判らない。私達を騙《だま》して、何か依頼人の利益になることがあるとでもいうのだろうか。

「どう考えたって変っすよ、なんで俺達、騙されなくちゃいけないんですか」

「考えても仕方がない、仕事は終わりだ」

釈然としないのは、私も鯖江青年と同じだが、しかし、助手と一緒になってうろたえるなどという行為は、探偵の美学に反する。

「でも、悔しくないんですか、郷原さん」

「所長、だ」

「どっちだっていいっすよ、そんなこと——それより落ち着かないですよ、俺。無駄足踏んだ挙句、騙されたんじゃ、寝覚め悪すぎです」

「探偵の仕事には、時として割り切れないこともある」

私は鯖江青年の愚痴を無視して云った。

「とにかくポスターとトラップを回収する。それですべて終わりだ」

「あ、そう云えばポスターのイタズラ、あれも結局何なのか判らないままじゃないですか」

「ああ——」

私も気にはなるものの、今の私には如何《いかん》ともしがたい。依頼は終了し、報酬も得た。探偵には、深入りしてはならないというルールがある。

「嫌だなあ、消化不良っすよ、何だか訳判らなくて——本当にいいんですか、所長、これで終わりで」

「仕方がないだろう」

「あーあ、なんてこった、全部中途半端なままだよ——あ、半端って云えば、結局チラシの下書きも無駄になっちゃいましたね」

鯖江青年がボヤいた時、私達は車のところへ到着した。私は何も云わずに、ドアのロックを解除した。ポスターを外すためのペンチを、工具箱から取り出す。

「何ですか、そのチラシの下書きってのは」

突然、後ろから声をかけられた。いつの間について来たのか、猫丸がまん丸い仔猫のような目で車の横に立っていた。

「何だよ、急に――驚かすなよ。あんた、まだ俺達にくっついて来てたんですか」

鯖江青年が顔をしかめて云った。

「へへ、だって気になるじゃないですか、あのポスターの件といい、ヒノマルちゃんの偽物といい――なんかこう、胸に引っかかったみたいで、どうにもすっきりしなくってね――その辺は僕も鯖江君と同意見でして――。で、何なんです、チラシの下書きって」

にこにこと無邪気な笑顔で聞く猫丸に、鯖江青年は肩をすくめて、

「あんたも物好きだね――チラシってのはね、昨日の夜、間に合わなかった仕事のことだよ。今日ヒノマルちゃんが見つからなかったら、今夜また徹夜で印刷しようとしてたんだ」

「で、そのチラシ、どうするつもりだったんですか」

「決まってるじゃないか、あちこちの家に配るんだよ」

「あ、なるほど、それで――だから急いであんなことしたわけか、へえ、そうか、これでやっとすっきりした」

何やら一人で納得した様子で、猫丸は手を打って喜んでいる。そして、長い前髪をふさりと片手でかき上げると、

「いやあ、本当に何でも聞いてみるものですね。判らないことも聞いてみれば案外簡単に合点がいく——って、あ、これ確か、さっきも云いましたよね、トラップのこと教えてもらった時に——色々勉強になるなあ。いや、胸のもやもやが取れてさっぱりしました。それじゃ、僕はこれで——お二人は後片付けや何やかやあるでしょうから、お邪魔になっちゃいけませんからね——それでは、ご免ください」

膝に手を当ててぺこりとお辞儀をして、猫丸は立ち去る素振りを見せる。それを鯖江青年が急いで止めて、

「ちょっと待ってくれよ、何を一人でさっぱりしてるんだ——あんた、何か知ってるのか」

「いや、別に何も知っちゃいませんけどね。まあ、僕なりに得心したんで、これでいいかなって思って」

「何だそりゃ——だったらやっぱり何か知ってるんじゃないかよ」

困惑する鯖江青年をよそに、猫丸は大きな丸い目をぱちくりさせて、

「だってお二人とも、あの張り紙見たでしょ、あの家の玄関にあったやつ——ね、一目瞭然でしょ」

まるで意味不明のことを云い出す。私は、その不可解なことを口走る小男に歩み寄って声をかけた。

「あんた、何か考えがあるのなら聞かせてくれないか。私には何がどうなっているのか、まったく判らない」

「はあ、そうですか——でも、お二人とも片付けで忙しいでしょうし、そろそろ僕は退散しようと思ってたんですけどねえ」

不要な時にはくっついて来るくせに、話を聞こうとすれば帰りたがる。勝手な男だ。

「でもまあ、色々と面白いもの見せてもらったし、そのお礼代わりってことで、ちょいと話してみましょうかね」

独り言のように云って猫丸は、ひょいと身軽に、公園と舗道を隔てている低い柵に腰をおろした。長身の鯖江青年が、それを見下ろして、

「なあ、猫丸さん、あんたが何を一人で納得してるのか知らないけどさ——とにかく、さっき見た猫はヒノマルちゃんじゃなくて、替え玉だったのは確かだよな」

「そうでしょうね」

猫丸は、涼しげな顔でひとつうなずく。

「それじゃ、あのバアちゃんが嘘ついたってことだよな」

「ええ、手っ取り早く云っちゃえば、そういうことになるんでしょうね」

猫丸が云い、その見解には私も賛同せざるを得なかった。失踪した猫が帰ってきた暁《あかつき》には、大抵の依頼人は、私にも猫ちゃんを抱っこさせてくれるものだ。それは探偵にとって、報酬以上に価値ある瞬間でもある。しかし、今回は抱かせてくれるどころか、明らかに私達の目から猫ちゃんを隠している様子だった。それは無論、替え玉であることが露呈しないためだったのだろうが、何故そんなことをしたのか、私にはまるで判らない。それをこの風変わりな小男は、

何か解釈の糸口を摑んでいるとでもいうのだろうか。

「判んねえなあ、どうしてそんなことしたんだよ」

と、鯖江青年も、いささか混乱気味に、

「俺達に無駄足踏ませるつもりだったのか」

「それはないでしょう。探偵料は郷原さんがちゃんと受け取ってるわけですから、正確に云えば、無駄足ってことにはなってないでしょう」

猫丸は、私のコートの胸ポケットの辺りを見て云う。そこは、私が報酬の茶封筒を納めているところだった。

「それじゃますます判んねえよ。あのバアちゃんの行動、支離滅裂で一貫してないみたいに見えるぜ」

鯖江青年は、なお頭を捻《ひね》って、

「俺達を雇って猫ちゃん捜させて、ちゃんと金払ったのに嘘ついて——猫ちゃん見つかってないのに、替え玉なんか仕立てて見つかったなんて云って、デタラメもいいとこだよ」

「それに、ポスターも塗り潰したりしたしね」

「えっ、あれもバアちゃんの仕業なのかよ」

驚く鯖江青年に、猫丸は、さも当然と云いたげな口調で、

「多分、そうだろうと僕は思うんだけどな——。イタズラにしちゃ度を越してるって話はさっきも出たけど、三十枚全部を塗り潰すってのは、やっぱり何か特別な理由があると考えた方が

しっくりくるしね。それで、嘘ついたりして不審な行動を取ったのはあの奥さんだけなんだから、こりゃもう、あれもあの人のやったことだと思うのが一番自然なんじゃないでしょうか」

「何のためにだよ」

「そこはほら、例えばだね——鯖江君さ、君がレンタルビデオ屋さんでエッチなビデオ借りたとしてね——エッチなビデオ、借りるだろ、君も若いんだから」

またぞろ訳の判らないことを云って猫丸は、悠然と煙草をくわえて火をつける。その、人を喰った態度に、私は口を挟めないでいた。やはりこの小男、私のペースをとことんまで乱してくれる。

「ね、どうなの、借りるでしょ、鯖江君、エッチなビデオ、嫌いじゃないよね、君も。ほら、白状しちゃいなさいよ、借りるんだろう。あ、もしかして鯖江君、あれじゃないだろうね、普通の映画のビデオも二本くらい一緒に借りて、それでサンドイッチみたいにして挟んで隠して借りるなんて姑息《こそく》な手口使ってるんじゃないだろうね。映画の方は見もしないくせにさ。そんなことしてもバレバレだからね、かえってみっともないからよした方がいいよ」

「し、してねえよ、そんなこと」

「あ、声が裏返ってる、やっぱりやってるんだ。恥ずかしいなあ、鯖江君、みっともないったらありゃしない」

鯖江青年をからかう猫丸は、まるで小学生レベルの口調になっている。大人気《おとなげ》ないことこの上ない。こいつの年齢は、本当は一体いくつくらいなのだろうか。

「そんなこと何の関係があるんだよ。俺がどんなビデオ借りようが、どうだっていいだろうが」

「ま、そりゃそうだけどね」

苛立《いらだ》ち始めた鯖江青年を軽くいなして、猫丸は、ゆっくりと煙草の煙を吐いた。そして、火のついた煙草の先端を鯖江青年に向けて、

「でね、鯖江君、その問題の君がエッチなビデオ借りてる場面、そいつをこっそり隠し撮りされて、ご近所にたくさんべたべたと貼って公開されたら、どうだろう――君、嫌でしょ。何丁目に住んでる鯖江ナニガシ君は、こんなビデオを借りて悦に入っております、これがその証拠写真です――ってキャプション入りで」

「なんで俺がそんなことされなきゃいけないんだよ」

「だから例えばの話なんだってば――で、どうする、そうなったら君は」

「ヤだよ、そんなの、カッコ悪い。すぐに何とかするよ」

「ほらね、そうだろう」

と、猫丸は大きな丸い目で鯖江青年を見すえて、

「できるだけ早く、とにかく人の目に触れないように急いで対処する――つまりね、あのポスター塗り潰し事件は、今の鯖江君と同じ心境から引き起こされた行動だってことなんだよ、きっと」

「はあ――?」

唖然《あぜん》とする鯖江青年に構わず、猫丸は煙草をくわえて、

「ポスターは針金で電柱に括りつけてあるから、それをいちいち外してたら時間がかかって仕方がないし、それに、外したポスターの置き場にも困るだろう。郷原さんと鯖江君は町を巡回してたんだから、外したポスター持ってうろうろしてたらお二人に見つかる危険がある。だからといってその場に捨てても、すぐにまた貼られるのがオチだしね。そう考えれば、一番早い方法が塗り潰すことだったんだろうね。紙袋やコンビニの袋か何かにスプレーの缶を入れておいて、人が周囲にいないのを確かめてから、ささっと噴射する――一枚塗るのに、ものの二秒もかかりやしない――三十枚っていっても、貼るのは手間だけど、そうやって塗り潰すだけだったら大して時間もかからないだろうしね。それに塗り潰しちゃえば再利用も利かないし」

「いや、それは判るけどさ――問題はどうしてそんなことをしたかってことだよ」

鯖江青年の問いかけに、猫丸は、

「そう、それなんだけどね――」

と、短くなった煙草を、ポケットから取り出した丸い携帯用灰皿で揉み消してから、

「多分、郷原さんの探偵という仕事を、ちょいとばかりカン違いしたんじゃないかって思うんです」

「カン違い――?」

「そう、探偵というと、浮気調査とか身辺調査なんかのイメージがあるでしょう。もっと秘密裏に、素人には想像もつかないような独自のノウハウを持っていそうな、そんなイメージが

――。だからあの奥さん、まさかポスターだの聞き込みだのってあんな原始的な――あ、失礼、バカにしてるわけじゃないですからね――そういう一般的な方法で捜索するとは思ってなかったんじゃないかって、僕はそう思うんですよ」

「どういう意味だ」

幾分、気を悪くして私が尋ねると、猫丸はお得意の満面の笑い顔になり、

「いやいや、あの奥さんがそうカン違いしたんじゃないかって想像しただけですからね、そんな恐い顔しちゃ嫌ですよ」

と、新しい煙草に火をつけた。そして、深々と煙を吸い込んでから猫丸は、

「ちょいとここで整理してみましょうか――。依頼人のあの奥さんは、郷原さんに嘘をついた――しかし、その嘘は計画的なものではなかったと、僕は思います。ねえ、郷原さん、昨日、依頼があった時、嘘をついてる様子はありましたか」

「いや、なかったな」

私は即座に否定した。そんな態度は少しも感じられなかった。私とて経験を積んだプロの探偵だ。プロを騙すのは難しい。

「そうでしょう、郷原さんが一所懸命やってるのを見て、僕はそう確信できました。専門家がちゃんと仕事をしているんだから、依頼は正当なものだったに違いない――そう思ったんです。それに、嘘が計画的でないことは、さっきの替え玉の一件からも判りますよね。ヒノマルちゃんと替え玉の模様が違っていたからこそ、僕達は嘘に気付いた――依頼した時点ですでに替え

玉を使う気だったら、こんな事態には陥らなかったはずですもんね。もし最初から替え玉を使って郷原さんを騙すつもりだったのなら、後で矛盾が生じないように、ハナっから替え玉の特徴を伝えていたはずですから——。従って、ヒノマルちゃんが失踪したのは本当だし、そして依頼人は本気で心配して捜したかったのも本当だったんです。つまり、最初は嘘をつこうとは考えていなかったわけなんですね」

猫丸は、静かに煙草の煙を吐いて云う。

「それはそうだな」

私は、うなずいて云った。あの写真の数といい憔悴《しょうすい》しきった依頼人の態度といい、彼女がヒノマルちゃんを心から案じていたことは、私にはよく判る。

「しかし、結果としては嘘をついてしまった——」

猫丸は続ける。

「これはつまり、依頼した後で嘘をつく必要が生じてしまったと見るしかないわけなんです」

「どうしてそんな必要が——?」

鯖江青年が聞く。

「その原因が、原始的な——あ、失礼——あのポスターとチラシだったんじゃないかと、僕は思うんですよ」

「ポスターとチラシ——」

「そう、ポスターを貼られて、あまつさえ明日からはご近所の各家にチラシを配布すると云われた――依頼の後で嘘をつく必要が生じたのだから、これが一連の不自然な行動の引き鉄《がね》になったと考える他はないでしょう。だから急場しのぎの強硬手段として、多少無理があっても、ああするしかなかったんじゃないでしょうか。ポスターを塗り潰したのは、さっきの鯖江君のエッチなビデオの例みたいに、とにかく急いで隠したいという心理のなせる業だし、白黒のブチってだけであんまり似てない模様の猫を替え玉に仕立てたのも、急遽《きゅうきょ》用意する必要にかられて妥協した結果だろうし――恐らくご近所からでも借りてきた猫なんでしょうけど」

「何のために」

「そりゃもちろん、郷原さんの捜索を打ち切らせるために他なりません。替え玉を披露して、もう見つかったから仕事は終わりですって、強引にでも打ち切らせるために――実際、郷原さんは打ち切るつもりだったでしょう」

「俺達がポスター貼ったからそうしたってこと？」

「そう、それにチラシとね――。問題はね、ヒノマルちゃんの顔にあったんじゃないかって思うんですよ。ほら、ポスターの塗り潰されていたのは、ヒノマルちゃんの顔写真があったところだけだったでしょ。だからそこに問題があったとしか考えられない。だって、そもそも不自然だったでしょう、あの張り紙――依頼人の家の玄関に貼ってあったあの手作りポスター。あれには、ヒノマルちゃんの最大の特徴である日の丸模様のことがまるっきり書いてなかったんですよ、そこからしておかしいじゃないですか」

「あ、そう云やそうか――」

鯖江青年がぽかんとした顔で云い、私も愕然《がくぜん》とするしかなかった。私はてっきり、あれは素人故の不備だと思い込んでいたのだ。プロの私ですら気付かなかったことに、いともたやすく目をつけるとは、この猫丸という男、私の美意識には反するものの、見た目通りのただのお調子者ではないのかもしれない。

「ね、そうでしょ――」

と、猫丸は、私が少し見直したことを悟ったのかどうか、仔猫じみた丸い目をこちらに向けてくる。そして、

「つまりですね、依頼人はジレンマを抱えてしまったわけなんですね。失踪したヒノマルちゃんを捜したいのはやまやまだけど、その顔をご近所の人達に知られたくなかったというジレンマを――。だからこそ、素人が考えつかないような独自の方法で捜してほしくて探偵を雇ったってわけなんです」

猫丸は一息にそう云うと、煙草の火を携帯灰皿に突っ込んで消した。

「どうしてご近所の人に知られちゃいけなかったんだよ」

と、鯖江青年が首を傾《かし》げて、

「ヒノマルちゃんがどっかの家の庭か何かで悪さするから、それで自分の家の猫だって知られたくなかった――とか？」

「それはないでしょう。ヒノマルちゃんは家の中で飼ってたってことを忘れちゃいけない。よそで悪さなんぞできない道理だよ」

「じゃ、顔を見られたってちっともヤバくないじゃんか」

　鯖江青年が云うのを、猫丸は軽く手を上げて制して、

「うん、まあそうだね——だからここからの話は、ただの想像の域を出なくなっちゃうんだけど——そう、例えば、鯖江君、君も歯が痛くなったら歯医者に行くだろう」

「——はあ、そりゃ行くけど」

　鯖江青年は、戸惑いながらもうなずいた。猫丸の喩《たと》え話がどこかで本題に繋《つな》がることを、最前からの展開で学んだのだろう。

「それで歯医者に行って、まず神経抜いたり何やらしてさ、とりあえず痛みが治まったとするよね」

「うん」

「で、鯖江君、痛くなくなったら、もう歯医者に行くのやめちゃうかい——まだ治療の途中でも」

「いや——一応行くよ、次の予約して」

「どうして」

「どうしてって、そんなの当たり前じゃないかよ、まだ完全に治ってないんなら」

「だからどうして完全に治ってなかったら行くのかな、もう痛くないのに」

「だってまた痛くなったらイヤだもんな」

「ほら、それだ」

猫丸は、ぽんと音を立てて手を打った。意味がまったく判らないと云いたそうに、鯖江青年は口をあんぐり開けている。私も口こそ開けなかったが、猫丸が何を云いたいのか見当すらつかない。私は、猫丸に話の続きを促して云った。

「それが何の関係があるんだ」

「ええ、まあ歯医者の件はちょいとこっちへ置いときましてですね――」

あっさりとかわして猫丸は、

「僕が思うに、きっと最初から問題があったんじゃないかって、そんなふうに感じるんですけど」

「最初――？　私を雇った時からか」

「いえ、そのもっと前から」

「だったら、ヒノマルちゃんがいなくなった時？」

「いえいえ、そのもっともっと前ですよ――ですからね、あの家にヒノマルちゃんが何年もいたのは確かでしょう」

猫丸の言葉に、私は黙ってうなずいた。ソファや襖の爪研ぎ跡、そして匂いなどからも、依頼人宅に飼い猫がいることは、私がプロの目で間違いなく確認している。

「だから、何年も前の、ヒノマルちゃんを飼い始めた時に問題があったんじゃないかって、僕は思うんです」

猫丸は続けて云う。

「依頼人の不自然な行動を考えると、どうやらご近所の人達にヒノマルちゃんの顔を見られたくないらしい——と、そして何年もヒノマルちゃんを飼っていて愛情が感じられる。このことを考え合わせて、ちょいと想像を逞《たくま》しくしてみると——どうです、ひとつのストーリーが浮かんできませんか」

そう云われて、私の頭に閃《ひらめ》くものがあった。そうだ、昨日の面談の際、依頼人はヒノマルちゃんの年齢をはっきり云わなかった。そして、私自身が今朝、鯖江青年にレクチャーしたばかりではないか。迷い猫はどこかの家に上がり込んで保護されているケースも少なくない、と。

「ヒノマルちゃんは——元は迷い猫だった——」

私が思わず呟くと、猫丸は大きくうなずいた。

「そう考えれば全部の平仄《ひょうそく》が合って、すっきりすると思いませんか。迷い猫を家に入れて、それがいつの間にか飼っているも同然になってくる——よくある話ですよね。ところがある日、その猫が行方不明になる——その頃にはもう、我が家のペットになっているわけですから、飼い主は心配でなりません。ただ、それまでは家猫として飼っていたからともかく、失踪を機にご近所に大々的にその顔が公表されたりしたら、都合の悪いことが起こる恐れがある——」

「あ、元の飼い主が何か云ってくるかもしれない——。そうでなくてもヒノマルちゃん、目立つ模様なんだから」

鯖江青年が大きな声を出すと、猫丸は再びうなずいて、

「そう、最初に家に来た時の様子から、人なつっこくてノラ猫ではないと判っていたでしょう

からね。現飼い主にしてみれば、元の飼い主から何か云われるのは、これはできる限り避けたい事態でしょう。こういうのは法的にどうなるのか、僕は知りませんけどね、こんな住宅地だとご近所付き合いも大切だろうし、住人同士で事を荒立てたりトラブルを起こしたりするのは望ましくないでしょう。それに何より、あの奥さんの心情を考えてみてください。雇った探偵がヒノマルちゃんの捜索に成功したとしても、もし万一、元の飼い主に所有権を主張されたりしたら――耐えられない結果になるかもしれないんです。いなくなっただけでもこんなに悲しいのに、ひょっとしたら、大切な猫ちゃんを奪われて永久に失うことになってしまう恐れがある――そんなことになったらどれほど悲しいだろう――もう二度とこんな悲しい思いをするのはイヤだから――」

「痛くなくなっても、また痛くなるのはイヤだから歯医者にも通う――」

鯖江青年が、茫然《ぼうぜん》と云った。

「そう、それと同じだね」

と、猫丸は少しだけ沈痛な面持ちになって、

「そういうわけで、ご近所の各家庭にチラシを撒かれる前に――元の飼い主の目にヒノマルちゃんの顔が晒《さら》される前に――早急に手を打つ必要が生じた、と、そんな具合じゃなかったかと僕は思うんです。心痛のあまり、ちょっとばかり冷静な判断力を失っていて、少し強引な手段も辞さなかったという面もあるでしょう。それで、とにかく一分一秒でも早くヒノマルちゃんの顔を人目から隠したいという思いで、咄嗟の判断からスプレーでポスターの顔を塗って――

これも結構辛かったと思うんですよね、何せかわいい猫ちゃんの顔を塗り潰すんですから——そして、せっかく雇った探偵も嘘をついて追い払うしかなかった、とまあ、こういうわけなんです」

「だったら正直にそう云ってくれればいいのによ」

と、鯖江青年は不満そうに眉を寄せて、

「こういう事情だから、ご近所に内密で捜してくれって——そうすりゃ郷原さんが何かうまい方法、考えてくれたはずだぜ」

「そりゃそうだけど、でも、まあ——」

猫丸は、少し云いにくそうに言葉を淀ませ、

「こう云っちゃなんですけど、あの奥さんにしてみれば、ペット探偵なんて海のものとも山のものとも知れぬ、いかがわしい人物に見えたのかもしれませんしね——後で、脅迫とまではいかないにしても、口止め料として小遣い銭くらいせびられる可能性もあるわけでして——」

「なんだよ、信用されてなかったのか」

鯖江青年は多少なりとも傷付いたようだったが、私は無感動のままだった。探偵は孤独なものなのだ。依頼人の信頼を、いつでも勝ち取れるとは限らない。

ぽつりぽつりと、雨が降りだした。

雨に祟《たた》られなかった幸運は、とうとう潰《つい》えたようだ。孤独な探偵は、運にも見放される運命《さだめ》なのか。

雨は静かにゆっくりと、アスファルトの道路を水玉模様に染め上げ始めている。

「それにしてもさ――」

と、鯖江青年が、雨を落としてくる空を、ちらりと見やってから云った。

「これが人間の話だったら、ちょっとドラマチックでカッコよかったかもしれないっすね――拾われっ子の出生の秘密が判明したんだから――テレビドラマみたいで」

そう、探偵は孤独であると同時に、残酷な仕事でもあるのだ。人の秘密を否応《いやおう》なく暴いてしまうのだから。隠しておきたかった出生の秘密まで。

「でも、しょせん猫だもんな――ちょっと間抜けだよなあ」

そう云って鯖江青年は、ため息を漏らす。だが、そんなことはないと私は思う。依頼人にとっては猫であろうが人間であろうが、失ってしまった心の痛みは同じだからだ。あの依頼人は今でも、帰らぬ猫を想って胸を痛めている。

私の頬《ほお》を雨が打つ。ひやりとした感触が、顎にまで伝わって落ちる。この雨は、依頼人の涙雨なのだろうか。

「鯖江君、行くぞ――捜索の続きだ」

私は、トレンチコートの襟を立てながら云った。

「あれ、引き上げるんじゃないっすか」

怪訝そうな声をあげる鯖江青年を、私はゆっくりと振り返った。

「今日までの分の報酬はすでに受け取っている。最後まで最善を尽くすのが探偵の務めだ――

ヒノマルちゃんはまだ見つかっていないのだから」

「また、郷原さん、カッコつけすぎっすよ」

「所長と呼べと云ったはずだ」

「へいへい、了解っす、所長——ちくわ、新しいのくださいよ」

手を出した鯖江青年の横から、小柄な猫丸も歩み出てきた。

「よかったら僕もお手伝いしますよ、乗りかかった船だし——それに、日の丸模様の猫ちゃんってのを一目拝んでみたいしね。そんな珍しい猫ちゃんは、めったに見られるもんじゃありませんから」

眉の下まで垂れた前髪を、ふわりとかき上げて猫丸は云う。

私は無言でうなずくと、コートのポケットからちくわの袋を取り出した。そして、そぼ降る雨を見上げて、煙草をくわえる。まだこの町のどこかで迷っているヒノマルちゃんに想いを馳《は》せながら——。

たわしと真夏とスパイ

夕暮れ時になって、少し風が出てきた。

お陰で幾分、涼しくなってきた。

日中はあれほど激烈だった太陽も、今は遠い茜雲《あかねぐも》の中に身を隠し、西日の熱気を地上へ叩きつけることは諦《あきら》めている。ただ、雲は低く淡く遙かで、爽快な夕立は望めそうもない。中天の空はまだまだ青く、夏の明るさの名残りを留めていた。

と、そのライトブルーの空に、風船が舞った。

風船――それも、ひとつやふたつではない。数十という数の風船が、一斉に天空を目指して駆けのぼって行く。赤、青、ピンク、緑、オレンジ、白――色とりどりの風船は、深い空の色を水玉模様に染め上げるように散っている。

商店街の道をぶらぶら歩いていた今井《いまい》は、足を止め、その光景をぼんやりと見上げた。無数の丸が壮大な青空に呑み込まれて、ぐんぐん地上から離れて行く。穏やかな風がその点々を、カラフルな軌跡を描いて舞い踊らせる。まるで童話の一場面みたいに、美しく儚《はかな》い。とてもきれいだ――ぽかんと口を開けたまま、今井はその夢幻的な美しさに、しばし見とれた。

色鮮やかな風船の群は、互いに近づき離れてまた寄り添いながらも空の青に溶け込んで、やがて小さく小さくなって行く。あたかも、空へ還る鳥のごとくに――。

「おい、こら、今井洋品店、若旦那、何をぼけらっと突っ立ってやがるんだ」

乱暴な口調で呼びかけられて、今井は我に返った。下界に意識を戻すと、〈朝野《あさの》豆腐店〉の大将が、半分駆け出した恰好でこっちを見ていた。〈朝野豆腐店〉の大将は、背中に白く「南商」と染め抜かれた紺の法被《はっぴ》を着ている。今井が羽織っているのと同じ物である。

「見なかったのか、若旦那、今の風船」

大将は、すぐにも走り出しそうな勢いで足をばたばたさせながら、慌てた口調で聞いてきた。

「いえ、見ましたけど――」

「だったら気付けよ、何をそんなに悠長に構えてやがんだ」

「はあ、気付けって、一体何に――」

のんびりと尋ねた今井に苛《いら》立ったのか〈朝野豆腐店〉は一層足をばたつかせて、

「バカ、のろま、北の工作員に決まってるじゃねえか、このグズ」

「え、あれが――」

だったら、金魚すくいと射的屋に続いて三件目ってことですか――と、驚いた今井が云おうとするが早いか、

「またもたしやがって、この野郎、警備係のくせに何やってるんだよ。とろとろしてると今度も扇屋のご隠居にどやされるぞ。判ったらとっとと来やがれ、昼行灯《ひるあんどん》め」

〈朝野豆腐店〉は、そうまくしたてて、あたふたと駆けて行ってしまう。法被の背中の「南商」の文字が、あれよあれよと云う間に小さくなる。見れば他にも「南商」を背負った男達が何人か、同じ方向に走って行くところだ。ただでさえ狭い南口商店街の道は、まん中にずらりと夜店の屋台が立ち並び、買い物客の人通りのせいもあって、無暗《むやみ》とごちゃごちゃしているから、男達は走りにくそうだった。

なるほど確かに、夜店の商品の風船があんなに飛んでたのは普通じゃなかったな――〈朝野豆腐店〉のペースについていけずに取り残された今井は、立ちつくしたままでそう考えていた。しかしまあ、それに気が回らない俺も俺だけど、なにもあんなに罵《のの》らなくってもいいと思うんだけどなあ――。三十面《づら》下げた大の男が、往来のまん中で、他人様に面と向かって叱られるのは、我ながらちょっとどうかと思う。若旦那という呼称にしても、町の小さな洋品店の二代目――実質的には親父が元気で店を取り仕切っているから、まだまだ二代目とも云えないのだが――それを揶揄《やゆ》しているようにしか聞こえないし。

情けない思いで今井は、それでも風船屋が店を出している方へ向かって歩き出す。まあ、ぼんやりしていて叱られるのは今に始まったことでもないからな――そう思いながら、ゆっくりと。

＊

「おい、今井洋品店の若旦那、お前もぼけっとしてねえで何か発言したらどうなんだ。黙って座ってるだけなら招き猫でも置いといた方が気が利くってもんだぞ」

三週間ほど前にも、今井はぼんやりしていて叱られた。蕎麦《そば》屋の二階座敷で行われた会合──と云っても討ち入りの謀議ではない。南口商店会の定例総会の席のことである。

「とにかく、あの百円ショップのコーナーは困ったもんだ。早いとこ手を打たなきゃ命取りになっちまう。どうなんだ、今井洋品店、何かアイディアはないのかよ。若いんだからこういう時くらい新鮮な発想ってやつを出してみせろよ」

恐い顔で睨《にら》みつけてきたのは〈吉田《よしだ》金物店〉の親父さんだ。居並ぶ十数人の面々──南口商店街の重立った人々──も、揃って今井の方を見た。どの顔も渋いしかめっ面で、不景気そのものといった表情である。それもこれも、北口のスーパーマルエーが新たに開設した百円均一コーナーのせいだった。

都下の私鉄沿線のこの町では、昔からある商店街と大手チェーンのスーパーとの間で、熾烈《しれつ》な客取り合戦が展開されている。「地元のみなさまに愛されて五十年」がキャッチフレーズの南口商店街は、数年前に華々しくオープンした大規模新興勢力によって、じわじわと客を奪われつつあるのだ。どこの町でも聞くようなお定《さだ》まりの話ではあるけれど、当事者にとってはたまったものではない。文字通りの死活問題。

広大な売場面積と豊富な品揃えを誇るスーパーマルエーの販売力の前に、商店街は青息吐息の状態だ。店主達はことあるごとに寄り合いを開いて、対抗策打開策を講じてきたが、大きなテコ入れにはならず客足は遠のくばかり。そんなところへもってきて、スーパー側はダメ押しとばかりに、人気の百円均一コーナーを新設してきた。どれを取ってもひとつ百円という楽しさは、主婦や若者の目を引いて、スーパーマルエーは更なる大盛況。こちらからすれば、まさに脅威だ。おまけに、夏の暑さまでもが追い打ちをかけている。確かに、アーケードもない炎天下の貧乏商店街より、涼しくて清潔なスーパーを選ぶ客の気持ちも判らないではない。しかし、そんな泣き言を云っていても始まらない。今日も今日とて会合を持ち、今井達は苦心惨憺《さんたん》、企業努力に勤《いそ》しんでいるというわけなのである。

本日の定例総会の議題は、先日の七夕大売り出しが惨敗に終わった反省会のはずだったが、話の中心は自然と百円コーナーへの対策へと傾いてきている。

〈吉田金物店〉に睨まれた今井は、ガタのきたクーラーの音だけが虚《むな》しく響く沈黙に耐えられなくなって、不承不承《ふしようぶしよう》、口を開いた。

「あの――向こうが百円なんですから、こっちも百円というのはどうでしょうか。皆さんの各店舗で、色々な物を百円均一にして対抗するってことで」

云ったはいいが、自分でもありきたりだと思う。しかし、何か発言しなくては到底許してもらえる雰囲気ではないことも確かだった。

「ふん、平凡だな」

案の定、〈吉田金物店〉は不興そうに鼻を鳴らした。

「当たり前すぎて面白くも何ともねえや。それに、百円っつったって何を売るんだよ、原価割れしちゃ元も子もないだろうが」

「そうだよ、俺んとこで百円で売れるような商品なんかないぞ」

尻馬に乗って不平を唱えたのは〈山下《やました》電気商会〉だ。

「そうかなあ、豆電球なんかだったら百円でいいんじゃないかな」

〈バーバーカワイ〉がすかさず云うと、〈山下電気商会〉は、

「おいおい、そういう問題じゃないよ。豆電球の安売りしてどんな客が喜ぶんだよ」

呆れたように云う。連日の猛暑のせいで、このところエアコンの取りつけ工事に追われているとかで、〈山下電気商会〉は一人だけ余裕が感じられる。

「せっかく夏なんだからよ、ここは一発大イベントで、花火か何かどーんと派手に打ち上げるってのはどうだ。客寄せ花火大会って感じでさ」

大声を出したのは〈内村《うちむら》印章店〉だ。すると即座に〈菊枝《きくえだ》文具店〉が、

「えー、ハンコ屋さんはそうおっしゃいますが、打ち上げ花火の費用がいかほどかかるかご存じの上での発言なのでしょうか。えー、当商店会にはとてもそんな予算はないのですが」

「そもそも花火なんか、遠くからだって見えるじゃねえか。それがどうして客寄せになるんだよ」

と〈魚源〉も顔をしかめて、

「こっちで打ち上げても駅の向こうからだって見えるぜ、きっと。マルエーの屋上が一等いい眺めだったりした日にゃ、洒落《しゃれ》にもならねえ」

「判った判った、じゃ、花火は取り下げ」

と〈内村印章店〉は片手を振り、

「だったらこういうのはどうだ。せっかく子供が夏休みなんだからよ、子供集めてその勢いで客も集めるってのは」

「どうやって子供なんか集めるんですか」

聞いたのは〈児玉《こだま》精肉店〉だ。

「おう、子供が集まるイベントならヒーローショーだろうな。テレビで人気のヒーローか何か呼んで、どーんと派手にショーをやるんだよ」

「えー、ハンコ屋さんはそうおっしゃいますが、そうしたショーの開催費用がいかほどかかるかご存じの上での発言なのでしょうか。えー、当商店会にはとてもそんな予算はないのですが」

と〈菊枝文具店〉は冷静な口調で切って捨てる。〈バーバーカワイ〉もため息まじりに、

「ああいうのは金かかるっていうしなあ、イベントプロダクションに頼んだりすると」

「だったらそんなもんに頼まなくてもいいじゃねえか。俺がヒーローやってやるよ、マントと仮面つけてさ、月光仮面だよ」

「バカか、お前は。ハンコ屋のおっさんがそんなチンドン屋みたいな恰好して、今時の子供が喜ぶはずねえだろ」

と〈朝野豆腐店〉が軽蔑しきった顔で云う。

「いや、そんなことねえさ。うちの坊主は大喜びしてたぜ」

「アホらしい、そんなもんで喜ぶのはお前んとこのバカ倅《せがれ》だけだ、このハンコ屋めが」

「何だ、その云い草は。職業差別するのか」

「うるせえ、ハンコ屋をハンコ屋と云ってどこが悪い」

「云い方にトゲがあるんだよ。何でえ、お前だって豆腐屋のくせしやがって」

「何だと、この」

「よせよ、二人とも、くだらない」

と、割って入った〈吉田金物店〉は、

「そんなことでモメたってどうにもならないだろ。いくら象牙《ぞうげ》と豆腐で硬い物と柔らかい物の代表とはいえ」

「えー、金物屋さんもうまいこと云っている場合ではないと思うのですが」

「どうでもいいけどさあ、あの月光仮面って、あれ仮面じゃないよね。布のマスクなんだから、仮面って呼ぶの変だと思うんだけど。どっちかって云ったら月光マスクだよね」

〈児玉精肉店〉のこの発言を当然のごとく無視して、紅一点の〈鳥嶋《とりしま》花店〉が、

「ねえねえ、どうせイベントでお祭り騒ぎするんだったらさ、カラオケ大会にしましょうよ。ほら、前みたいに、ゲストに歌手呼んで」

「よしてくれよ、あんな無名の演歌歌手呼ぶイベントなんぞ、金輪際《こんりんざい》やらねえって決めたはずだぜ」

と〈吉田金物店〉が口を尖《とが》らせ、

「桜祭り大売り出しの、あの閑古《かんこ》鳥《どり》の悲惨さを忘れたわけじゃあるめえ」

「えー、それにあの時の浪費が、いまだに当商店会の財政を圧迫しているという事実をお忘れなきようにお願いします」

〈菊枝文具店〉が、そう口を挟む。

「じゃ、歌手なんか呼ばなくたっていいからさ、町内カラオケ大会にしましょうよ。あたしは面白いと思うけどなあ、ねえいいでしょ、山下電気さん」

「俺は今、忙しいんだってば。機材のセッティングしてる暇なんか、とてもとても」

「またそうやって逃げるんだから——。ねえ、盛り上がるわよ、きっと、カラオケ大会」

「勘弁してくれよ、あんたが唄いたいだけじゃねえか」

「もう、金物屋さんの意地悪」

媚《こび》を売る〈鳥嶋花店〉だったが、いかに紅一点といえども、もはやその威光が通用する年齢ではないことを失念しているのは本人だけのようだった。

「だったらこういうのはどうだ。そんなイベントで客寄せするような、まだるっこしいやり方じゃなくてよ、物で釣るんだよ、お客を」

と〈内村印章店〉がまた大きな声を出す。

「物で釣るって——どうするのさ」

訝《いぶか》しそうに尋ねる〈バーバーカワイ〉に、〈内村印章店〉は一層の大声で、

「福引きだよ、福引き。あれは歳末大売り出しの時だけって決めつける道理はないだろ。ここは一発、一等はハワイ旅行か何かで派手にどーんとぶちかまそうって寸法だ」

「えー、何度も同じことを申し上げるのは大変心苦しいのですが、最前から申し上げています通り、当商店会にはそのような予算は——」

「うるせえな、この文房具は。さっきから二言目にゃ金、金と——。お前は金の亡者か」

「えー、財政が逼迫《ひっぱく》していますのは事実でありまして、会計係としては当然、その事実を皆さんに再認識していただくのが務めだと思っておりますのに、よもやそのような雑言《ぞうごん》を浴び中傷される謂《いわ》れなどなく、実に心外と云う他は——」

「よせやい、すぐお前はそうやって陰気な目つきで睨むんだから——。判った判った、じゃ、ハワイはなしでいいよ、その代わりにだな——」

と〈内村印章店〉はさすがに、涙ぐみはじめた〈菊枝文具店〉に気が咎《とが》めたらしく、少し声のボリュームを落として、

「福引きの賞品を福袋形式にするってのはどうだ。中身はみんなで店の物を持ち寄りゃいいだろ、そうすれば金は大してかからねえ。中は開けてのお楽しみってことになりゃ、客も面白がるぞ」

「この内所《ないしょ》が苦しい折に商品なんか出せるもんか。タダで品物持ってかれちゃ商売上がったりだろうが」

〈吉田金物店〉は不満げだが、〈魚源〉は案外気に入ったようで、

「いや、なかなかいいんじゃねえか、その福袋は。何か貰《もら》えるんなら、客は確かに喜ぶだろうからな」

生物《なまもの》を扱っている自分の商売には無関係と判断したのか――まさか、刺身を福袋に入れるわけにもいかないし――〈魚源〉は乗り気だ。〈朝野豆腐店〉がそれをたしなめて、

「でも、中身が売れ残りのセコい物ばっかりじゃ、情けないじゃないかよ」

「だったら全部同じ袋に詰めて並べりゃいい。中にはいい物だってあるだろうから、混ぜて並べりゃどれも同じに見えるよ」

「無茶を云うなよ、源さんは――ひとつくらい高い物が混じってたって、他の袋の中身がほとんどタワシばっかりだったら客が怒るぞ」

「何だよ、タワシのどこが悪いって云うんだよ、この豆腐屋」

「何だ、藪《やぶ》から棒に、金物屋は――いや、別にタワシがいけないって云ってんじゃねえや、単価が安いって意味だよ」

「安くて悪いか」

「悪いなんて一言も云ってねえってば」

「豆腐だって安いだろうが」

「ああ、安いよ、安くて悪いか――って、いや、だから安いのが悪いんじゃなくってだな」

「安いって意味じゃお前んとこの豆腐より、マルエーの方が十五円も安いぞ」

「あ、云いやがったな、人が一番気にしてることを」

「云ったが悪いか」

「俺の豆腐は手作りなんだぞ、コストがかかるのは仕方ねえじゃないかよ」

「そんなこと俺の知ったことか」

「手作り豆腐は手間がかかるんだぞ。国産の大豆をたっぷり潰《つぶ》して、この暑いのに大鍋でよく煮てから熱々のうちに布で濾《こ》して固く絞って、ニガリを打った後で型箱に流し込んで重しを乗っけて、固まったら水にさらしながら型から外して切らなくちゃいけない。ウチはちゃんと天然ニガリを使ってるから、あんまり水にさらしすぎると水臭くなって風味も落ちる。だから長時間水につけっぱなしにしちゃいけないな。そもそも天然ニガリには大豆の自然な甘味成分を引き出す作用があって——」

「えー、豆腐屋さんは何やら脱線しているようですが。今は豆腐作りの講釈をしている場合ではないと思うのですけど」

「やかましい、この金色夜叉《こんじきやしゃ》。元はと云えば金物屋が絡んできたんじゃねえか」

「最初にタワシを持ち出したのはお前だろうが。俺はタワシのことを悪く云われるのにゃ辛抱ならねえんだ」

「変な人だなあ」

「うるさい、お前はすっこんでろ。このワシントン条約違反めが」

「何だと、人聞きの悪いこと云うない」

「俺の手作り豆腐をスーパーのふにゃふにゃ豆腐と較べられちゃ迷惑なんだよ。脂身ばっかりの肉と一緒にするな」

「ことのついでにウチの肉の悪口云わなくたっていいじゃないですか」

「別についでじゃないよ。知ってるだろ、お客さんはみんなスーパーの肉、買ってるんだ」

「そんなあ、あんまりだよ」

「そう云えばあんた、その髪、切ったのいつだ。俺のところへは来てないはずだぞ」

「関係ないだろ、今はそんなこと」

「ねえ、菊ちゃん、何とか云ってやってくれよお。スーパーよりウチの方が旨いよね」

「えー、そんなことより、先ほどの発言の撤回を求めます。云うにこと欠いて守銭奴呼ばわりは、あまりに無体と云えば無体でありまして」

「毎朝四時に起きて作ってるんだぞ、豆腐を」

「なあ、どこで切ったんだよ、その頭」

「象牙でも何でも、俺はちゃんと正規のルートで仕入れてるんだ。誰にも後ろ指差される覚えはねえぞ」

「タワシを悪く云うな、タワシを」

「どうでもいいよ、もう、それは」

「どこで切ろうが俺の勝手だろうが」

「もう、いい加減にしなさいよ、あんた達」

「どうでもいいとは何だ、どうでもいいとは」

「えー、その発言は是非とも撤回していただきたく」

「ひどいじゃないかよお」

「うるさい、黙れ」

「何だと、この」

「やかましい、この野郎」

「このバガヤロ様めが」

罵り合う商店主達の罵声を、今井は首をすくめてやりすごしていた。別に珍しいことではないので、今さら驚きもしない。父親の名代《みょうだい》としてこの会合に出席することになった当初こそ、あまりの無茶苦茶さ加減に、いい大人がここまでするものかとびっくり仰天したものだったが、もう慣れっこになってしまっている。毎度毎度こうして摑《つか》み合い寸前の喧嘩《けんか》になり、翌日にはけろりと忘れてしまうのが、このおっさん連中のいいところなのだ。いや、悪いところなのかもしれないけれど——。

さて、そろそろ頃合いだろうな——と、今井が様子を窺《うかが》うと、思った通り、上座の方で動きがあった。床の間を背にして座っている萎《しな》びた和服の老人——それにぴったり寄り添うように控えていた、これも着流しの若い男が、徐《おもむろ》に立ち上がったのだ。

「皆さん、ご静粛に、ご静粛に」

若い男は、両手を柏手のように打ってそう云った。別段大きな声量ではないが、喧嘩騒ぎの喧噪《けんそう》がぴたりと鎮《しず》まる。皆、タイミングをわきまえているのだ。

「皆さん、会長からお話があります」

静まり返った座敷の天井辺りに向け、誰にともなく宣言すると、若い男は居ずまいを正して座り直した。そして、隣の萎びた老人の口元に耳を寄せる。老人――南口商店会会長にして呉服の〈扇屋〉のご隠居は、もごもごもごもごもごと、何やら口を動かした。

「皆の衆、先ほどからの会合の様子、ここでとくと聞いておった」

会長のもごもごを言葉にして伝えるのは若い男――すなわち〈扇屋〉の婿《むこ》養子の役目である。ご高齢で肺活量が著しく低下したご隠居は、いつもこのやり方で発言するのだ。ちなみに、ご隠居の萎びた小さな身体が、さっきからずっと全体的にぷるぷるぷるぷる震えているのは、特に何かの感情表現というわけではなく、これもただご加齢のせいである。

「人道も商売人の仁義もわきまえぬ非道卑劣なる悪徳商人マルエーとやらが、こたびは廉価製品特売の一角を新設したと聞き及び、このまま陣門に降《くだ》り安穏《あんのん》とはしておれぬという皆の衆の意気や良しと存ずる。しかし、起死回生の一策を思案する皆の衆の意見も出尽くしたようである」

〈扇屋〉の婿養子の通訳によって、会長はそう云う。他の面々は神妙な面持ちで、もうさっきの騒動はすっかり忘れてしまったようである。たいていこうして、皆が云い争いにくたびれ果てて収拾がつかなくなった時分になってから、会長は発言を始めるのが常である。

「だが、皆の衆は商売人の基《もとい》と正道を見失っておるのではあるまいか。催し物だの福袋だのと浮かれている場合では、もはやないものと思うがよかろう」

会長がもごもごもごもごと口を動かし、婿養子が云う。

「商売人の基と正道、改めて云うまでもなく、それ即ち売ることである。商人は売ってなんぼ、お客様に買って頂いて幾らである。そこで提案する」

くわっと会長の眼光が鋭くなった。そしてもごもごもごと口が動く。〈扇屋〉の婿養子は、ここぞとばかりに声を張り、

「納涼夜店大売り出し作戦を敢行する。期日は三週間後、木曜日から日曜日までの四日間である。夜店の屋台を商店街の中央通りのまん中にずらり並べて出店させ、活気と活力を商店街全体にもたらす主旨である。然《しか》して、お客様には夕涼みがてら夜店を楽しんで頂き、かつまた商店街でも買い物をして頂こうという、一石二鳥の方策でもある。三週間の準備期間を設けるのは、皆の衆には各店舗とも安売り目玉商品を仕入れる猶予《ゆうよ》を与え、また大いに宣伝に相努め、地域住民にこの大売り出しを周知伝達するために必要な時間を見積ったためである。我々も露店商諸君も儲《もう》かって双方に潤《うるお》いをもたらし、彼らから場所代としてマージンを取れば七夕大売り出しの赤字も補塡《ほてん》できよう。露店商組合にはその旨すでに話はつけてある。皆の衆、いかがであろうか。異存のある者は忌憚《きたん》なく申し述べてもらいたい」

忌憚なく申し述べろと云われても、もちろん何か発言する者などいるはずもない。もう露店商組合に話を通しているというのだから、すべてはとっくに決定していたわけである。いつものパターンだ。会長の鶴の一声で——と云ってもその声は直接には聞こえないわけだけど——あらゆる決定がなされるのが、この会合の通例となっている。商店街で一番の古株の〈扇屋〉

には、誰も頭が上がらない。

「反対の者はおらぬようだな」

謹んで拝聴している一同を見回してから、〈扇屋〉のご隠居は満足そうに——口調ではなく表情からそう推察できたのだが——婿養子を介して云った。

「では、これで決定とする。三週間後、納涼夜店大売り出しの決行である」

「承知しました。で、ご隠居さん、俺達は具体的にどう動けばいいんで」

少しだけ遠慮がちに〈吉田金物店〉が尋ねた。〈扇屋〉のご隠居は鷹揚《おうよう》にうなずくと、今度はもごもご云わずに、傍らで畏《かしこ》まる婿養子に片手で合図を送る。ぷるぷるぷるぷると震える手で。

「皆さんの役割分担は私からお伝えします」

婿養子は、懐から折りたたんだ紙を取り出した。準備のいいことである。

「チラシ製作はいつものように菊枝文具さん、道路使用許可の申請は吉田金物さんにお任せします。露店商組合との今後の折衝は朝野豆腐さんに一任、渉外および連絡係は内村印章さん。それから——」

次々と名前が読み上げられ、ほぼ全員に役目が割り振られたが、今井だけはとうとう最後まで呼ばれることはなかった。〈扇屋〉の婿養子のリストもそれで終わってしまい、今井は宙ぶらりんの立場に立たされた。何となく居心地悪い思いでもじもじする今井を見かねたのか、婿養子はご隠居に何やらもにょもにょと耳打ちする。もごもごもごもごと答えるご隠居。

「えーと、今井洋品さんには当日、会場の警備係をお願いします――まあ、何もないとは思いますけど」

最後の一言は通訳したものではないようだった。要するに、どうでもいい役を振られたわけだ。一人だけ年下で、どうやら頼りなく見られているらしい今井は、いつでもみそっかす扱いである。

「では皆の衆、準備ゆめゆめ怠《おこた》りなきよう、心して備えるがよい」

〈扇屋〉のご隠居が力強く――婿養子を介して――宣言して、会は終了という気配になった。

そこへタイミングよく座敷の襖《ふすま》が開き、

「えー、皆さん、そろそろお開きのご様子で」

顔を覗《のぞ》かせたのは〈蕎麦清〉の主人だ。腕にはビールの大壜《おおびん》を何本も抱えている。

「いよっ、大将、いつもながら間がいいね、この商売上手」

〈内村印章店〉がおどけた声をかけ、

「へへ、毎度どうもごひいきに」

〈蕎麦清〉が愛想笑いで応える。座が一気に和《なご》やかな空気に転じた。

いつ果てるとも知れぬ酒宴が――これもいつものパターンなのだが――こうして始まろうとしていた。当然、代金は商店会の会費から賄われるのだが、それと赤字続きの因果関係をとやかく詮索《せんさく》する野暮な者は、誰一人としていない。

＊

「おい、誰か表で何か喚《わめ》いてやがるぞ、ちょっと見てこい」

親父が、ミシン台から顔も上げずに云った。「納涼夜店大売り出し」の二日目、金曜日のことである。町を挙げての大イベントも、無骨な職人気質の親父には関心の外のようだった。うん――と、生返事を返してから、今井は店の外へ出てみた。

外は、暑い。

白熱した太陽がアスファルトに照りつける上天気で、今日もとびきりの蒸し暑さである。

その灼熱《しゃくねつ》の日光の下、南口商店街の通りは途方もなくごてごてした様相を呈している。道のまん中に、ずらりと露店の屋台が軒を連ねているのだ。そのせいで、元々広くもない道が無暗と狭くなっている。さらに、立ち並ぶ屋台は、一軒おきに正面向きと裏向きとが互い違いに設置してあるから――つまり、一軒ごとに屋台の裏側が丸見えになっているわけで――落ち着かない景観であることこの上ない。これは道のまん中に屋台を並べる立地関係上やむを得ない措置であり――すべての夜店が片側を向いていたら、尻を向けられた側の商店街の店が、うらぶれた裏通りみたいになって収客力に格差が出る――との配慮の結果こうなったのである。公平を期すためには致し方ないとはいえ、そのせいで余計にごちゃごちゃした印象になっている感は否めない。

おまけに、街灯という街灯には紅白の提灯が大量にぶら下げられており、賑々《にぎにぎ》しいと云うより何だかヤケクソの狂躁《きょうそう》状態といった雰囲気でもある。

そろそろ夜店の準備も佳境に入る四時少し前——商店街はいつものように昼前からの営業だが、夜店は午後四時スタートということになっているので——買い物客が集まり始めたことも相俟《あいま》って、商店街は喧噪に包まれつつある。

しかし、今井洋品店の前の騒ぎは、そういう賑わいとは別種のもののようだった。

「なあ、怪しい奴、見なかったのかよ。あんた達、ここにいたんだろう。誰がやりやがったんだよ、こんなこと」

怒鳴るような剣幕でまくし立てているのは、金魚すくい屋の親父さんだ。ダボシャツに捩《ねじ》りハチマキの、いささかアナクロな露店商人といった雰囲気の親父さんで、彼に詰め寄られて困惑しているのは、両隣の屋台の兄ちゃん二人——タイヤキ屋とヨーヨー釣りだった。

「いやあ、俺も仕込みで忙しかったし——」

タイヤキ屋のお兄ちゃんが、迷惑そうに答えている。

「だけど怪しい奴、通っただろう、通ったはずだぜ。じゃなかったらどうしてこんなことになるんだよ」

「でも、人なんかいっぱい歩いてるし——なあ」

「うん」

金魚すくいの怒気に反して、お兄ちゃん二人の反応は捗々《はかばか》しくない。

「あの――どうかしたんですか」

たまりかねて声をかけた今井に、金魚すくい屋は一瞬険しい目を向けてきたが、

「ああ、商店街の人か――いや、どうもこうもねえ、このありさまだ。ひどいもんだろう」

「え――何ですか、これ」

今井は我知らず、きょとんとした声を出してしまった。確かに、ひどいありさまだった。金魚すくいの大きな水槽――畳一枚分の広さは優にある水槽の水が、まっ白に濁っているのだ。金魚すくい用だから深さはほとんどないのだが、白濁した水のせいで水槽の底すら見えない。

「あの――これじゃ金魚、すくえませんよね」

思わず口をついて出た今井の言葉に、金魚すくい屋は怪訝《けげん》そうな顔になる。

「何だって――?」

「いえ、こんなまっ白じゃ金魚すくえませんよ、見えなくって」

「バカ云ってんじゃねえよ、どこの世界にこんな色水で金魚すくいやらせる頓狂《とんきょう》な店があるってんだ、田んぼの稲刈りじゃあるまいし」

「じゃ、これ、どうしてこんなんなってるんですか」

「それが判らねえからこの兄ちゃん達に聞いてるんじゃねえか」

と、金魚すくい屋は、タイヤキ屋とヨーヨー釣りを顎《あご》で示して、

「俺がさっきちょっと目を離した隙に――ほら、この道は狭くって車、入れねえだろ、それであっちの信金の裏の駐車場まで金魚の袋を取りに行ったわけだ、それで戻って来たら――って

な按配《あんばい》なんだよ」

憤懣《ふんまん》やる方ないといった感じで云う。なるほど、金魚すくい屋の云うように、水槽の横には巨大なビニール袋が置いてある。水が詰まって丸々としたビニールの中では、金魚の大群が涼しげに泳いでいた。幸い金魚そのものには被害はないようだ。開業前で、まだ水槽に金魚を放していなかったのが幸運だったわけである。そのことに幾分安心しながら、今井はもう一度、濁った水槽を見た。乳白色の水に、酸素供給用らしいエアコンプレッサーの泡がぶくぶくと立ち、まるで地獄谷温泉といった風情である。いや、待てよ、温泉？――と今井は、水槽の水に恐る恐る手を伸ばした。そして、そっと白い水に手を差し入れてから、指先の匂いを嗅《か》いでみる。この独特の香り。間違いない、入浴剤だ。家庭の風呂が温泉の成分と香りになるという、あれに違いない。顆粒《かりゅう》状かタブレットの固まりになって市販されているやつだ。どうやら、金魚すくい屋がいなくなった隙を見計らって、誰かが通りしなに入浴剤を放り込んで行ったらしい。しかし一体、誰がそんなことをしたのだろう。いや、そもそも、何のためにこんなことをする必要があるというのか――。

今井がぼんやりと考え込んでいる間に、騒ぎを聞きつけたらしく商店会の面々も三々五々集まって来た。皆、背中に「南商」と染め抜いた揃いの法被を着ている。お揃いの法被は南口商店会のメンバーの証だ。金魚すくいの水槽の周りには、俄《にわ》かに人垣が築かれた。集結した商店主達は、金魚すくい屋の説明を受けて、口々に喋《しゃべ》りだす。

「そいつはひどい」

「イタズラか」

「誰がやったんだよ」

「子供かなあ」

「このお兄ちゃん達は怪しい奴なんて見てねえんだとよ」

「ええ、忙しかったから隣まで気が回らなくって」

「おい、こいつはあれだぞ、湯上がりさっぱりタイプだぞ」

「あ、知ってるぜ、ウチもこれ使ってる」

「それがどうしたんだよ」

「いや、だからさ、誰かが気を利かせて金魚もさっぱりさせてやろうと――」

「バカ、死ぬぞ、金魚が」

「いや、本当にさっぱりするんだってば」

「金魚がするかよ、さっぱりなんぞ。お前の厚い面の皮と金魚を一緒にするな」

「そうそう、金魚ってのは意外とデリケートなんだよね」

「じゃ、誰かがこの暑さにまいって、行水を使おうとしたってのはどうだ」

「ここでか」

「わざわざ入浴剤入れてか」

「うん、冷たくて気持ちいいぞ、きっと」

「バカかお前は、こんな往来で行水なんかしたら猥褻《わいせつ》物陳列罪でしょっ引かれるぜ」

「そういう問題じゃないよ、その前に金魚屋さんに殴られるぞ」

「おいおい、みんな、たいがいにしろよ。騒いでたって埒《らち》は明かないだろう」

と、てんでに勝手な無駄口を叩く商店会のおっさん連を、〈吉田金物店〉が諫《いさ》めて云う。

「とにかくこいつは一遍水を入れ替えて水槽洗わなくちゃ使いもんにならねえ。そっちの袋の金魚だって、もたもたしてたら息が詰まっちまう。おい、みんな、手の空いてる者は金魚屋さんを手伝ってやろうぜ」

「おしきた、合点《がってん》」

と〈朝野豆腐店〉が腕まくりするのを、

「おい、ちょっと待ってくれ」

押し止《とど》めたのは〈魚源〉だった。

「何だい、源ちゃん、助けてやろうや」

「うん、そりゃいいんだが、その前に――こいつはひょっとしたら営業妨害ってやつだよな」

「うん、まあ、そうかもしれねえ」

「ことによると、これ、マルエー側の妨害工作なんじゃないか」

「まさか――いくら何でも、そんな――」

「いや、あるかもしれねえぞ」

と〈魚源〉に同調したのは〈内村印章店〉だ。

「あいつらならやりかねん。ほら、正月のスタンプセールの時だって、こっちのアイディアすぐに真似しやがっただろう。そういう汚い了見の奴らなんだからよ」

「そうだろう、俺達が派手に客寄せ大売り出しを仕掛けたら、そいつにケチつけてぶっ潰そうってことくらい平気で企むんだよ、あっちは」

〈魚源〉が怒りに震える拳を上げると、〈バーバーカワイ〉も、

「そうだよなあ、卑劣な手口、使うもんなあ、あいつら」

「非道ですね、許されない暴挙です」

〈菊枝文具店〉も、眼鏡の奥の目を陰気に光らせる。

「そうだよ、マルエーの妨害工作に違いない」

「畜生め、卑怯なことしやがって」

「妨害工作員が潜入してやがるんだ、きっと」

「そうだそうだ、北口の奴らだよ」

「北の工作員だ」

「没義道《もぎどう》者めらが」

「手前《てめえ》の儲けばっかり考えやがって」

「許さんぞ」

騒ぎがますます大きくなった。

やれやれ、エラいことになってきたぞ――と今井は、気勢を上げるおっさん連中をぼんやりと眺めながら思った。生来のんびりしているせいで、こういう狂乱の輪の中に入れないのはい

つものことだが、しかし内心では、これは大変なことだ、とも思っている。もし皆の云うように、スーパー側の妨害工作員が潜入しているのなら――。

買い物客を装って歩き、人目がないのを見すまして、誰もいない金魚すくい屋の水槽に入浴剤を放り込む――実に簡単なことだ。子供にだってできる。本当にそんな危険人物が紛《まぎ》れているとしたら、一大事ではないか。昨日の木曜日、納涼夜店大売り出しの初日は大したトラブルもなく終わったというのに――。いや、まあ、小さなごたごたならば、いくつかあるにはあったけれど――夜店配置の手違いで〈甘味処・するが〉の真正面に大判焼きの屋台が開店してしまったり、タコ焼き屋のソースの匂いが商品にうつると云って〈柿沢婦人服〉のおかみさんが苦情を申し立てたり、わたあめ屋が準備の際に近くの店先のコンセントを勝手に使ってしまったり、やきそば屋と並べられては氷が溶けてかなわんとかき氷屋がねじ込んだり――などといった、至極つまらないトラブルしかなかったものだ。その程度のことなので、ごたごたはすぐに収まり、初日はそこそこ盛況で――と云っても、今井の洋品店は商品の性質上、あまり売り上げには関係なかったけれど――まさかこんな事態になるとは思ってもいなかった。そう云えば、確か以前の寄り合いで場内警備係を拝命したのではなかったっけ――それを思い出して、今井は少なからず動揺してしまった。北口側の工作員が妨害工作を働いたのならば、責任を問われることになりはしないか――。

「皆さん、ご静粛にご静粛に」

人垣を割って入って来たのは〈扇屋〉の婿養子だった。着流しの着物の上から「南商」の法被を羽織っている。凹凸の少ない、やたらとのっぺりした純和風の顔立ちなので、その出立《いでた》ちは妙によく似合っていた。そして、婿養子を露払いにして、ゆったりとした足取りで登場したのは〈扇屋〉のご隠居にして南口商店会会長。ステッキに縋《すが》って歩く会長は、いつものごとく全身が何となくぷるぷるぷるぷるぷる震えている。

口々に喚いていた一同は、途端に静まり返った。商店会のメンバーの輪の中央に、ぷるぷるぷるぷるぷると震えながらも到達した会長は、隣に影のごとく控える婿養子の耳元で何やらもごもごもごもごと呟《つぶや》いた。

「皆の衆、先程からの騒動、そこでしかと聞いておった」

例によって婿養子が、その言葉を伝えて云う。商店会の面々は謹聴《きんちょう》の態勢になるが、金魚すくいやタイヤキ屋の兄ちゃんは目を丸くしている。それに構わず、会長はもごもごもごもごと続ける。

「金魚屋さんには大きに災難であった。しかし、皆の衆がかように路上にて相集い騒擾《そうじょう》行為を起こしていてはお客様の不安を無用に煽《あお》ることとなる。少しは自重してもらいたい」

もごもごもごもご、と会長は云う。

「だが、これはいかさま、皆の衆の云う通り北の浣腸《かんちょう》の仕業やもしれぬ」

もごもごもごもご。

「あ、失礼——北の間諜《かんちょう》の仕業やもしれぬ。目出たき大売り出しの日に北の間諜が跳梁《ちょうりょう》するとは由々しき事態。皆の衆の怒りももっともと存ずる。されど、我ら商人の本分と矜持《きょうじ》を忘れてはならぬ。今はこの納涼夜店大売り出しを成功させるが先決。商売人の道義を弁《わきま》えぬスーパーの卑劣漢どもの挑発に乗り、無用なる騒乱を起こすは憎き非道の北側と同じ次元に自らを貶《おとし》める愚行ではなかろうか。不法者らめの不届きな仕打ちに屈せぬよう、まずは納涼夜店大売り出しの無事の成功を実現させるべし。皆の衆、よろしいかな」

「へい、判りました、ご隠居さん」

一同を代表する形で〈吉田金物店〉が殊勝に頭を下げる。〈扇屋〉のご隠居は満足そうにうなずいてから、しかし一転、鋭い目つきで今井を睨んできた。どきり、とする。

ご隠居は、ぷるぷるぷるぷるぷる震えるステッキの先端を、今井の顔に突きつけると、

「然るに今井洋品店。そなたは警備係という責務にありながら自らの店の目の前にてかかる失態、失策、不行届き。一体何をやっておるのか、この粗忽《そこつ》者めが」

「はあ——面目ありません」

ほら、やっぱり叱られたよ——今井は悄然《しょうぜん》と頭を垂れて謝った。呉服屋だから洋品店を目の仇にするわけでもなかろうが、どうも〈扇屋〉の風当たりが強いように感じられてならない。親父はこれが嫌だから、商店会の役目を息子に押し付けたきらいがある。

「今後このような失態がなきよう、充分に警備係の職務を全うせよ」

「はあ——判りました」

「では、皆の衆。散会しそれぞれ商いに励むが良い。金魚屋さんの水槽の始末を手伝うは三名程で良かろう。それから北の間諜の件、各自くれぐれも警戒を怠りなきよう。露店商の諸君に

も注意する旨、伝達を徹底するがよかろう」

云いたいことだけ云ってしまうと、〈扇屋〉の主従は踵《きびす》を返してとっとと行ってしまう。

「なるほど、ご隠居さんの云うことが正しいな、俺達が騒いでたって始まらねえ。北の妨害に負けずに、みんな、しっかりやろうじゃないか。それより、とりあえず水槽、やっつけちまおうぜ」

〈吉田金物店〉が音頭を取り、〈朝野豆腐店〉と〈魚源〉が早速水槽に手をかける。どうしたものかと手をこまねいている今井に、〈鳥嶋花店〉のおばさんが寄って来て、

「ねえ、こっちはいいから町の警備にでも回ってらっしゃいよ。形だけでもやっとかないと、ご隠居のご機嫌損ねる一方だから」

「はあ、そうですね——じゃ、お言葉に甘えて」

と、今井は、その場を離れることにした。だが、警備と云われても何をどうしていいのやら勝手が判らない。どうしたものだろう——と思いながら、とりあえずぶらぶらと歩き出す。まあ、この法被着てうろうろしていれば、北の工作員を牽制する役にくらい立つかもしれない。巡回警備だ。そう考えて、ゆっくりと商店街を歩いて回ることにした。

もう夜店も開店する時刻である。

日は西に傾きかけているものの、まだまだ暑い。

そして、町が賑わい始めている。

だんだん活気が出てきた。

ずらりと並んだ屋台が華やかだ。

タコ焼き、かき氷、お好み焼き。

わたあめ、風船、お面、やきそば。

あんずあめ、ソースせんべい、フランクフルト、ジャガバター、焼きイカ、ヨーヨー、玩具《がんぐ》釣り。

昔ながらの縁日の風情。ソースの焦げる匂い。色褪せた暖簾《のれん》。鉄板で跳ねる油。胡散《うさん》くさいシロップの原色も、それはそれでまた趣《おもむき》がある。屋台の連なりからは熱気と活力が満ち溢れ、歩いているうちにじっとりと汗ばんできた。商店街に備え付けのスピーカーが、かすかにお囃《はや》子《し》の音色を流している。

少し和んだ気分になって、今井は歩く。

大判焼き、カルメ焼き、りんごあめ、とうもろこし。おや、焼き鳥の屋台が出ている。その隣では、氷を入れた水槽に缶ビールがぎっしり詰まっている。冷えていてうまそうだな。後で呑もうか。あれ、大阪名物カチ割り氷って何だろう。ああ、ビニール袋に氷水入れて売ってるのか。まっ赤な色水入れてるぞ、凄い色だなあ。こんな物、俺が子供の頃にはなかったよなあ。どうでもいいけど、本当に大阪の名物なのか。高校野球の時に球場で売ってるのはテレビで見たことあるけど、大阪全体の名物だなんて、聞いたことないけどな。あ、あのチョコバナナってのも、子供の頃には見なかったぞ。バナナ一本丸ごと串にさしてチョコレートでコーティングしてあるのな。旨いのかな、あんなのが。何だかべたべたして悪甘《わるあま》そうだけど、子供は好き

なんだろうか。後で試しに一本買ってやろうか——。などと、ぼんやり歩いていたが、

「わはははは、ひよひよ云ってる、かわいいかわいい、うはははは」

傍若無人な笑い声が聞こえ、今井は足を止めた。スプレーで色をつけたひよこを売っている屋台で、何やら大笑いしている奴がいる。

「はははははは、ひよひよぴいぴい、こんなに鳴いてるぞ」

「そりゃ鳴きますよ、ひよこなんだから」

迷惑そうに云っているのは、丸々とした坊主頭で大柄な若い男だった。異様にがっしりとした体格で、ランニングシャツと印袢纏《しるしばんてん》の上からでも、肩の筋肉の盛り上がりがはっきりと見て取れる。

「またそうやって身も蓋《ふた》もないこと云うんじゃありませんよ、お前さんは。ほら、こんなにひよひよ云ってるぞ、わははははは」

一方、バカ笑いしているのは、やけに小さな男だ。丸刈りの兄ちゃんの半分ほどしかないように見えるその小男は、ぶかぶかの黒い上着をぞろりと着て、仔猫みたいなまん丸い目。前髪がふっさりと眉の下まで垂れた、妙に愛嬌《あいきょう》のある顔立ちをしている。

「ほれ、見ろよ、ひよひよぱたぱた暴れてる。面白いじゃないか、ひよひよひよひよ」

仔猫の目をした小男は、何がそんなに楽しいのか、ひよこの箱を覗き込んで大はしゃぎしている。

「別に面白くも何ともないですよ。俺は見飽きてるんだから」

「またお前さんは、すぐそうやってつまんなそうにふてくされる。あのな、ガンテツ、人間誰しも慣れて感性が鈍磨しちゃ進歩ってもんがなくなるんだぞ」

そう云って猫目の小男は、大きな男のごつい肩を気安くばしばしと叩く。どうやら見た目とは逆に、小男の方が兄貴分らしい。それでも大男は不満そうに唇を尖らせて、

「とにかくおとなしくしててくださいよ、猫丸先輩。俺の仕事手伝いたいってしつこく云うから、連れて来てあげたんですから」

「判った判った、本当にもう、お前さんときたら面白味のない男だね、まったく――。まあいいか、一遍やってみたかったんだよ、こういうの。お店やさんごっこみたいで楽しいじゃないかよ。えー、ひよこ、いかがっすかあ、かわいいかわいいひよこちゃんですよお。お子さまの情操教育にも役立つ、かわいいかわいいかわいいひよこちゃん、一家に一羽、いかがっすかあ」

「やめてくださいよ、そんなに大きな声で。ひよこがびっくりしてます」

「本当だ、わーい、びっくりしてるびっくりしてる、わははははは、ひよひよ云ってらあ」

「そりゃ云いますってば、ひよこなんですから」

夜店にもおかしなのが混じってるんだなあ――そう思いながら、今井はひよこ売りの屋台を後にした。

そしてまた、しばらく巡回警備としてうろうろしていたが、平穏な時間はあまり長くは続かなかった。次の騒ぎが勃発《ぼっぱつ》したのだ。今度の被害者は射的屋だった。

射的屋は〈遠藤《えんどう》眼鏡店〉の前に店を開いていた。

今井が駆けつけた時には、そこにはもう大勢の人が集まっていた。もちろんほとんどが「南商」の法被を着ている商店会のメンバーである。

「だからさ、このお兄さんがちょっと離れた時にやられたんだよ、さっきの金魚すくいと同じで。ほら、お好み焼き屋さんはこんなに近いんだからさ、ひょいっと簡単に取れるわけだしさ」

身振り手振りを交えて、皆に状況を説明しているのは〈児玉精肉店〉だった。肉屋は眼鏡屋の隣なので、一番初めに現場へ到着したらしい。

「手間なんて全然かからないだろ、ひょいっと擾取って、逆さに突っ込めばいいだけなんだから。ほんの一瞬だったろうからさ、これじゃ怪しい奴なんか誰も見てなくても無理ないよね。お好み焼き屋さんも見てないって云ってるし」

要領を得ない〈児玉精肉店〉の話を要約すると、こういう経緯になるらしい。

射的屋のお兄ちゃんがほんの少し目を離している間に、商売道具のコルクの弾丸に悪戯《いたずら》をされていた――コルク弾《だま》はまとめて一斗《いっと》缶に入れてあったそうだが、そこに食用油の大型ポリボトルが突っ込まれていたというのだ。もちろん油のボトルは蓋が外れていて、注ぎ口が下を向いていたわけだから、コルク弾入りの一斗缶は油の海になってしまった。油ボトルの出所は隣のお好み焼き屋の屋台だが、これもさっきの金魚すくい屋の時と同様、開店直後の慌ただしさに紛れて、こっそりボトルを横取りされたことにはまったく気が付かなかったという。屋台は一軒ごとに正面の向きが反対だから、射的屋の表とお好み焼き屋の裏が隣接している恰好になっている——この構造も犯人にとっては好都合だったようで、ボトルの移動距離はほんの僅《わず》かで済んだ——これではお好み焼き屋が何も気付かなかったのも無理はないだろう。

射的屋の被害状況を、今井も人垣越しに覗いて見た。なるほど、粘着性の高い液体が一斗缶の中に満ちていて、無数のコルク弾がぎっしりとそこに浮かんでいる。粒々とねとねとが渾然とした様子は、なんだか春先の田んぼのすみっこで見かける光景のようで、今にもおたまじゃくしが大量に生まれてきそうな雰囲気ではある。油でいっぱいの缶の横では射的屋の兄ちゃんが——金髪にピアスの若者だ——憤然とした面持ちで腕組みしていた。

「確かにこいつはひどいが、兄ちゃんも迂闊《うかつ》だぜ」

〈朝野豆腐店〉が困惑したような顔で云う。

「質《たち》の悪い悪戯する奴がうろちょろしてるから気を付けるようにって、伝達が回ってるはずだろう。なのに、輪投げ屋の姐《ねえ》ちゃんのとこへちょっかい掛けに行ってる隙にやられたんだから、油断してたって云われても弁解できめえ」

「なるほど、油断して油売ってる間に油をぶち込まれたってわけか」

「えー、ハンコ屋さんも変な洒落を云っている場合ではないと思うんですが」

〈内村印章店〉と〈菊枝文具店〉が、くだらないことを云っている。

「とにかくこれじゃこの弾は使えねえだろう、予備はあるのかい」

〈吉田金物店〉に聞かれた射的屋の金髪兄ちゃんは、

「いや、ないっす——でも、今、親方に電話して代わりの弾、届けてもらう段取りしましたから」

ストラップがじゃらじゃらとついた携帯電話を弄《もてあそ》びながら答える。

「けど、使えないかな、この弾」

未練げに油入り一斗缶を覗いて云う〈児玉精肉店〉を、〈朝野豆腐店〉が一蹴して、

「バカ云うなよ、こんなもの使えるかよ」

「でも、滑りがよくなって銃に込める時、楽かもしれないよ」

「そういう問題じゃねえよ、そこいらじゅうべとべとになっちまうじゃねえか。油でねとねとする玩具《おもちゃ》射とめたって、誰も嬉しかねえだろうが」

「あの、そんなことより、すんませんけど」

射的屋の金髪兄ちゃんが、むすっとした不機嫌な口調で口を挟んだ。どこへ怒りの鉾先《ほこさき》を持っていけばいいのか、自分でもよく判っていないようだった。

「俺がサボってたこと、黙っててもらえないっすかね。親方の耳に入るとちょっとヤバくて――」

「ああ、構わねえさ、お兄ちゃんが悪いんじゃねえんだ。悪いのはみんな北のスパイの野郎なんだからな」

と〈魚源〉が威勢よく請け合った。

「やっぱりこれも北側の嫌がらせなのかな」

不安げな〈バーバーカワイ〉に〈魚源〉は、

「あたりきじゃねえか、こんな無茶するのは北の奴らに決まってらあ」

「そうですね、ただの悪戯にしてはひどすぎます」

〈菊枝文具店〉も、うなずいて云う。〈朝野豆腐店〉は口惜しそうに、

「畜生、薄汚いスーパーめが、一度ならず二度までも」

「とんでもねえ奴らだよな」

「許せねえ、見つけ次第ぐっちょんぐっちょんにしてやらあ」

「そうだそうだ」

「ふんじばってぐうの音《ね》も出ねえようにしてやれ」

「北の工作員を許すな」

「おお、断固粉砕」

どんどん声量が迫《せ》り上がるおっさん連を、

「まあ、待て待て、あんまり騒ぐなよ」

と〈吉田金物店〉が押し止めて、

「さっきご隠居さんに云われたこと忘れたわけじゃあるめえ。俺達がこんなとこで徒党を組んでちゃお客さんに迷惑だ。それより北のスパイを見つけようぜ、怪しい奴がここに近付くのを見た者がいねえか、俺はこの辺の店で聞き込みをしようと思う」

「よし、それなら俺も手伝うぞ」

「おお、俺もだ」

〈朝野豆腐店〉と〈内村印章店〉が云う。〈吉田金物店〉は、二人にうなずき返してから、

「それから警戒態勢も強めようや、二度あることはなんとやらって云うからな。みんなで目を光らせてれば現行犯逮捕できるかもしれねえ」

「うん、今度という今度はとっ捕まえてやりたいもんなあ。このままじゃナメられっぱなしだもん」

〈バーバーカワイ〉が悔しそうに云う。

「そう、その意気だ。屋台の連中にも、もう一回、気を付けるように呼びかけてやってくれ」

と〈吉田金物店〉は商店会の面々をぐるりと見渡し――ふと、今井の顔に目を止めた。あ、まずい、と思った時にはもう遅く、

「おい、どうでもいいけど今井洋品店、若旦那」

思いきり睨まれてしまった。

「お前、さっきご隠居さんに、ちゃんと警備しろって云われたんじゃなかったのかよ」

「はあ――云われました」

頭を掻き掻き返答する今井に、〈吉田金物店〉はなおも、

「はあじゃねえよ、何やってやがったんだよ」

「いえ、ですから、その、警備を」

「警備じゃねえだろ、このザマは何だ、お前がしっかりしてねえから北の工作員が調子付くんだよ。しゃんとしてくれよ、本当にもう」

「はあ、すみません」

あんまり怒られる筋合いがあるとは思えなかったけれど、今井は一応頭を下げておいた。〈吉田金物店〉だけでなく、他のおっさん達の目つきからも殺気を感じたからだった。失地回復のためにも、今井は申し出てみて、

「あの——それだったら、お手伝いしましょうか」

「何をだよ」

「ですから、聞き込み——目撃者を捜すんでしょう」

「いいよ、お前は、どうせ役に立ちゃしないんだから。それより警備の方をせいぜいちゃんとやってくれ。おい、みんなも警備係の昼行灯ばっかりに任せちゃおけねえからな、注意を払っててくれよ」

〈吉田金物店〉の言葉をきっかけにして、皆それぞれ散って行った。

まいったなあ、また文句云われちゃったよ——肩をすくめて、今井もそれに従った。

それにしても、何だか剣呑《けんのん》な感じになってしまった——。ぶらぶら歩きの巡回警備を再開しながら、今井はそう思った。商店会のおっさん連の口の悪いのは今日に始まったわけではないから、罵倒されるのは毎度のことで、別段気にするほどのことでもない。しかし、八つ当たりで怒られるのは、やはり気分のいいものではない。それもこれも、妨害工作のせいで皆の気が立っているのがいけない。

憎《に》っくきは北口の妨害工作員——二回も続けざまにこんな事件が起こるとは、やはり本当に

スパイが紛れ込んでいるとしか思えない。工作員は隠密裏に、あちこちの店で営業妨害工作を施して回っているのだ。会長の云い草ではないけれど、実に卑劣で非道なやり口である。おっさん連中も相当腹に据えかねているようだし、これはどうあっても工作員の暴走を阻止しなくては収まらない。このままスパイを取り逃がしたとあっては、警備係としての面目丸潰れだ。いや、まあ、元より面目なんぞあってないようなものだけど——。

今井はぶらぶら歩く。怪しい奴がいないか、今井なりに警戒しながら——。

気の早い露店はライトを点《つ》け始めている。町じゅうに吊り下げられた紅白の提灯にも明かりが灯《とも》った。

客足も伸びているようで、商店街はもうすっかりざわめきの中にあった。皆一様に、夕刻のひと時、始まったばかりの夜店の雰囲気を楽しんでいるようだ。子供達が駆けている。魚屋の前に出ているわたあめ屋で、老人が孫らしき幼児に、わたあめの袋の絵柄を選ばせている。焼きイカの屋台では、ここぞとばかりに盛大に煙を立たせている。醬油の焼ける匂いが風に乗る。近所の人なのだろうか、浴衣《ゆかた》姿の人々もちらほらと混じっている。カラコロと軽やかな下駄の音。浴衣の人達は皆、申し合わせたように色鮮やかな団扇《うちわ》を手にしてぱたぱたさせている。浴衣も団扇も、恐らく〈扇屋〉謹製の品と推定され、近隣町内の浴衣需要をアップさせることも、この大売り出しの狙いの一部であるのは確実だと思われる。さすがは老舗《しにせ》の〈扇屋〉。することにソツがない。

家族連れの姿も目立つ。子供は延々と並ぶ夜店の数々に目移りしているようで、親は苦笑を浮かべて財布を取り出している。若いカップルが浮き立った声をあげているのは輪投げ屋の屋台だ。恋人に何かねだられたのだろう、若い男が大真面目な表情で小さな輪っかを放っている。輪投げ屋の姐さんはきりっとした顔立ちの若い娘で「惜しい、お客さん、もう一度どうです」と、なかなかの商売上手らしい。

町が、いいムードで包まれている。

今井は、最前の焼き鳥屋の屋台で、よく冷えた缶コーヒーを買った。さすがにビールは自粛した。

のんびりと缶コーヒーを飲みながら歩いていたが、どうもこの姿は端から見たら夜店を冷やかして遊んでいるようにしか見えないぞ、と気が付いた。慌ててコーヒーを飲み干し、缶をゴミ箱に放り投げる。いかんいかん、ちょっとは気を張っていないとまた叱られる——。

しかし、暮れ始めた町の風情は、どこか郷愁を誘う縁日のようで、ぶらぶら歩いているうちに、次第に緊張感を失っていく今井ではあった。

*

そして、そうやって巡回歩行を続けていた時のことだった。色とりどりの風船が、夕暮れの空に舞ったのは——。

茜色の雲を背景にして、風船の乱舞はとても美しかった。

＊

風船売りの店の前は、さっきの射的屋と同様、もう人だかりができていた。どうやらまた、ビリっけつの到着のようだ。

商店会のおっさん達は、例によって口々に、

「畜生、これで三度目だ」

「マルエーだ、マルエーの嫌がらせだよ」

「くそっ、ふざけやがって」

「商売人の風上にも置けねえ奴らだ」

「露店商の連中にまで迷惑かけやがって」

「今度と云う今度はタダじゃおかねえぞ」

などと、地団駄を踏んで喚き立てている。もうすっかりお馴染《なじ》みのシーンである。誰もが、暑さのせいか興奮のせいなのか、額《ひたい》にびっしりと玉の汗を浮かべていた。

今井がその人垣に近付くと、〈吉田金物店〉が風船屋の親父に事情聴取をしているところだった。

「なるほど、それじゃ目を離したのはほんの一、二分のことだったんだね」

「そうだよ、煙草買いにそこまで行って来ただけなんだからよ」

年甲斐《としがい》もなく派手なアロハを着た風船屋は、怒りも顕《あら》わな顔つきと口調で云う。

「それよりどうすりゃいいんだ、こいつは。商品全部パアだ、被害甚大だ、商売上がったりだ、丸損だ」

「まあまあ、落ち着いてくれよ、怒ってるのはこっちも同じなんだ――それより風船屋さん、犯人の姿は見なかったのか、怪しい奴は」

「見るもんか、あっと思った時には風船が飛んでたんだ。慌てて戻って来たんだが、もう誰もいやしねえ。返せ戻せと叫んでいるうちに、犯人なんかとっくにとんずらしたんだろうぜ」

いらいらと答える風船屋とは別に、横では〈バーバーカワイ〉が、

「何だか神出鬼没だよなあ、スーパーの奴は」

「ああ、射的屋の近くでも全然目撃者がいなかったしよ」

と〈内村印章店〉が答えている。

「ひょっとしたら一人じゃないかもしれねえぞ、スパイの野郎は」

ど〈魚源〉。〈朝野豆腐店〉も、

「そうか、五、六人でチームを組んでるって場合も考えられるか」

「なるほど、何人かで人の壁を作って、犯行の現場を人目から隠しているということもあり得ますね」

と〈菊枝文具店〉。皆がそれぞれ勝手なことを喋っている中、いきなり、ひときわ大きな声が、

「へえ、こいつはうまくやったもんですねえ。これなら逃走はさぞかし楽ちんだったでしょうね」

何だかその場にそぐわない至って呑気《のんき》な、感心したような調子で聞こえてきた。それに気付いて皆は一斉に口を閉ざす。今井も、他の人達につられてそちらを見ると、一人の男が、十字架みたいな風船屋の屋台を撫で回しているところだった。材木を十文字に組んだ台には、束になった糸が数十本――風船の紐の残り部分なのだろう――だらりと垂れ下がっている。

「ほら、残ってる糸はみんな同じ長さでしょう。こいつは多分、ハサミか何かで一気にばっさりやったんですよ。そうすりゃ風船が全部一度に飛んでって――犯行の一瞬後には、周囲の人はみんな反射的にそっちを見上げるでしょ。犯人は、誰にも見咎められずに立ち去ることができるって寸法ですよ。モノが風船だけに被害物件が空へ向かって行くから、目撃者が全員、犯行現場から目を離してしまうって具合で――こりゃうまいやり口ですよねえ」

辺りを見回し、誰へともなく語りかけているのは一人の小柄な男――あ、さっきあっちで騒いでいたひよこ売りだ――今井はすぐに気付いた。その小さな男は、一目で見分けがつくほど特徴的な容姿をしていたからだった。長い前髪に、仔猫がびっくりしたみたいなまん丸い目と、これも猫を思わせる童顔で年齢不詳の小さな顔――何者なんだ、このちっちゃい奴は――と、今井は思った。

不審を感じたのは今井だけではなかったらしく、〈内村印章店〉が、

「何なんだ、兄ちゃん、あんたは――いきなり嘴《くちばし》を突っ込んできて」

「あ、これはどうも失礼しました。風船があんなにいっぱい飛んでたんでちょっと面白いなって思って、つい余計な差し出口をしちゃいまして——すみません。僕、猫丸と申します」

悪びれる気配は微塵《みじん》も見せず、猫目の小男は、膝《ひざ》に手を当ててひょっこりとお辞儀をする。何だか飄然《ひょうぜん》として、摑みどころのない男ではある。その場違いな感じに〈朝野豆腐店〉も、いささか鼻白んだ様子で、

「いや、ご丁寧に自己紹介なんかしてくれなくたっていいんだけどよ。何者だい、あんた」

「いえ、何者ってほどの者じゃありませんよ、一介のしがないひよこ売りで——って自分で云っといてなんですけど、何だか変な台詞《せりふ》ですねえ、一介のしがないひよこ売りってのも」

「ひよこ売りはどうでもいいんだが、よもやあんたの仕業じゃあるめえな、この風船は」

「僕がですか——いや、まさか、とんでもない」

猫丸と名乗った小男は、いかにも心外だと云いたげに大きな目をまん丸にして、両手を大仰な仕草でぱたぱた振り、

「一介のしがないひよこ売りに、そんな大それた真似はできませんよ。ひよこ売りだけにちょいと嘴を挟んだだけのことで」

くだらない駄洒落は、苛立っている一同によって、もちろんきれいに黙殺された。しかし猫丸は一向に気にした素振りも見せず、

「それより、皆さん何だか面白そうなお話をしてましたね、スパイだの妨害工作だのって——何の話なんですか、とっても楽しそうですけど」

余計なこと云わなきゃいいのに——と今井は思ったが、案の定、気が立っていた〈吉田金物店〉が怒声をあげて、

「楽しいどころじゃないんだよ、こっちは——いいから部外者はいらんこと云ってないでさっさと消えてくれ。ひよこでもアシカでも勝手に売っててくれよ」

「うひゃあ、怒られちゃった——ごめんなさい。いや、どうも皆さんご立腹のようで、僕の出る幕じゃなさそうですね。では、とっとと退散いたします——失礼しますよ、ご免ください」

怒鳴られてもまるでへこたれた様子のない猫丸は、へこへこと太鼓持ちのようなお辞儀を繰り返しながら、人垣から出て行ってしまう。

「何だ、ありゃ——変なの」

〈バーバーカワイ〉が、小男の立ち去った方を見やって、一同の心情を代弁して呟いた。

その時不意に、誰かに肩を叩かれた。今井が振り返ると、〈扇屋〉の婿養子が背後に立っている。普段から影の薄い男だが、近付いてきたのにまったく気が付かなかった。

「何ですか——」

ちょっと不気味に思いながら尋ねると、婿養子は今井を手招きする。誘導されるままに人だかりから離脱すると、向こうに〈扇屋〉のご隠居が待っていた。ステッキに縋って一人で立っているご隠居の萎びた身体は、全体的にぷるぷるぷるぷる震えている。

まずい、また警備不行届きで叱られるんだぞ——と、びくびくして今井が近寄って行くと、険しい表情のご隠居は「もそっと近こう寄れ」とばかりに、ぷるぷる震える手で差し招く。

「すみません、警備の目が行き渡らなくて、またやられてしまいまして――」

機先を制して今井が謝ろうとすると、〈扇屋〉のご隠居はぷるぷるぷるぷると手を振って、それを押し止める。

「会長から直々に話があります、内密で」

〈扇屋〉の婿養子が云って、ご隠居の口元に耳を寄せる。つられて今井も頭を突き出し、二人に顔を近付けた。男三人が路上で頬《ほお》を寄せ合っているのは相当気色悪い光景であろうが、どうやら叱責されるのではないらしく、今井は内心ほっとしていた。

「今の猫の如き姿をした小さい男、不審人物だとは思わぬか」

もごもごもごもごとご隠居が云い、婿養子がそれを今井に伝えてきた。これだけ密着していても、今井の耳にはもごもごもごもごとしか聞こえないというのに、婿養子の通訳は実に大したものである。ひょっとしたら、ご隠居は本当にもごもご云っているだけで、発言しているのは婿養子の方なのではなかろうか、というテレビドラマじみた発想が思い浮かんだが、やはりさすがにそうではないらしい。

「どうであろうか、不審であろう」

と、ご隠居が云う。婿養子を介して――。

「はあ、確かに変な奴ではありましたけど――」

今井が同意の旨伝えると、ご隠居はさらに厳しい顔つきになって、

「きゃつの先刻のあの態度、誠にもって怪しい。もしかしたらあの者が北の間者やもしれぬ」

もごもごもごもごと云う。

「しかし、確たる証拠もないのに告発するのは民主主義の理念に悖《もと》るというもの。今はまだ、決めつけるわけにはいかぬ。その上、皆の衆の怒りを鑑《かんが》みれば、無益なリンチ騒ぎに発展するやもしれぬ。こうして大勢のお客さまが来ている中で、かかる暴力沙汰は避けるが賢明である」

「それはごもっともです」

今井はうなずく。いきり立っている今のおっさん連に妨害工作員の正体が割れたら、それこそ骨折の一本や二本の騒ぎで収まるとは思えない。そんなことになったら、暴力商店街という悪評が立ってしまい、場合によっては地元の客に見放されてしまうかもしれない。さすがにそれはまずい。しかし、あの猫丸とかいう男、本当に北のスパイなのだろうか——。

「従って、今井洋品店には場内警備係としての責務を全うしてもらいたい」

今井の疑念をよそに、ご隠居はもごもごもごもごと続ける。

「あの小男の後を尾《つ》けよ。ぴったりとマークして、あ奴《やつ》が北の間諜である有無を云わせぬ証拠を探り出して来るのだ。きゃつが北の間者であれば、再度妨害工作を仕掛けてくるは必定《ひつじょう》。その現場を取り押さえればこれ以上の証拠はない。よいな、今井洋品店、あの猫男から目を離すな、片時たりとも離れず見張って、必ずや尻尾《しっぽ》を摑んでくるのであるぞ」

ご隠居は、鋭い眼光で今井を見据えてきた。その迫力に気圧されて、今井はつい、

「はい——判りました」

酔狂な任務を承諾してしまった。

「――そもそもあの小男、猫面をしておるのが気に食わん」

と、これはご隠居の独り言を、婿養子がうっかり通訳してしまったものらしかった。〈扇屋〉のご隠居は希代《きたい》の猫嫌いとして有名で、そのステッキは町内の野良猫どもから恐怖の的として恐れられているのだ。

何のことはない、ご隠居の個人的偏見に付き合わされているだけの話だったわけだ。

*

動機はともかく、商店会会長命令には従わないわけにはいかない。こうなったら、とことんまでやってやろう。半ばヤケっ八で、今井はそう決心した。

しかし、尾行を仰《おお》せつかったはいいが、問題の相手が落ち着かないことはなはだしいのには、大いに閉口した。

猫丸と名乗った小男は、一旦はひよこ売りの屋台に戻ったものの、そこに常駐するかと思いきや、すぐに離れてしまったのだ。相棒の丸刈り大男も困ってしまったようで、

「ちょっと、先輩、勘弁してよ、どこ行く気なんですか」

と、しきりに不平を鳴らしている。

「うん、ちょっとその辺ふらふらしてくるよ。なかなか面白そうなことがあったからさ」

当の猫丸は涼しい顔で、ちっとも意に介した様子がない。そして本当に、商店街をふらふらと歩き出したのだった。

空が暗くなるにつれて、煌々《こうこう》とライトが灯る屋台が立ち並ぶ町。

夕涼みを楽しむ買い物客の雑踏の中を、猫丸は歩いて行く。軽やかな足取りと身のこなしでひょいひょいと人混みをかわし、あっちへふらふらこっちへふらふら——何だかやけに楽しそうだ。その小さな後ろ姿を、少し距離を保ちながら、今井は汗をかきかき追いかける。

猫丸の行動には、まるで節操がない。金魚すくいの親父と談笑し、射的屋のお兄ちゃんと話し込み、輪投げ屋の姐さんに声をかけ、風船屋のおっさんに話を聞く——。

何をやってるんだ、あいつは——相手に見つからないように人波に紛れてついて行く今井は、思わず首を傾《かし》げてしまった。

妨害工作事件の被害者のところを回って、一体何の話をしているというのか。あからさまに不審な行動である。もしかしたら、本当にあいつが北のスパイなのだろうか。いや、しかし、あんなに無暗と目立つ奴にスパイなんて務まるのか——今井は半信半疑の気分である。とにかく目立つのだ、猫丸とかいう正体不明の男は。ナリは小さいけど——。

底抜けの明るさと人を和ませる笑顔で、どの屋台へ行っても友好的なムードを作るのに成功している。人の懐《ふところ》へ入り込むのが滅法うまい性格らしい。あちこちで笑いを振り撒いている。風船屋の親父に至っては、猫丸の云った冗談か何かがお気に召したようで、二人してげはげは大声を立てて笑っている始末だ。果たして、あんなバカ陽気なスパイなんていていいものか

――疑問である。まあ、尾行は物凄く楽ではあるが。

その後も、猫丸の意味不明の散策は続く。朝野豆腐店へ入り、内村印章店へ行き、わたあめ屋を冷やかし、望月書店で立ち読みしていたかと思えば、今度は山下電気商会――。精力的に歩き回り、どこでも楽しげに談笑している。滅多やたらと元気な奴で、ついて行くこっちは汗だくだ。

本当に何のつもりなんだ、あいつは――額の汗を拭《ぬぐ》って、独りごちる今井である。何をしているのか、さっぱり見当がつかない。行き当たりばったりで歩いているようにしか見えないし、目についた店に適当に飛び込んでいるとしか思えない。まるっきり、目的地のない散歩だ。何だか今井は、飼い猫の夜のパトロールを追いかけているみたいな気分になってきた。意味もなくほっつき歩いている猫を尾行しているような――いや、猫には猫なりの散歩の意義はあるのだろうが、所詮それは動物の事情であり、人間には理解が及ばない――。

あんな変な奴、追いかけたって無駄なんじゃなかろうか――と、油断したのがいけなかったのだろうか、今井は、山下電気商会から出てしばらくしたところで、猫丸の姿を見失ってしまった。

いかん、どこへ行った――慌てた時にはもう遅い。あんなに目立っていた相手が、唐突にいなくなるなんて――。天に昇ったか地に潜ったか、ふつりと気配を断ってしまったのだ。忍者みたいな奴である。

おいおい、消えちゃったよ――今井は茫然《ぼうぜん》としてしまう。おかしな奴だとは思っていたが、よもや遁甲《とんこう》の術まで使うとは。

いや、そんなくだらないことを考えている場合ではない。あいつを見失ったとなると、また〈扇屋〉のご隠居に油を絞られる。こいつは大変だ、早く見つけなくっちゃ——焦った今井は、町内をばたばたと駆け回る羽目に陥った。体じゅうしとどに汗に濡れたが、そんなことに構っている余裕はない。何の因果でこんな目に遭わなくちゃならないんだ——と、内心、大いに嘆きながら。

*

しかし慌てた甲斐あって、幸運にも今井は追尾対象を発見することができた。十五分ほど走り回った挙句のことである。

目指す相手は、商店街の一角の路地裏にいた。明るい表通りの街灯も屋台のライトも届かない、暗くてじめついた路地裏——。湿気が一段とひどいような気がする。町のざわめきも、かすかにしか聞こえない。

その暗がりに、猫丸は立っていた。丸い大きな目の横顔だけが、闇の中にぼんやりと浮かんでいる。

偶然にもそれを見つけた今井は、咄嗟《とっさ》に、路地の入り口の壁に体をくっつけて身を隠した。猫丸が、ぼそぼそと何ごとか喋っているのに気が付いたからだった。

独り言——ではない。相手がいる。路地裏が暗いのと、今井のいる位置からでは死角になっているのとで、相手が誰なのかは確認できない。しかし、これは充分に怪しい。こんな人気《ひとけ》のない暗い場所で何者かと密会するなんて、どう考えても不自然ではないか。まさかと思うが、マルエー側の連絡員と接触しているのかもしれない。妨害工作の首尾を報告するか何かで——。そうだとしたら、間違いなく確かな証拠になる。北の工作員の正体を突き止めたら、これは大手柄だ。〈扇屋〉のご隠居の鼻を明かすことができるし、もう「昼行灯の若旦那」などとは、誰にも呼ばせない——。

功名心にわくわくして、今井は聞き耳を立てた。猫丸が小声でぼそぼそ云うのが聞こえてくる——。

「でね、僕が思うに、皆さん妨害工作妨害工作と云ってるけど、どうもそうは思えないんですよね。妨害や嫌がらせにしては、何だかちょっとおとなしくて地味な印象があるって思うんですよ。金魚すくいの水槽、コルクの弾丸、風船——どれもこれも人的被害はゼロでしょう。云ってみれば、お金や労力だけの被害なんですよね。いざとなったら弁償して謝れば済むって程度で——。何と云うか、気の弱さすら感じさせる害意のなさとでも云うんでしょうか——ね、妨害にしてはおとなしいっていう意味、判りますよね」

何の話をしているのだろう。どうやら一連の妨害工作の件らしいが、こんなところで誰を相手にそんな話をしているのか——さっぱり訳が判らない。

その相手が何か云ったようだったが、声が低くて今井には聞き取れなかった。猫丸は片手を

上げてそれを制する仕草で、

「まあまあ、あんまり先走らないでくださいよ。せっかく呼び出しに応じてくれたんだから、この際だから最後まで聞いてくれてもバチは当たらないと思いますよ。まだ話は始まったばっかりなんだし」

と、のどかな調子で云った。世間話でもしているかのような口調だった。

「僕は今、ちょいと町内を一巡りして、商店街の人達に色々聞いてきたんですけど、この納涼大売り出しは昨日からやってるそうですね。木、金、土、日の四日間の予定で——。それで昨日の木曜日は、つつがなく終わっていますよね。でも、これも変だと思いませんか。もし本当にスーパー側が妨害工作を仕掛けるのなら、初日の昨日から始まっていてもよさそうなものじゃないですか。どうせ嫌がらせをするつもりだったら、最初からやる方が普通だと思うんですよね。ところが、事件はすべて二日目の今日になってから、いきなり始まっています。これはなぜなんでしょうね」

猫丸はそう問いかけたけれど、相手が答える様子はないようだった。

「時期と云えば、もうひとつ不自然なことがありますよね。それは、この妨害工作犯人がどうやら急いでいるように見える点です。事件は立て続けに三件起こりました。最初の金魚すくいの時はともかく、二回目からは警戒されているのにも拘《かかわ》らず——。ほら、商店街の人達が集まって大騒ぎしてたでしょう。あんなに大人数が殺気立って、警戒を強めようって云ってわいわいやってたら、犯人だって気がつかないはずはないんですから。でも、事件は連続して三件も起こった——四時少し前からほんの二時間足らずの間に——。どうして警戒されているのを承知で、短時間のうちに、見つかる危険を冒してまで妨害工作を続けなければならなかったのか——しかも、二日目の今日になってから唐突に続けざまに——明らかに不自然でちぐはぐな行動ですよね。これはつまり、逆から考えれば、今日の午後になってから、急に妨害工作をする必要が生じたと見るしかないでしょう。昨日は何にもしてないんだし、今日になって突然、警戒の目をかい潜って無理をしてでも妨害工作を続けているわけですから、そう考える他はないんです。しかも、もうひとつ云えるのは、この妨害工作犯人は急いでいる、もしくは焦っているということなんですね。何か独自のタイムリミットに縛られて、そいつに急《せ》かされているみたいに——。商店街の人達が鵜《う》の目鷹の目で見張っていて、なおかつ露店商の人達にも警戒が呼びかけられている状況下で、二時間ほどの間に連続して事件を起こしてるんだから、それは間違いないでしょう。では、この独自のタイムリミットって、一体何なんでしょうか」

暗がりにいる相手は、今度も何も答えなかった。猫丸も、返事を期待していたわけではないようで、ゆっくりと煙草を取り出して火をつける。薄闇の中でライターの炎が、明るく眩しい。

「で、最初の話に戻るんですけど——害意があんまり見えなくて、単なる妨害工作とは思えないって話なんですけどね」

煙草の煙を吐いて、猫丸は云う。

「狙われたのは、金魚すくい、射的屋、風船屋——ね、妨害工作と考えるには不自然だってことは一目瞭然でしょ。なにしろ食べ物にはひとつも被害が出ていないんだから——。食べ物の夜店はいっぱい出てますよね、タコ焼き、やきそば、あんずあめ、かき氷にカルメ焼き——むしろ夜店というのは、食べ物の屋台が中心です。なのに、妨害工作を受けたのは、比率で云えば少ない方の食べ物以外の店なんです。ほら、どう考えても変でしょう。本気で妨害工作をやる気なら、食べ物の店を狙うのが一番効果的だってことくらい、誰にでも判る道理じゃありませんか。もし食べ物に異物が混入されていたら——そういう噂《うわさ》はすぐに広まりますからね、あそこの夜店の食い物には手を出さない方がいい——そんな悪い評判が立てば、お客さんは何も買わなくなってしまうでしょうし、屋台に寄りつかなくなってしまうでしょう。ことによっては、このイベントそのものが成り立たなくなる可能性だってあるんです。どうせ妨害工作なんていう犯罪行為に走るのなら、射的屋や金魚すくいに悪戯するなんてちまちました手口を取らずに、食べ物にちょっかいを出した方が、よっぽど気が利いてるってもんですよ。でも、今回の妨害工作犯人は、その方法を選ばなかった——一発で壊滅的なダメージを与えられる方法がごろごろしている場面なのに、その手を使っていないんです。どうでしょうか、ただの妨害とは思えないってのが、はっきりしてるでしょ」

煙草の先端の赤い火が、猫丸の長い前髪の艶《つや》を、闇の中に浮かびあがらせている。

「さて、これでポイントがいくつか見えてきました。まずはその一、『人的被害は今のところゼロ』ということです。僕はさっきから、害意がなくて気弱だと云ってますけど、この『お客さんにはまだ何の被害も出ていない』というところは、注目に値すると思うんです。それからその二、『食べ物の店は狙われていない』。その三、『犯人は独自のタイムリミットに縛られている』。そして、今の時期のこの暑さもポイントのひとつと考えてもいいかもしれません」

猫丸は云う。そして、壁に貼りついて身を隠している今井は、じっとりと背中に汗をかいていることを、突然自覚した。ここは風が通らないので、とても蒸し暑いのだ。この場所に限らず、今が暑さの盛りであることは間違いない。エアコンの利いたスーパーに押されて商店街の客足が落ちたり、山下電気商会がクーラーの取り付けで忙しかったりするほどに――。

「これらのポイントをひっくるめて考えてみると、この『犯人を縛っている独自のタイムリミット』の正体が透けて見えてくるように、僕は思います。ここからある言葉を連想するのは、それほど突飛なことじゃありませんよね。独自のタイムリミット――そう、すなわち潜伏期間です。お客さんも巻き込む人的被害、そして食べ物の店に何かが起きるのは、もしかしてこれからに予定されていることなんじゃないでしょうか」

そう云うと猫丸は、短くなった煙草を掌《てのひら》に押しつけて火を消した。いや、掌で消したりしたら熱いから、恐らく携帯用の灰皿でも持っているのだろう。パチリと――思った通り――何かのケースの蓋を閉めるような音が、暗い路地に響いた。

「さっき僕、そこの本屋さんで立ち読みして調べたんですけど、サルモネラ菌の食中毒は潜伏期間が八時間から二十四時間くらいなんだそうです。腸炎ビブリオだと四から十八時間。そして最も早いのが黄色ブドウ球菌の食中毒だとかで、こいつは一時間から五時間という短い潜伏期間の後、急激に発症するって書いてありました。どうでしょうか、僕はこれが独自のタイムリミットなんじゃないかって見当をつけたんですけど――。リミットまで数時間――だからこそ、警戒の目が厳しい中で、無理をしてでも急いで何件かのトラブルを起こさなくてはならなかったんじゃないか——。理由としては納得できると思うんですけどねえ」

相手が無言でいる中、猫丸はまた新しい煙草に火をつけた。ライターの炎が、闇に踊る。

「で、妨害工作犯人は誰なんだろうかって僕は考えたわけなんですけど——あ、もう妨害工作って云うのも変ですね、さっきから妨害じゃないって云ってるのは僕なんだし——まあ、いいか、ここは平たくシンプルに犯人でいきましょうか。で、犯人は誰かってことなんですけど、被害に遭った屋台の人達に聞いて回ったところ、三件とも不審人物の目撃証言がないんですよね。商店街の皆さんの聞き込みでも、目撃者は出なかったようだし——。つまりこれは、うろついていても目立たない人が犯人ってことなんでしょう。目立たないって云えば、揃いの法被なんて理想的なカモフラージュになるなあって、僕は思うんですよ」

え、法被って、これのことか——今井はぎくりとした。今、自分も着ている、背中に「南商」の文字が染め抜かれた揃いの法被。商店会のメンバーだけが着ているもの——。

「そう考えると、被害に遭ったのは夜店の屋台だけで、商店街の店にはひとつも被害がないのが興味深いなあって思い当たりましてね。ほら、さっきから何度も、手口が気弱だって云ってますけど、これもそうなんじゃないでしょうか。もし万一バレちゃった時に、後で気まずくならないように商店街の店には手を出さない配慮をしたんじゃないかって勘繰《かんぐ》れば、それもうなずける話だなと思いましてね。商店街の人が怪しいんじゃないかって思っちゃったわけなんですよ」

おいおい、本当かよ、商店街の誰かが犯人だって、嘘だろう——今井は、だんだんうろたえた気分になってきた。そもそも猫丸は、誰をこんなところに呼び出して喋っているのだろうか。もしかして犯人なのか——飛び出して行って確認したかったが、今井はそれを懸命に我慢した。

「最初の事件——金魚すくいの水槽に入浴剤を放り込むなんて、随分と地味なやり口だってことはさっきも云いましたけど——でもね、この時点で商店街の皆さんはもう、スーパーの妨害工作員が出没したって騒いでたそうじゃないですか。これはちょっと面妖《めんよう》ですよね。スーパーへの対抗意識が普段からあるせいなのか、みんなすぐにこの説を信じちゃったみたいですが、部外者の僕から見たら、こいつはちょいと性急すぎると思うんですよ。水槽に入浴剤なんていう地味なことしか起こっていないんだから、まだまだただの悪戯なのかもしれないのに——。それで、あちこちで聞いたんですよ、色々と話を聞くついでに——。ハンコ屋の親父さんが覚えてましたよ、誰が最初にスーパー側の妨害工作なんてことを云い出したのか——」

そうか、それは今井も覚えている。現場に居合わせたのだから間違いない。しかしまさか、あの人が犯人なんて、そんなことが——今井は、ただただ茫然とするばかりだ。

「それからね、もうひとつ聞き込んだ事実があるんです」

煙草の煙を吐いて。猫丸は続ける。

「昨日の大売り出し初日、妨害工作騒ぎこそ起きなかったものの、小さなトラブルはいくつかあったそうですね。なんでも、わたあめ屋さんがそこいらの店の店先のコンセントを、勝手に使って文句を云われたとか——」

そう、確かにそんなことがあった。今井も最前、金魚すくいの地獄谷温泉を眺めながらそれを思い出したことを覚えている。そして、巡回警備の途中で、そのわたあめ屋がどこに店を出しているのかも、はっきりと見ているのだ。わたあめ屋が出ているのは——そう、〈魚源〉の前だった。そう云えば、この路地も〈魚源〉の裏側ではなかったか——。

「そのコンセントって、冷蔵庫で使ってたものじゃないかって、僕は想像してみたんですよ。道のまん中に出ているわたあめ屋さんが勝手に使ったんだから、それは奥の家庭用じゃなくて、店のものに決まってますからね。魚屋さんが店で使っているコンセントなら、冷蔵庫が一番可能性が高いと思ったわけなんです。だから、電気屋さんへ寄ってちょいと尋ねてみましてね、業務用冷蔵庫のことを——。そしたら、さすがに電気屋さんでも業務用のことまではご存じなかったんですけど、わざわざ業者に電話してくれたんです。親切な商店街ですよね、『地元のみなさまに愛されて五十年』ってキャッチフレーズはダテじゃないようで——。それで判明したんですけど、業務用冷蔵庫の中には、一度コンセントのプラグを抜いてもう一遍入れた場合、本体の方のパネルの設定を操作し直して再起動させなくちゃいけない機種があるそうなんです。その種類だとプラグを抜いたら、また挿《さ》しただけじゃストップしたままなんだそうで——そんなのがあるんだそうですねえ。僕は機械はからっきし弱くて全然知らなかったから、びっくりしましたよ」

猫丸は、大きな目をぱちくりさせてから、煙草の火を携帯灰皿で揉み消した。

「昨日、夜店が準備をしている時——夕方でしょうけど、わたあめ屋さんが魚屋さんのコンセントをいじった。これは事実です。そしてその際、自分のプラグを挿すために冷蔵庫のプラグを抜いちゃったとしたら——おまけに、魚屋さんが再起動のスイッチのことをうっかり忘れてしまっていたとしたら——わたあめ屋さんに苦情を云って、せっかくコンセントを取り戻したのに、冷蔵庫はプラグこそ繋《つな》がっているものの、まるっきり動いていないただの箱になっちゃったはずです。それがこの熱帯夜の中で一晩すごしたとしたら——。魚屋さんが冷蔵庫のスイッチのことをいつ思い出したのか、それは僕には判りません。でも、今日も商店街のお店はみんな、定刻通り午前中から営業していましたよね。だから、あなたは恐ろしいことに気付いてしまったんでしょうね。お昼に、傷《いた》んだかもしれない食材を売ってしまったことを——」

猫丸はそう云って、長い前髪をふさりとかきあげた。その表情は暗いせいでよく判らなかったが、相手を責めているふうでもなく、むしろ自分がとんでもない過ちをしでかしてしまったかのように、おろおろした口調になってきている。

「こりゃ誰だって焦りますよね。ヘタすりゃ集団食中毒が出るかもしれないんですから。調べられたら、原因が魚屋さんにあることはすぐに判明してしまう——。ただでさえ生物《なまもの》を扱う店なんだから、食中毒なんてことは絶対に避けなくてはならない。しかも、納涼大売り出しで商店街を活性化しようという機運のさなかのことです。保健所の立ち入り検査が入ったり、営業停止処分でも喰らったりした日にゃ大顰蹙《ひんしゅく》は必至、面目玉丸潰《まるつぶ》れです。いくらコンセントを他人に使われたのがそもそもの始まりだとはいえ、責任は重大ですからねえ。大売り出しも中止になるでしょうし、これは最悪ですよ。自分の店ばかりか、商店街そのもののイメージダウンになりかねない。ただでさえスーパーに押されてるんですから、町ぐるみで立ち直れなくなっちゃう恐れまであるんですから」

猫丸は、途方にくれたように云う。

「だから、この最悪の状況を回避するには、自分も被害者になるしかないわけですよね。まさか傷んだかもしれない食材を回収するわけにもいかないし――なにしろ、お客さんの家を一軒一軒回って謝ったりしたら、どの道イメージダウンは免れないんですから――でも、食中毒の危機は依然としてあるわけだし――。こうなったら破れかぶれで、後先顧《かえり》みる余裕なんてなかったことでしょう。スーパーというはっきりした悪玉がいて、自分はただの被害者の一人にすぎないと主張できれば、面目は保てるし、うまくしたら同情さえしてもらえる。これは賭けてみる価値はあるでしょうね。スーパーの妨害工作員が暗躍しているという状況を作り出せば、食中毒もその一環だと誰もが思ってくれる――だからこそ、食中毒の症状を訴える人が出るタイムリミットまでに、妨害工作の事例を並べておきたかった。ね、どうですか、そのためにあの三件の妨害工作もどき事件を並べて見せたんじゃないんですか。食中毒事件が他の妨害工作事件に混ざってしまうのを期待して――」

猫丸のその言葉で今井は突然、先日の寄り合いの時に〈魚源〉が云った台詞を思い出した。そう、確か誰かが福袋でお客を釣ろうと提案した際、〈魚源〉はこう云っていた――混ぜて並べりゃどれも同じに見える――と。あの発想とまるっきり同じことを、実際にやって見せたわけだったのだ。

「もしかしたら売った食材はそれほど傷んでなくて、食中毒は起こらないかもしれない——そんな場合のことを考えて、あんまり大ごとにならないようにしたから、ああして手口が気弱で中途半端になっちゃったわけなんですね」

猫丸は云った。

「どうでしょう、僕の云ったこと、どこか違ったところでもありましたか」

「——どうすればいい」

暗がりの死角から〈魚源〉の声がした。がっくりと気落ちした、何かを諦めたような声の調子だった。どうやら猫丸の推定に反論する気はないらしい。やはり、連続妨害工作事件の犯人は〈魚源〉だったようだ。今井は東西を失ったみたいな気分だったが、反面、〈魚源〉の気持ちもよく判るような気がした。なにしろ、商売が苦しいのは、いずこも同じなのだから——。

営業停止だの、悪評が立ってお客が寄りつかなくなるだの、商店会の面々に白眼視されるだの——考えただけでも血の気が引く。俺だっていざとなれば、店と商店街の信用を守るために、あれくらいのことはするかもしれない——そう思うと、今井は〈魚源〉が気の毒でならない。

「俺にどうしろって云いたいんだよ、あんたは」

「いやあ、別にどうもしやしませんよ」

押し殺したように問う〈魚源〉に対して、猫丸は至極あっけらかんと云い放った。

「僕だって別に大ごとにする気なんかないですよ。だからこうやって、こっそり本人にだけ確かめに来たんですから」

すもん」

「よしてくださいよ、そんなつもりは毛頭ありませんってば。僕はただ、秘密妨害工作員だの何だのって話が面白かったから、自分の考えたことが正しいかどうか知りたかっただけなんですもん」

「それだけ――?」

びっくりしたような声をあげた〈魚源〉に、猫丸は、さも当然とでも云いたげに、

「そう、それだけ。他に何があるって云うんです。まあ、後は食中毒が本当に起こらなければそれでよしといったところですかね。とにかく、面白い話に付き合ってもらって楽しかったですよ。それじゃ、これで」

と、あっさり踵を返し、その場を立ち去ろうとする。多分〈魚源〉は、こいつは一体何しに来たんだろう、と思って唖然《あぜん》としていることだろうが、今井としてはそれどころではない。猫丸が路地の奥からこっちへ向かって来るのだ。このままでは立ち聞きしていたことがバレてしまう――と、慌てたものの、壁に貼りついた状況ではどうにも対処のしようがない。

「困った人だなあ、せっかく撒《ま》いたのに追いついて来ちゃったんですか――まあ、地元の人なら土地勘があるわけだから、見つかっても仕方ないんでしょうけど」

路地から出て行きかけた猫丸は、今井を追い越しぎわに、ちらりと視線を寄越してそう云った。驚いたようでもなかったので、立ち聞きなど先刻承知のことだったらしい。そしてそれ以上何も云わずに、そのままますたすたと、商店街の賑わいの方へと足を向ける。

「ちょっと待ってくれ、猫丸さんとやら」

今井は、その小さな背中を、思わず呼び止めていた。そして、ズボンのポケットから財布を引っぱり出す。

「お願いだから、このことは黙っていてくれないか。魚源さんの仕業だなんて広まったら、俺達の商店街の沽《こ》券《けん》に係わる。もうお客さんの信用を失うわけにはいかないんだ。頼む、これでどうにか口を噤《つぐ》んでいてほしいんだ」

「困りますよお、そんなことされちゃ」

と、猫丸は、今井が握らせようとした数枚の紙幣を、物凄く未練たっぷりの目で見ながらも、それでも迷惑そうな表情を崩さなかった。

「頼まれなくったって余計なことは云いませんって。わざわざ魚屋さんの評判落としても後味悪いだけですから——ああしてヘタな悪足《わるあ》掻《が》きしなかったんだから、魚屋さんも悪い人じゃないみたいですしね」

明るいライトと夜店のさんざめきが溢れる商店街の通りに、猫丸は出て行く。歩きながらごそごそと上着のポケットを探った猫丸は、煙草の箱を取り出して、ひょいと一本くわえてから立ち止まった。そして、灯りと人のざわめきを背にして、今井の方を振り返ると、

「あ、そうだ、なんだったらそのお金で風船屋さんに弁償してやってくれませんか。そのついでと云っちゃあれですけど、ひよこも買ってほしいなあ」

仔猫みたいな丸い目を、にんまりとさせて云ってきた。

「ひよこ売り、ちょっとサボっちゃったから、また文句たらたら云われそうだし――少しは売り上げに貢献しないといけないから――。えー、ひよこ、いかがっすかあ、かわいいかわいい、ひよこちゃんですよお」

よく通る声で売り声をあげて、猫丸は屈託なく笑った。

カラスの動物園

入園料は金六百円也——。

自動券売機でチケットを買った長尾葉月《ながおはづき》は、入口ゲートの脇にある売店に、ふと目を止めた。安っぽいビニールの庇《ひさし》の下に、ぬいぐるみが山と積まれたワゴンが出ている。職業柄、そういうものには自然と目が行く。素通りはできない。

入口へ向かわず、葉月はそちらへ歩を進めた。

パンダ、キリン、ゾウ、ゴリラ、ライオン、シマウマ——種々雑多なぬいぐるみが、ワゴンの上でてんこ盛りになっている。

なんちゅうありきたりな——白黒のパンダをひとつ手に取り、葉月は胸の内だけで苦笑いの吐息をついた。ぬいぐるみはどれも中途半端にリアルな作りで、デザイン性やデフォルメや創意工夫といった概念とは縁遠い出来だった。

ぜんっぜんかわいくないよお——表情に乏《とぼ》しいパンダの顔面を、ぶにっと指で押してから、葉月はそれをワゴンの山に戻す。売店にはぬいぐるみの他に、キーホルダーやら携帯ストラップやらバッジやらも並べてあるけれど、こちらも観光地やドライブインなどでお目にかかる程度のセンスでしかない。

まあ、ここも観光地の一種なんだから、こんなもんなんだろうな――と、葉月は、うつろな目をしたゴリラの頭をぽんっと叩いてから踵《きびす》を返した。都内随一の動物園ともなれば、地方や海外からの来訪客も多いわけで、やはり観光地と呼ぶ他はないだろう。

チケットを切ってもらって入園すると、広大な広場と丈高いイチョウの巨木が葉月を迎えてくれた。イチョウの葉はきれいな黄色一色に染まっており、秋晴れの青空に向かって伸びやかに屹立《きつりつ》している。

休日の午後。ぽかぽか陽気の太陽。抜けるような空の青さ。絶好の動物園日和である。

園内は賑《にぎ》わっている。混雑とまでは云わないまでも、相当な入場客があるようだ。休みの日ということもあって、子供連れの家族の姿が目立つ。

いや、それより、どうでもいいけど、なんで鳥がこんなにいっぱいいるの――広場を見回して、葉月は思った。カラスやハトが無暗《むやみ》とたくさん歩いている。コンクリート敷きの入口広場は、地べたに這《は》いつくばって何やら啄《ついば》むカラスとハトの群れに――大げさに云えば――埋め尽くされている。幼児が何人も面白がって、ハトの群れに突進して行くのだが、お義理程度に道を空けるだけで、ハトは飛んで逃げようとすらしない。人慣れしているのか図太いのか、せわしなく地面を啄む首の動きを止めることがない。

葉月もハト達を踏みつけそうになりながら――よけてくれるからその心配はないのだけど――おっかなびっくり広場の奥へ進んだ。

イチョウの大木の下に案内板があった。園内の地図である。

えーと、どっちかな——葉月は地図を目で辿《たど》った。どうやら左の道の方が早道らしい。広場から右へ行く道は鳥類が多いようだ。小動物やネコ科の動物がいるお目当てのコーナーは、どうやら左の道の方が早道らしい。正規の見物順路は右から始まるみたいだけれど、鳥類エリアは今日の自分の目的には関係ない。

右のルートを頭の中で抹消して、葉月は左の道の地図だけを覚えるのに専念した。えーと、サル山につき当たったらまた左へ行って、ペンギン池の横を道なりに、と——。

だいたいの道順を頭に入れたところで、葉月は歩き始めた。

園内は、やはり家族連れが多い。秋の穏やかな日差しの下、子供達は歓声をあげて走り回り、楽しそうである。カップルの姿も結構目につく。必要以上にべたべたしているのもいやがる。こんなとこ来てまでいちゃいちゃするんじゃねえぞお——葉月は早足になって、くっついている二人組を追い越した。それにしてもまあ——ちょっとため息をつきたくなるような気分で、葉月は思っていた——女一人で休日に動物園だなんて、何やってんだか、私は——。

＊

その理由は昨日、課長に呼ばれたことが原因だった。

「えーと、葉月ちゃん、ちょっと、その、今いいかな」

例によっておどおどと、申し訳なさそうな声音で課長は呼んできた。

「はい、なんでしょうか――」

葉月が課長のデスクの前まで行くと、机を挟んで座った課長は、気の弱さがにじみ出る中年男に特有の小声で、

「えーと、あのね、云いにくいんだけど――これは何かな」

と、伏し目がちに云った。几帳面《きちょうめん》に片付けられたデスクには、画用紙の束が置いてある。何かな、と聞かれても、見れば判るはずだ。葉月の提出したデザインのラフスケッチである。

「何って――『どざえもんくん』ですけど」

紙の束の一番上にあるデザイン画を一瞥《いちべつ》して、葉月は答えた。課長の話は毎度毎度回りくどくて論点がまるではっきりしないことをよく知っているので、自然と切り口上の返事になってしまう。今日は一体、何の話なのだろう。『どざえもんくん』のどこがいけないというのか。

昨今の若い女の子は、生半《なまなか》のかわいさだけでは納得してくれない――それが判っているから、敢えてちょっとブラックな味わいを加味してデザインを立ててみたのだ。お化けや妖怪のキャラクターだって人気があるのだから、少々不気味なものもありのはず。その点『どざえもんくん』は、いい線いっていると思う。『どざえもんくん』の家は海底深く眠る沈没船で、そこには『ぱぱえもん』や『ままえもん』という家族だっていて、『できしたいちゃん』って彼女もいて、生前はあんまり幸せじゃなかったから入水《じゅすい》自殺しちゃったけど、今はもう現世の憂《う》さから解き放たれて海の中をのんびり魚と遊びながらたゆたう気楽な日々を送っていて、満月の夜になると人家近くの浜辺まで上がってきてその姿を目撃した生きてる人が「ぎゃあ」なんて悲

鳴をあげて仰天するのを眺めてくすくす笑っちゃうお茶目な性格をしているという愉快なキャラで——。

「えーとね、聞いてるのかな、葉月ちゃん」

課長の声で、はっと我に返った。いけないいけない、またやっちゃった——油断しているとついうっかり、自分の空想世界に浸り込んでしまうのが、葉月のちょっとした悪い癖である。

「もっとこうね、今ふうの感じのね、流行っぽいアイディアっていうか、そういうのはないんだろうかね」

「だったらあるはずです——ほら、これなんかどうです」

課長のデスクから画用紙の束を取り、紙芝居よろしく掲げ持って、葉月は云った。

「これです、『のおとぱそこんちゃん』——形はこの通りそのまんまですけど、ディスプレイにその時々の喜怒哀楽が、表情になって表示されるという特徴があるんですよ。感情をあんまり表に出せない抑圧された現代人のメタファーって云うんですか？　ちょっと文明批評が入ってるわけなんですね。自分に成り代わってはっきりとした意思表示をしてくれる『のおとぱそこんちゃん』に共感して、癒《いや》されるっていうか——」

「どうも、その——判りにくい気がするんだけどねえ」

課長の反応が芳《かんば》しくないのを見て取って、すかさず次の一枚を出す。

「じゃ、これです。『すとらっぷくん』——携帯ストラップは誰でも持ってるし、実用品だから身近ですよね。面白いストラップならみんな欲しがりますから、こういうの、いいと思うんです。この『すとらっぷくん』は携帯ストラップのくせに、形がストラップそのものというかストラップにしか見えないというか、つまりメビウスの帯を思わせるパラドックス構造になってるところがユニークなわけで――」

「えーと、それは、なんて云うか、捻《ひね》りすぎだと思わないかい。もっとねえ、親しみやすいかわいい動物か何かで――」

「ありますよ、動物も――課長、ちゃんと見てくれたんですか。ほら、これです」

葉月はめげずに次の画用紙をめくって――いよいよ紙芝居めいてきたが――掲げ持つ。

「この『カチ割りラッコ』なんてどうでしょう」

「えーと、どうしてサングラスをしているのかな、そのラッコは」

「あ、ちょっと凶暴なんです、このコは」

「凶暴なの？」

「ええ、凶暴で、人の頭蓋骨をも一撃で砕くという――ほら、この抱えてるのが人間の頭骨ですね。かわいさの中にも暴力的な要素があって、そのギャップが面白かろうと――」

「次のは何？」

「これです、『とうげいクマさん』」

「その壺は何なの」

「壺は壺です。ほら、クマさんのキャラクターってハチミツの壺を持ってるのが定番ですよね。ただ、このクマさんはその壺を陶芸で自作するんです。この前の会議で、広いターゲットを視野に入れるって話が出たじゃないですか。それで、シルバー世代にもアピールするようにって考えてみたんです。渋さとかわいさの組み合わせが、お年寄り層にも受け入れられると思いまして」

「いや、何でも組み合わせりゃいいってもんでもないんだけどねえ」

悄然《しょうぜん》と、眉毛を八の字にして嘆息する課長の悲しげな口調に、『カレー大明神』のラフを出そうとしていた葉月の手が止まってしまう。

「あのさ、やっぱりキャラクター商品は、かわいくて明るくて親しみがあるのが一番じゃないかなあ」

課長はしみじみと云って、ため息をついた。そう云われたら、一言もない葉月ではあった。

我が国のキャラクター商品の市場は、その周辺市場も計算に入れれば、今や四兆円規模の成長産業と云われている。

街にもオフィスにも家庭にも、キャラクターグッズが氾濫《はんらん》し、溢れ返っている。

幼児の玩具やぬいぐるみや日用品はもちろんのこと、若い女性の生活雑貨などでも、キャラクターがプリントされていない商品を見つけるのは至難の業だろう。どんな田舎町の商店街にも、女の子向けの「かわいいもの屋さん」は必ずあるし、文具売り場でもキャラクター商品がどんどん売り場を侵食している。インターネットや携帯電話のコンテンツの世界にも、次々とキャラクターが投入される時代であり、ＯＬが職場のパソコンの上に、小さなぬいぐるみやマスコットを置いている光景はもはや日常のものだし、男性だって小型の怪獣フィギュアを並べている人は珍しくもない。ゲームセンターで吊り上げた戦利品で飾り立てた自家用車が道を走り、ジャンボジェットの機体にすら、でかでかとかわいいキャラクターが描かれる――本当に、キャラクター商品のない世界など想像もできないくらいである。

その中でも、人気を集めるキャラクターはたくさんある。

アメリカの無暗やたらと踊りたがる陽気なネズミや、国産では、口がないくせに耳に赤いリボンをつけた丸顔のネコ――この二者はテーマパークまで作られて、連日大入り満員だ。それから、犬小屋の上で寝そべる耳の黒いイヌ、口がバツ印になっているウサギ、なんだかやけに柔らかそうな緊張感のないパンダ、巨大な顔面が激しく自己主張する機関車の一派――などなど、人気キャラクターは枚挙に遑《いとま》がない。もちろん、ゲームやアニメの登場キャラクターも人気が高いし、食玩のおまけやカードゲーム、炭酸飲料のキャップのおまけなどは、大人も虜《とりこ》にして、プレミアがつくものまで出てくるありさま。

そして、金の集まるところに人も集まるという商業原則どおり、キャラクター商品の作り手側は、四兆円の巨大なパイを切り分け食いつきしがみつき、奪い合うわけなのである。

葉月の会社も小なりといえども――本当に文字通り小なりであるところが寂しいけれど――そのパイのかけらのこぼれ落ちた部分を拾い集めて商売としている。少しでも大きいかけらのおこぼれに与《あずか》るために、日々奮闘して――。

「まあ、ウチは大手さんと違ってね、あんまり大胆な冒険はできないわけなんだよね、自転車操業なんだから。だからさ、判りやすい売りやすい商品を作らなくちゃ。その辺の方針は判ってるよねえ――かわいく、明るく、親しみやすく――まあ、ベテランの君に今さらこんなこと云うのも、あれだけどね」

課長はそわそわと目を逸《そ》らしながら云ったが、葉月はちょっとカチンときて押し黙った。ベテランという云い方に皮肉を感じたからだった。デザイナーとして入社して七年目。デザイン課ではもう充分、古株の部類だ。

「あのね、僕としてはそんなこと思ってないんだけどね、その、云いにくいんだけど――君の想像力が枯れちゃったんじゃないかって云う人もいてね――いや、僕じゃなくて、上の方でね。このままの成績じゃ、いっそのこと営業の方に移ってもらった方がいいんじゃないかって意見がね――」

「営業――」

一言云ったきり、葉月は絶句してしまう。

営業――なんというおぞましくも恐ろしい言葉の響き。他の会社のことは知らないけれど、この社ではデザイン課から営業への移籍は、完膚《かんぷ》なきまでの落ちこぼれを意味している。

通称、ババ捨て山。

センスが時代のニーズに合わなくなったと烙印《らくいん》を押されたデザイナーは、ことごとくそこに捨てられ、失意のうちに消え去って行く運命にあるのだ。そりゃそうだろう、昨日までのほほんと絵を描いていた何の実務経験もノウハウもない女の子が、いきなり、数字と納期と対人関係だけが支配する即物的な現場へ放り出されて、ついて行けるはずもない。体調を崩したりストレスを溜め込んだりで、見る見る容貌の変わってしまった先輩を、葉月は何人も知っている。サンプル抱えて小売店を巡り、工場に日参しては拝み倒して作業を急《せ》かし、クレーム処理でショップの人に頭下げて回り、問屋からの電話で日曜にも呼び出され、クリスマスなどの多忙期には売り子の手伝いに駆り出されて一日中立ちっぱなしで、上司に尻を叩かれ嫌味を云われ、余剰在庫のグッズに頭を抱え、仕事はきっちり売上に換算されて他人と較べられ、おまけに残業手当は雀の涙とくる。いいことなんかひとつもありゃしない。

「ちょっ、ちょっと待ってください」

くらくらと目まいを起こしながら、葉月は云った。

「一体誰がそんなこと云ってるんですか、想像力が枯渇してるなんて」

「いや、その、特に誰がっていうわけでもないんだけどね――」

葉月の剣幕に、課長はおろおろと視線を泳がせるばかりだ。

答えてもらわなくても見当はつく。専務に決まっている。ちくしょう、あのタヌキめ、社長の腰巾着《こしぎんちゃく》の薄らハゲ。最近やたらと会議なんかでも「合理化合理化」ってバカのひとつ覚えのお題目唱えると思ってたら、そういう魂胆か。社長の古くからの友人だってだけで、名目ばかりの専務の椅子にふんぞり返ってる役立たずめが。自分じゃ何ひとつ考えられないダメ男のくせに、大方くだらないビジネス書でも斜め読みして要《い》らん影響受けたに違いない。ヅラのくせに生意気な。

「課長、私は大丈夫です、まだまだやれます、ずうっとやれます」

専務への反感をバネに、ほとんど怒鳴りつけるように葉月が云うと、課長はなおもおどおどと目を伏せ、

「でもね、年末年始用の新製品、葉月ちゃんのデザインは結局ひとつも採用されなかったのは事実なわけだし――」

云われて葉月は、ぐっと言葉に詰まった。

「あ、いや、これも僕が云ってるんじゃないよ、だから誤解しないでほしいんだけどね。僕は葉月ちゃんの実績については、充分評価してるんだしね」

言い訳がましく、そして悲しそうな顔で課長は云う。

「まあ、あれだね、ちょっとしたスランプなんだね、きっと。うん、ここんとこ忙しかったから、調子が悪いんだ、君は。だからね、とにかく、ここはひとつ初心に返ってだね、シンプルにデザイン立ててみようよ。そう、気分転換でもしてさ、新鮮な気分でがんばってもらってだね――」

課長の繰《く》り言《ごと》は、その後も延々と続いた。

＊

動物園ってところは案外みどりが多いんだな――葉月は歩きながら、そう思っていた。

園内のあちこちに、木が植えられている。それも、かなり大きな木々だ。頭上から覆《おお》い被《かぶ》さ

るような枝は、明るい陽光を受けてみどり豊かにきらめいている。入口の大イチョウほどではないけれど、見事な紅葉に色づいている枝も目立つ。

しかしそれにしても、まさか動物園に来るハメになるとは、自分でもびっくりだ――木陰の小道を進みつつ、葉月は思う。発想のヒントを得られればめっけもん、という下心はあるにせよ、アイディアに詰まったデザイナーがこんなところに来るなんて、なんだかとても安易な気がする。というか、ベタだ。安直だ、判りやすすぎる。しかし、頭の中をシンプルな形にリセットするには、やっぱりかわいい小動物でも眺めるのがてっとり早いとも思うし――。あーあ、困ったもんだね、若い頃はインスピレーションくらい、こんなとこ来なくてもざくざく湧いてきたのに――。いや、待て、何なんだ、若い頃ってのは。それじゃ今はもう若くないみたいじゃないか。違う違う、私は平気だ、まだまだいける、大丈夫ったら大丈夫。

その時また、カップルとすれ違った。どちらも、どう見ても高校生だ。休日に動物園デートを楽しんでいるのだろう。女の子は男の子の腕に身を預け、スキップせんばかりの足取りで、微笑《ほほえ》ましいというか何というか――。くうう、女子高生かあ、若いなあ、お肌つるつるのぴたぴたでやがんの、たまんないよなあ――などとおっさんじみた感慨に耽《ふけ》りながらも、女子高生というキーワードから、またぞろ不愉快な記憶が想起される。

先日のモニター調査の時のことだ。新製品の開発途中で――これはどこの会社でもやっていることだろうが――メインユーザー層となる一般女子中高生を招いて、試作品の品評会を開くのである。若い女の子に受け入れてもらえない商品を市場に出したところで、惨敗するのは目に見えているのだから、会社としても必死だ。利害関係の一切ない彼女らの評価は時に辛辣《しんらつ》であるが、的を射た意見も少なくなく、大いに参考になる。

その席上、貧弱な語彙《ごい》できゃいきゃいと騒ぎ立てながら、女の子達は取っかえひっかえサンプルのぬいぐるみを手にしていたのだが、葉月のデザインした苦心の作の数々には、ほとんど誰も関心を払わなかった。業《ごう》を煮やして、手近の『スマイルベンジャミン（仮）』を示し、

「これ、どう思う？」

と聞いてみた葉月に返ってきたのは、無慈悲な反応でしかなかった。びっくりするほど整った顔立ちの女子高生の一人が、冷徹ともいえる視線をちらとよこしただけで、冷笑混じりに小さく云ったものである。

「センスない、バカみたい」

うぐう、思い出しただけでムカっ腹が立つ。セ、セ、センスがないだとお、ちくしょおう、若いからっていい気になりやがって、私がどれだけ苦労して作ったと思ってるんだよ――。とは云え、客層となる商売相手はその十代の女の子達なのだ。十ほどの年齢の開きがある。あれは大人をからかった台詞《せりふ》なのか、それとも本気だったのか。いずれにせよ、あのモニター調査の結果から、採用全滅の憂き目を見たのは確かなのである。十年のギャップは埋まらないのか、いよいよガケっぷちか、切羽詰まっちゃってるのか、私は――。

いやいや、そんなことでへこたれてちゃいかんぞ、新しい発想で絶対にヒット商品を出してやるんだ。そうなれば営業になんか行かなくていいし、ボーナスだってがっちょりだし、あの

ヅラハゲ専務を見返してやることだってできる――葉月は力を入れて、ずんずん歩いた。

やがて、サル山が見えてきた。

コンクリートの柵と堀の向こうに、これもコンクリートの人工山ができていて、たくさんのサルが駆け回り、飛び跳ね、寝ころんでいる。見物客も大勢、コンクリートの柵にへばりついていた。

おお、おサルだおサル――葉月もちょっと立ち止まって、サルの群れを眺めてみた。うららかな陽気の下、サル達は思い思いに遊んでいる。呑気《のんき》そうに日向《ひなた》ぼっこをしたり、仲睦まじく毛づくろいをし合ったり、居眠りをしたり――。子ザルは何が嬉しいのかぱたぱたと走り回っていて、タイヤを鎖でぶらさげたブランコみたいな遊具に乗っているのもいる。時折、ぽてっとタイヤから落っこち、柵のこちら側から楽しげな笑いが起こる。見物客の子供達も、きゃあきゃあとはしゃいだ声をあげている。

あの一番てっぺんで堂々としているのがボスなのだろうか――サル達が群れ遊ぶ様子をぼんやりと見ながら、葉月は思った。体もデカいし、態度も何となく横柄だし、きっとそうなのだろう。ボスザル、偉そうだな。その周りをちょろちょろと、ご機嫌取るみたいにくっついてる奴までいるぞ。サル山の構図を人間社会の縮図に見立てる、ありがちな喩《たと》え話があるけど、あのお追従《ついしょう》サルなんかは、さしずめ社長の腰巾着といったところだろう。うう、社長の腰巾着。ちぇっ、また思い出しちゃった。あのヅラハゲ専務め。誰が才能の枯渇だよ、誰が。悔しいなあ。タヌキ親父めが。いっそ『よこわけたぬきくん』でも作ったろうか。ぴっちり七三のカツラ被ってて、雨が降ろうが風が吹こうが、お風呂に入っても頭にきっちり密着して外れないってのはどうだ。マジックテープで強力フィット。いざという時だけヅラが外れて、つるぺた頭むき出しっていうの。ん、いざという時ってどんな時なんだ。しかしあのおっさん、本気で誰も気付いてないと思ってんのかな。バレバレのヅラしやがって。ホントにもう、社長におべっか使ってご機嫌取りばっかりで、まるっきりサルそのものの性格してるもんなあ、あいつ。あ、そうだ、動物の見た目の感じで性格分類するっていうのはどうだろう。星座占いみたいにして、各動物の特性に分けて、誰がどれに当てはまるかって形式にして、それぞれ動物をキャラクター化すれば、って——あれ？　どっかで聞いたことあるぞ、これ。いかんいかん、これじゃパクリだ。しかも古いぞ。

ちょっと空想に浸りかけた葉月は、ぶるぶると頭を振って気を取り直す。さあ、くだらないこと考えてないで小動物でも見に行こう。ネコ科のかわいい動物見よう、猫じゃ猫じゃ、猫でも見物して気分リフレッシュだ——サル山を離れて、葉月はまた歩き出す。

そして、ペンギンのプールに行き当たった。

半円形の池と、白いペンキで氷山のように塗った岩山。十数羽のペンギンが、泳いだり滑ったり転んだりしている。ぐるりとプールを取り囲んだ柵の前では、ここも大勢の人が見物している。

わあい、ペンギンがいるペンギンがいる、いっぱいいるなあ、かわいいかわいい——葉月は人垣の肩ごしに、ペンギン池を眺めた。鳥類の中でも、ペンギンだけは独特の愛らしい容姿で人気があり、キャラクター商品もたくさん出ているから親しみがある。

ううう、かあいいなあ、ペンギンは。ぺたぺた歩いてる。足があんなに短いってのが、またいいね。ぷるぷる頭、振ってら。うん、かわいいかわいい。でも、どうでもいいけど、魚くさいなあ。辺り一面、魚の匂いだよ。なまぐさペンギンかあ。まあ、魚ばっかり食べてるんだろうから、魚くさくて当たり前っちゃあ当たり前だけど。やっぱキャラクター化されたものとリアルなものは違うんだよね。これだけかわいいのに、実物は魚くさくてどうにもこうにもたまらないってのも、なんだかなあ。あ、そうだ、このリアル感をそのまま表現してみるってのはどうだろう。シールか何かで、ペンギンのかわいいキャラが印刷してあって、指でこすると本物のペンギンの匂いがするよ、って書いといて、それでこすると本当に魚の生ぐさーい匂いがぷーんと漂うってのは。あと、ぬいぐるみのペンギンが異様に魚くさい、とかね。うーん、くだらない。そんなもの売れるわけないっつうの。アホか、私は。

一人苦笑を浮かべつつ、葉月はペンギン池の人だかりから離脱した。そして再度、歩く。

無料休憩所の、イスやテーブルが並べてある一角に出た。大きな木が何本も生えて木陰を作っている広場に、軽食の売店もある。目指すネコ科の動物は、この休憩所の向こうだ。木製のテーブルで飲み物を飲んで、ひと休みしている人が何人もいる。特にくたびれてもいなかったので、その脇を通り抜けようとした葉月だが、休憩所の横にも動物の檻《おり》があったから、何気なく覗《のぞ》き込んでみた。

やけに首の短いダチョウが一羽いた。

エミュー、という名前らしい。ダチョウ目エミュー科、オーストラリア原産――檻の前に、そう表示されたプレートが立っていた。なるほど、いかにもオーストラリア辺りにいそうな感じのダチョウだ。

けど、これ、変なことになっちゃってるなあ――と葉月は、少しばかり呆れた気分で、その短足ダチョウの柵の向こうを見ていた。檻の中に、数十羽単位のハトとスズメが入り込んでいるのだ。ハトがスズメが、我が物顔で平然と、地面のエサを啄んでいる。ダチョウだから飛んで逃亡する心配がないためか、ここの檻には天井がない。だからハトもスズメも入りたい放題。本来エミューの物であるはずの、エサを横取りしているわけだ。被害当事者であるエミュー当人は、なんにも考えてなさそうなぼんやりした目で、ぼおっと突っ立っている。

おいおい、でかい図体して、しっかりしろよ、キミは――こっちでそう思っても、ダチョウはぽけっとしているばかりで、侵入者の群れがせっせとエサ泥棒に専心するに任せている。

これじゃダチョウの檻だか日本の都会野鳥の檻だか判んないよね――そう考えながらそこを離れようとすると、今度は大きなカラスが一羽、かなりの低空飛行で葉月の頭上に飛来した。何とはなしにその飛行軌跡を目で追うと、カラスは無料休憩所の広場に着地した。

休憩所のテーブルやイスの周囲には、他にもカラスがうようよ集まっている。やたらと数が多い。この一角だけ見たら、動物園というよりカラス園といった趣《おもむき》でさえある。

遅い昼食のお弁当を拡げている家族連れが、何組かテーブルについているのだが、カラス達はそこを取り巻いている。誰かが食べ物を放ってくれるわけでもないのに、カラスの軍団はじっとしている。鳴くでも騒ぐでもないのが、かえって不気味だ。カラスに見つめられながら食事をしている人達は、皆一様に落ち着かない様子だった。動物園なのに、逆に動物から見物の対象にされているのだから、いい気分のするはずはない。

イヤだなあ、カラスは、こんなに集まったんじゃ子供が恐がるぞ、動物園側もどうにか対処すればいいのに——そう思いながら、葉月はまた歩き始める。けど、動物園の人が動物を排除したんじゃ虐待になるし、頭の痛いとこだろうなあ。都内でこれだけ自然がたっぷりある場所なら、鳥が集まるのも無理のないことだし——。

そんなことを考えて歩き、とうとう待望のネコ科のエリアに到着した。

おお、猫だ猫、いるいる、いっぱいいるぞお——期待感に、ちょっと胸が躍《おど》った。

小道の両側に、棟割り長屋のように檻がずらっと並んでいる。大型小型取り混ぜて、ネコ科の肉食獣を幾種類も見学できるエリアだった。

まず最初は、と——順番にゆっくり見て回ることに決めて、早速近くの檻に近寄った。そこはヒョウの檻だった。

わあ、ヒョウだ、大きいなあ、本当にヒョウ柄してるな、でかいのにやっぱりかわいいなあ——猫好きを自任する葉月であるから、猫がそのまま大型化したみたいな獣の姿は、見ていてとても楽しい。

隣にいるのは、あ、こっちはジャガーか、でもヒョウとジャガーってどっちがどっちやら、素人には見分けがつかないんだよね。まあ、どっちもかわいいからいいけど。そう云えばアニマルプリントの服って、どっちをお手本にしてるんだろ、ヒョウ柄って云うから、やっぱりヒョウなのかな。アニマル柄ってどうしてあんなにケバケバしくなっちゃうんだろうね。アニマルルックのケバケバねえちゃん。うん、だったら、ヒョウかジャガーを擬人化してみるってのはどうだ。ハデハデねえちゃんのキャラっていうのも、捻りはないけど案外かわいいのができるかもしれない。羊の皮を被った狼じゃないけど、OLっぽい制服着せといて、それ脱ぐと、インナーはヒョウ柄でケバケバって感じで。やらしいか、これ。深夜番組見てるようなお兄さんがターゲットか。でも、ヒョウ柄だけに豹変するっていう整合性もあるし——。いや、何が整合性だよ、それじゃ駄洒落《だじゃれ》だってば——などと、くだらないことを考えていると、

「あの、ちょっとすみません」

いきなり後ろから声をかけられて、葉月の夢想は破られた。突然でびっくりしたのと、あまりにもおバカな思索に耽っていたのが決まり悪かったので、幾分どぎまぎしながら振り向くと、男が一人立っていた。

なんだか無暗に小柄な男だった。まっ黒いコートみたいな上着を着ているのだが、それが体格に合っていないから全体的にでろりとしていて、ぱっと見には幼稚園児のスモックのように見える。長い前髪が額《ひたい》を隠した顔も童顔の小作りで、年齢不詳の外見だ。特徴的な仔猫じみたまん丸い目で、にこにこしながらこっちを見ている。

な、なんだ、ナンパなのか、こんなところで唐突に——葉月がちょっとうろたえたのは、その小さな男が割と、まあ、悪くないご面相だったからだ。背がちっちゃすぎるのはあまりプラ

スポイントではないけれど、印象的な丸い目に、なんともいえない愛嬌《あいきょう》がある。ただ、異様に若くも見えるし、やけにおっさんじみた感じもするし、やはり年齢不明でちぐはぐな雰囲気を発散させている。

「えーと、不躾《ぶしつけ》で申し訳ないんですが——これ、使い方が判らなくなっちゃって困ってるんですよ」

小柄な男の個性豊かすぎる容姿に気を取られて、何の返答もできないでいる葉月にお構いなしに、彼はそう云って、両手を突き出してきた。両腕を思いきり伸ばして、まるで図工の時間の小学生が、完成した絵を先生に提出するみたいな動作だった。その手が捧げ持っているのは、小さな箱のような物だった。

「さっきそこの売店で買ったんですけど、一枚撮ったらそれっきり、うんともすんとも云わなくなっちゃって——これ、壊れてるんじゃないかと思うんですけど、苦情を云いに行く前に、念のため誰かに見てもらおうと思いましてね。そんな時、ちょうど折よくあなたが通りかかってくれたものですから」

「はあ——そうですか」

ぺらぺらとよく喋《しゃべ》る小柄な男の手から、葉月は小さな箱を受け取った。小箱は、使い捨て式のカメラだった。

「どんなもんでしょうか、やっぱり壊れてますかね、不良品か何かで」

小柄な男はしきりに話しかけてくるが、葉月だって別にカメラメーカーの人間ではない。そんなこと聞かれたって困るわい、と云いかけたのだが、ふと思いつくことがあって聞いてみる。

「あの、一枚撮ったって云いましたよね」

「ええ、撮りました、あのジャガーを」

小柄な男はどういうわけか、妙に自慢げに答えた。

「じゃその後、ここの丸いところ、回しましたか」

「丸いところ？　どこです」

覗き込んでくる小柄な男の目の前で、葉月はフィルムを巻くダイヤルを回してみた。ギリギリリ——と、小気味よい音がして、それは簡単に回転した。

「あのですね、こういうカメラは、一枚撮るごとにここを回してやらなくちゃいけないんです、フィルム巻き取るために」

こいつ、こんなことも知らんのかいな——と内心呆れつつも、できるだけそんな感情を表明しないように笑顔で云ってあげると、

「へえ、そういう仕掛けになってるんですかあ」

小柄な男は、仔猫みたいなまん丸い目をぱちくりさせて、心底感動したという声をあげた。

「うわあ、知らなかったなあ、こいつは驚いた。いやあ、こういうハイテクの機械の類《たぐ》いって、僕、からっきし弱くて——どうもありがとうございました、お陰で売店に捩《ね》じ込んで先方に無用な手間をかけさせなくて済みました、助かります」

両手を膝《ひざ》に当てて、ぺこりんとお辞儀をする。そして、葉月が返したカメラの小箱をしげし

げと眺め、

「ふうん、ここのギザギザの丸いのをこっちへ、ね」

「そう、回すんです」

「一枚撮るごとに、ですね」

「ええ、一枚撮るごとに」

幼児にものを教えるがごとく、嚙《か》んで含めるように云う葉月に、小柄な男は天真爛漫《てんしんらんまん》な笑顔を向けてきた。

「いやあ、本当に助かりました。今日は僕、自分の名前に因《ちな》んでネコ科の動物のアルバムを作ろうと思い立ったんですけど、あやうく一枚で挫折するところでした。ジャガー一匹だけじゃ、間が抜けたアルバムになっちゃいますもんねえ」

聞かれもしないのに意味不明のことを云って、からりと笑った小柄な男は、もう一度、どうもありがとうございました、と丁寧に頭を下げた。そして、相手のペースについて行けずに茫《ぼう》然《ぜん》とする葉月を残して、とっとと離れて行ってしまう。

なあんだ、別にナンパとかってわけじゃないのか——少しばかり拍子抜けした葉月は、ひょこひょこと歩いて行く男の、小さな背中を見送った。連れはいないらしいので、男一人で動物園に来ているようだ。変な奴だなあ——と、葉月は思う。使い捨てカメラの構造に、あんなに大仰に驚く人は、普通いないぞ。それに、どうでもいいけど、ぶかぶかの上着のポケットから突き出している、あのプラスチックの棒はなんなんだ。どうもカチューシャの先端みたいに見えるけど。しかも、何本も——。やっぱり物凄く変な奴だ。まあ、こっちだって女一人で来てるわけだけど——。

おかしな男のことは忘れて、動物見物を再開することにする。並んだ檻の前を平行移動して、順ぐりに眺めて回る。

オセロット、という面白い名前の動物がいる。これもネコ科で、模様もヒョウやジャガーと同じアニマルプリントだ。岩を模したコンクリートの山の上で、前足を投げ出して寝ている。

サーバルキャットは、耳が大きくてとてもかわいい。

ジャングルキャットも、大型の猫。かわいいかわいい。ジャガランディって、変な名前だな、和洋折衷《せっちゅう》の料理みたい。見た目はでっかい猫だけど、こっちのリビアヤマネコってのとどう違うんだろう。

おお、クロヒョウだ。黒い黒い、でかいでかい。でかい黒猫。毛並み、つやつやだなあ。ピューマってこれ、ライオンのメスに似てるな。サバンナかどっかで迷ってこんなのに襲われたら、ピューマに食われるのかライオンのエサになるのか、自分で判んないから落ち着かないだろうなあ。噛まれながら、どっちか区別できないんだから、人生最後の謎ってことになるわけだもんね。頼むから死ぬ前に誰か教えてくれえって思うかも。死んでも死に切れないってのはこのことかしらん。うわ、何だ、このカラカルって猫は。耳が長くて先っちょにぽわぽわの毛が生えてるよ。変わった猫だなあ。耳毛猫、か。そう云えば、たまにおじさんで耳の穴から毛が生えてる人がいるけど、あれどうして放っておくんだろう、自分で気持ち悪くないのかね

――。

　見て回っているうちに、葉月はだんだん楽しくなってきた。

　ライオンとトラはやはり別格らしく、特別大きなスペースが割り当てられている。見物客の数も多い。テレビなどで見慣れているとはいえ、やっぱり実物は大きくて迫力がある。オスのライオンのたてがみはとても立派で、枝毛がちょっと心配である。太い四肢とごつい手は、獲物に爪を立てて引きずり倒すのにふさわしく、ぶ厚くてがっしりしている。ゆったりと歩くその姿に、見ている子供達が驚きの声をあげている。

　ライオンの風格を堪能《たんのう》して葉月が、隣のトラの檻に移ろうとした時、柵を取り囲む客の中に、先刻の小柄な男が混じっているのを見かけた。周囲の子供達と負けず劣らずのはしゃぎっぷりで、ライオンの動きに合わせて右往左往したりその場でぴょんぴょん飛び跳ねたり、必死でカメラを構えたりで、まるっきりおバカみたいに見える。

　何者なんだ、あいつは、妙な奴――今日見た珍しい動物のひとつとして、頭の中でカウントしてから、葉月はそこを離れた。

　かわいい動物はネコ科以外にもたくさんいた。

　フェネックぎつねは、本当にキツネそのものの外見に反してイヌ科の別属に分類されるらしいが、大きな耳とつぶらな瞳がかわいらしい。こういうシンプルなのはデザイン化しやすいかもしれない。要チェックかも。ミーアキャットは後ろ足でひょいと立つ姿がご愛嬌。アフリカタテガミヤマアラシは、白黒まだらのトゲが美しい。触ったら痛そうだ。針金を素材にしてぬいぐるみにしたら、苦情が殺到するだろう。マングースは地味な灰色で、頼りなさそうな大ネズミにしか見えない。こんなんで毒ヘビと戦えるんだろうか。アビシニアコロブスっていうアフリカのオナガザルも変わっている。白い尻尾《しっぽ》がほうきみたいにふさふさで長い。ハートマンヤマシマウマってご大層な名前だけど、ただのシマウマじゃん。名前負けしてるぞ、キミは。ドールって、何これ、これもただの犬だよ。その辺のペットショップで売ってても、誰も珍獣だと思わないって。おお、穴掘ってるよ、おやつの骨でも隠してるのかな——。

すっかり和《なご》んで、動物園を楽しんでいる葉月であった。

夢中で見学しているうちに、陽も随分《ずいぶん》西に傾いてきた。閉園時間は午後五時。もうあまり、ゆっくりもしていられないだろう。さて、もう一度ネコ科のエリアをひと回り見て、それから帰ろうか——そう思って葉月は、来た道を引き返した。

そうして、トラの檻の前まで戻った時だった。

「あの、たびたび申し訳ないんですが」

どこから湧いて出てきたのか、あの小柄な男が、いつの間にか近寄って来ていた。

「このカメラなんですけどね、どうにも様子がおかしくって」

小柄な男はさっきと同じ、無邪気そのものといった笑顔で云ってくる。立ち止まった葉月は、どうしてわざわざまた私のところへ来るのだろう、と訝《いぶか》しんだが、周りはほとんどが家族連れで、他に一人きりという人はいないから、多分話しかけやすいのだろう、と思い直した。もう帰り始めて出口へ向かう人達もいるし、それとも、さっきのことで私をカメラに詳しいとでもカン違いしているのか――。

「今度はどうしたんです」

肩をすくめて葉月が聞くと、小柄な男は人なつっこい笑顔のままで、

「変なんですよ、ずっと快調だったのに、急にシャッター押しても手応えがなくなっちゃって――云われたとおりにここんとこ回そうとしても、もう回らないし。やっぱり壊れてて、とうとうお釈迦《しゃか》になっちゃったんでしょうかね」

まいったなあ――と頭をかいて、カメラをこちらに差し出してくる。

「ちょっと拝見――」

ある程度予測はついていたが、念のためカメラを受け取り見てみると、思った通りだった。

「これ、フィルム終わってますよ」

いくら何でもここまで無知とは、あんまり賢い人じゃないなあ――と、感じたことをおくびにも出さずに、葉月は云った。

「え――あ、そうか、フィルムって終わりがあるんだ」

まん丸い目を見開いて、小柄な男はとんちんかんなことを云った。

「ははあ、そりゃそうですよねえ、無限に使えるカメラなんか、ありっこないですもんね――いやあ、びっくりした」

こっちがびっくりするよ、ホントにもう――葉月は、ぽかんとしている小柄な男にカメラを手渡して、

「だから後は、近所の写真屋さんかプリントサービスのお店に行って、それごと預ければいいだけです。そうすれば現像してくれますから」

「はあ、そうですか――いや、これはどうも、重ね重ねご親切に、ありがとうございます。まあ、猫の仲間は全部ひと通り撮りおわってたから、ちょうどよかったんですけどね」

小柄な男はそう云って、いそいそと大切そうに、カメラを上着のポケットにしまい込んだ。と、その時、誰かが、葉月と小柄な男が立つ方へ向かって、走って来る足音が聞こえた。えっ？――と、葉月がそちらを向いたのと、その人物が横を駆け抜けるのが、ほとんど同時だった。小柄な男も葉月と同様、そちらを向こうとしていた。ジョギングよりももっと速いスピードで通り過ぎた人物は、二人の脇を走り抜けざまに、何かを放り投げてよこした。

放物線の軌道を描いて宙を舞ったその何かを――それが何であるのかは判然としなかったが、大小ふたつあることだけは判った――葉月は反射的に受け取っていた。ちょうど、ラグビー選手がパスを受け取る要領で――。葉月が大きい物を、そして小柄な男が小さい方を。

駆けて行く人物は、もう後ろ姿しか見えなくなってしまっていた。グレーっぽいブルゾンを着た中年くらいの男性だということだけは見て取れたけれど、その人は、あれよあれよという間に、走り去ってどこかへ行ってしまった。

きょとんとしている小柄な男と、葉月だけがその場に取り残された。

何？　今の人――茫然とした葉月は、同じく唖然《あぜん》としている小柄な男と、思わず顔を見合わせてしまう。何がなんだか判らない。

「あの、一体何ごとでしょうか」

小柄な男が、仔猫じみた丸い目をぱちくりさせて云った。

「さあ、私に聞かれても――」

困りますけど――と、言葉の後半を口の中で呟いて、葉月は、咄嗟《とっさ》に受け取ってしまった腕の中の物体を、改めて見てみた。

ハンドバッグ――だった。

ますます訳が判らなくなった。バッグは女物で、地味な柿色の、しかも品よく落ち着いた感じの品物だった。

「こっちは財布――ですね」

小柄な男が、自分が手にしている物を矯《た》めつ眇《すが》めつしながら云った。云われなくても見れば判る。確かに財布だ。こちらも女性持ちの、渋く洗練されたデザインの物だった。

何なんだろう、これは――葉月は首を捻ってしまう。どう見ても女物のバッグと財布を、どうして中年のおっさんが？　しかも他人に投げて渡してどうする？　さっぱり意味が判らない。

「借り物競走――？」

小柄な男が、ぽつりと云った。まだ、手に持った財布を眺めたままだった。

「はあ？」

怪訝《けげん》な思いで聞き返した葉月に、小柄な男はやっと財布から目を上げて、照れたような笑みを浮かべた。

「いや、あの人走ってたし、他人の物らしい荷物持ってたし、何となく運動会の借り物競走を連想しちゃって」

その戯言《ざれごと》を、葉月は黙殺することにした。やはり印象どおり、かなり頭脳の力の弱い人らしい。

そこへ、また走って来る人物が現れた。さっきの中年男が来た道と同じだった。だが今度は、一目で素姓《すじよう》が判別できる人物である。紺色の警備員の制服を着ていたからだった。

警備員は——若い男だ——葉月達の前を猛スピードで走り抜けようとしたみたいだったが、二人の持っている荷物を見とがめたらしく、急ブレーキで足を止めた。土埃《つちぼこり》が立たないのが不思議なくらい、見事な制動だった。

「男が一人、逃げて来ましたね」

若い警備員は、今にも駆け足を再開しそうに、せかせかと尋ねてきた。葉月と小柄な男は、揃ってうなずく。

「どっちへ行きましたか」

「あっちへ」

指さす方向と声が、これも揃った。

「判りました——では」

「あの——」

スタートダッシュをかけようとした警備員を、葉月は慌てて呼び止めた。

「何があったんです」

「ひったくりです」

それでようやく得心がいった。あの中年男はひったくり犯人で、警備員から逃げていたから走っていたのだ。でも、この荷物は――。

「どうしましょうか」

葉月がバッグを少し持ち上げて示すと、警備員は一瞬ためらった様子を見せたが、こちらが二人連れのカップルだと判断して――本当は違うのだけど――安心したのか、

「すみません、しばらく預かっていてください」

云うが早いか、たちまち駆け出して行ってしまう。ひったくりの中年男が逃げ去ったのと同じ方向へ走り、すぐに姿が見えなくなる。

葉月はまた、小柄な男と二人、取り残されてしまった。ひったくりの被害物件らしい荷物を抱えたままで――。

やがて、呆気《あっけ》に取られていた小柄な男が、ひょいと小さな顔を向けてきた。

「とにかく僕達も行ってみましょうや。これ、返さないといけないし」

なんだかわくわくしたような顔つきになっている。どうやら野次馬根性が旺盛《おうせい》らしい。不謹慎な奴だなあ、そんなに嬉しそうに――とも思ったが、確かにここでぼんやり待っているのもおかしな話だ。

「そうですね、追いかけてみましょうか」

同意した葉月が歩き出そうとするのを、

「あ、そうそう、こんな時になんですけど――」

と、小柄な男が云って、引き止めた。

「こんなことになっちゃって、行きがかりとはいえ一緒に行動するんだから、一応自己紹介しておきますね。僕、猫丸といいます」

膝に手を当てて、ぴょっこりと頭を下げる。

「はあ、どうも――長尾です」

葉月も一応、そう答えておく。随分妙な成り行きだ。どうしてこのタイミングで自己紹介し合わなくてはならないのか、どうにもよく判らない。猫丸と名乗ったこの小柄な男、どうやら自分のペースだけで動くタイプらしい。やはり変わった奴である。そう云えばさっき、名前にちなんでとか何とか云っていたけれど、猫の付く名前だからといってわざわざ動物園に写真を撮りに来るというのも、考えてみれば妙な話だ。

などと、悠長なことを考えている場合ではなくなった。猫丸と名乗った小柄な男が、出し抜けに走りだしたのだ。そのスピードは、驚くほど速い。まるで、犯人が捕まる瞬間を楽しみにしていて、そんな一大イベントを見逃してなるものか――とでも云わんばかりの勢いだった。

置いてけぼりはご免だし、葉月としても、まあ、捕り物を見たくないわけではない。

猫丸の小さな背中を追って、葉月も駆け出した。近くの藪《やぶ》から、ハトが驚いて飛んだ。

警備員の姿を見つけたのは、園内のどんづまりの場所だった。猫丸がやたらと速いので、引き離されまいと必死になったから、到着した時には息も絶え絶えの葉月だった。憎たらしいことに当の猫丸は、けろっとした顔でほとんど息も乱していない。葉月はどうにか呼吸を整えようと、しばしぜいぜいと肩で荒い息をついた。

さっきの若い警備員が、一人の男の襟首《えりくび》を摑《つか》んでいた。片手で男を捕まえながら、もう一方の手で無線機らしき物を握っている。

「確保しました――はい、Dブロック、ヒグマ舎の横です――はい、ええ、それはまだ――了解、ここで待ちます」

そこは「エゾヒグマ」というプレートのある檻の前だった。その先は、ヒグマの檻とつながった――恐らく、ヒグマの寝床がある小屋なのだろう――「立入禁止」と書かれた小さな鉄扉がついた小ぶりの建物があるだけで、完全に行き止まりになっていた。

どうやらこの行き止まりに犯人を追いつめて、今しがたとっ捕まえたところらしい。結局、捕り物は見られなかったわけで、骨折り損のくたびれ儲《もう》けだったようである。こんなんだったらムキになって走るんじゃなかった――息を整えながら、葉月は後悔していた。余分な荷物も持ってるし――と、預けられっぱなしになっているバッグを、抱え直す。

「なあ、放してくれよ、逃げたりしねえって云ってるだろ、放せってば」

警備員に取り押さえられた男が、しきりに文句を云っている。少々出っ歯ぎみの、目の細い男だった。その中年の男を見て――あれ、この人だったっけ――葉月はちょっと首を傾《かし》げた。男が派手なオレンジ色のブルゾンを着ていたからだった。さっき荷物を投げて逃げて行ったのは、確かグレーの上着じゃなかったっけ――。訝りながらも、隣に立った猫丸を見ると、その小さな顔も怪訝そうに曇《くも》った表情を浮かべている。ブルゾンの色が違うのに気が付いたのだろう。もっともこの男の場合、ただ単に捕り物を見物できなかったから落胆しているだけなのかもしれないけれど――。

何人かの人が、男と警備員を遠巻きにして見ている。何の騒ぎだあれは――と云いたげに。ヒグマの檻の中でも、水色の作業着の男の人が一人、デッキブラシを持つ掃除の手を休めて、不安そうにこちらを眺めている。ヒグマはもう外には出ていないから、多分、寝床のある建物に入っているのだろう。閉園時間が近付いているし、秋の夕方の涼しい風は、ヒグマの健康管理のためによくないのかもしれない。

「俺は犯人なんかじゃねえって云ってるだろう。いきなりひったくり扱いはひどいじゃないかよ」

男はふてくされて叫んでいる。

「冗談じゃねえぞ、横暴だ、証拠はあるのかよ証拠は」

確かに証拠は、葉月と猫丸の手の中にある。どうしたもんだろう、これ――少々困惑して、葉月は抱えているバッグを見やった。これをあの男が持ったままだったのなら、動かぬ証拠になるのだけれど――。一度手放してしまったのでは、間違いなく彼が盗《と》ったとは断定できないかもしれない。いや、しかし――、

「そうだ、指紋」

葉月は、横にいる猫丸に声をかけた。猫丸がきょとんとした目を向けてくる。

「ねえ、どうでしょう、この荷物、警察が来て指紋を調べれば、あの人が摑んで逃げたって判るはずだと思うんですけど」

「ははあ、なるほど」

猫丸は大きな目で葉月を見つめたが、

「でも、多分ダメですよ、ほら、あの手」

と、中年男の方を顎《あご》で示した。それに従って葉月もそちらを見て――あ、手袋――思わず言葉を失った。ブルゾンの色が違っていることに気を取られて気付かなかったのだが、ふてぶてしく腕組みしている男の両手には、軍手がはめられていたのだ。どうやらずっと手袋をしていたようである。あれでは指紋など出るはずもない。あからさまに怪しいけれど、秋口ということもあり、人一倍寒がりなのだと主張されたら、それ以上の追及はできないだろう。がっかり、だ。

「まあとりあえず、これ、警備員さんに渡しちゃいましょ」

と猫丸は、こっちの気分など忖度《そんたく》せずに、のほほんとした口調で云うと、手にした女物の財

布をちょっと掲げて葉月に見せた。そして、すたすたと警備員に近付いて行く。葉月も黙って、それに倣《なら》った。

「えーと、これ、返しに来たんですけど」

猫丸が財布を差し出すと、警備員はようやく葉月達が来ているのに気が付いたようで、

「ああ、さっきのお客さん――すみませんが、もう少しだけ持っててもらえませんか、すぐに応援が来ますんで」

申し訳なさそうに云った。そして、

「それより、この男を見てください。お二人とも、犯人の姿を見ているんでしょう、この男に間違いありませんか」

出っ歯の中年男を体ごと、ぐいとこちらに向けてきた。

しかし、葉月は何も云えなかった。なにしろ、あの時は逃げて行く後ろ姿しか見ていない。それに服装も違っているようだし、この人があの男なのかどうか、まったく自信がない。猫丸も葉月と同様らしく、困ったような顔で返事ができないでいる。

「ほら見ろ、確証なんかないじゃねえか」

出っ歯が、勝ち誇って云う。

「だから俺は違うって云ってるのによ、あんたが有無を云わさず組みついてきやがるから――なあ、間違いだよ、人違い」

旗色が悪くなったのを察したらしく、警備員は摑んでいた男の首根っ子から手を離した。

「どうしてくれるんだよ、人を盗《ぬす》っ人《と》呼ばわりしやがって。こんな恥かかせた責任、どう取るつもりだ、兄ちゃん」

警備員に食ってかかるため、男は後ろを向いた。その後ろ姿——それを見た瞬間、ピンときた。

あ、この男だ——葉月は確信した。

この肩のライン、背中の形。この後ろ姿は、はっきりと印象に残っている。ダテにデザインをやっているわけではない。造形にも自信がある。プロのデザイナーの直感が、この背中がさっき見たものと同じだと、間違いなく告げている。そう、絶対だ、この男が犯人だ。しまった、最初から後ろ姿を見ればよかったのだ。なまじ顔を見てしまったから、記憶がこんがらがってしまった。たった今、面通しをさせられて、口ごもったのが悔やまれる。今さら云っても多分、まるっきり説得力がなく聞こえることだろう。

それにしても、なかなか狡猾《こうかつ》なやり口である。ひったくりを働いた後、警備員に見つかって追いかけられたら、荷物を無関係の他人に渡してしまう——そうすれば、少なくとも直接の証拠はなくなってしまうのだ。単純に捨てるよりは、逃げる時間が稼げるから——現に警備員はちょっと足止めを食ったのだし——それで葉月達に荷物を投げてよこしたのだろう。物慣れた手際といい、手袋の件といい、恐らくこの男は常習犯に違いない。確か、スリは現行犯じゃないと逮捕できないと聞いた覚えがあるけど、ひったくりの場合はどうだったろうか——。

葉月がそんなことを考えていると、警備員の制服を着た人が、さらに二人やって来た。新来の二人は、どちらも年配の男だった。

二人の警備員は、若い警備員の経過報告を受け始めたが、その背後には、また別の二人の人物が控えていた。どこか不安げな物腰の洋装のお婆ちゃんと、その孫らしき小さな女の子――赤いスカートのかわいらしい女の子は、少し怯《おび》えているようで、お婆ちゃんの背中にぴったり張りついている。どうやらこのお婆ちゃんが被害者らしい。例のハンドバッグと財布のデザインからして、この予測は間違っていないだろう。

案の定、お婆ちゃんは、年配の警備員にこんな質問を投げかけられた。

「どうですか、荷物を盗ったのはこの男でしたか」

問われたお婆ちゃんは、困り果てたようにおずおずと口を開く。

「あの、そうおっしゃられましても、お顔ははっきりとは見ておりませんので――困りましたねえ」

警備員の三人は、その答えに揃って顔をしかめた。

「顔はともかく、他の特徴は一致しませんか」

「そうですね、お洋服は灰色でしたかねえ」

「へえ、灰色ときたか。だったらよく見てくれよ、俺の服はどう見たって灰色にゃ見えないよな」

と、出っ歯の中年男は、オレンジのブルゾンの胸を張ってせせら笑った。

「そうですねえ、違うのかしら――ねえ、エッちゃん、判る?」

お婆ちゃんは身をよじって、背中の後ろに隠れている女の子の肩に手を回した。

「さっき走って行ったおじちゃんは、このおじちゃんだったかしらね」

尋ねられても、女の子は俯《うつむ》いたまま、一言も発しようとはしない。大人達が難しい顔を並べているこの状況を、恐がっているのは明らかだった。

「あの、お取り込み中すみません」

怯える少女がかわいそうで、集中した視線を逸らすべく、葉月は口を挟んだ。

「これ、お返しします――あ、私はただの通りすがりの者です」

我ながら妙な云い草だとは思ったが、間違っているわけではないのでそれ以上は云わずに、葉月はお婆ちゃんにハンドバッグを手渡した。

「あらまあ、あなたが拾ってくださったんですか。どうもありがとうございます」

思い違いをして頭を下げるお婆ちゃんに、葉月は手を振って、

「いいんです――それより、中を確かめてください、なくなってる物がないかどうか」

「あ、はい、そうですね、では失礼しますよ」

お婆ちゃんはうなずいて、バッグの中身を確認する。様子を見る限り、どうやら紛失している物はなさそうだった。

「えーと、それじゃこっちも返しますね」

猫丸が歩み出て、財布を差し出して云う。

「こっちは多分、中身がなくなってると思うんですけど」

お婆ちゃんは、すぐに財布を開く。猫丸の云うとおり、中はからっぽだった。

こいつ、いつの間に見たんだ――葉月は横目で猫丸を見ながらそう思った。カメラの扱いも判らぬ鈍《どん》くさい男だと思っていたけれど、意外と目端《めはし》が利くのかもしれない。

警備員達がにわかに色めき立った。被害総額が明確になったからだった。

お婆ちゃんの申告によると、財布には五万円ほどの現金が入っていたそうだ。それがきれいさっぱりなくなっている。盗られたのは紙幣だけで、小銭入れはバッグの中にあったから、こちらは手付かずだったそうである。

そうか、走って逃げている間に抜き取ったんだ――葉月はそれに思い当たった。財布とバッグを別々に放り投げてきたのはおかしいと感じていたのだが、あれは、バッグから財布を出して中の紙幣だけを抜き取り、その直後に捨てたからに違いない。現金の実入りが大きいから荷物は不要と判断したのと、時間稼ぎのために――。つまり、葉月達に荷物を放ったのは、現金を抜いたすぐ後のことで、財布をバッグにわざわざ戻す必要もないから、だから財布とバッグは別々だったわけなのだ。ということは、その現金が今、どこにあるかというと――。

「な、なんだよ、俺は金なんぞ持ってないぞ」

皆が同じことを考えたらしく、全員の視線が出っ歯の男に注がれた。

「本当に持ってないんだったら――よし、なんなら身体検査でも何でもしやがれよ」

出っ歯はじたばたと、手袋を外し、自分の財布を引っぱり出し、ズボンとブルゾンのポケットを裏返し、あまつさえ上着まで脱ごうとしている。財布には数千円しか入っておらず、ポケットからはティッシュやマッチや居酒屋の生ビール割引券といったガラクタしか出てこなかったけれど——しかし、脱ぎかけた男の上着に、葉月は注目していた。

リバーシブル——目にも鮮やかなオレンジのブルゾンの裏地は、見覚えのあるグレーだった。

「ちょっと、ねえ、猫丸さん、あのブルゾン」

葉月は、隣に立つ猫丸を肘でつついた。猫丸もうなずき返してきて、

「うん、僕も気付いた、裏返してたんだね」

「セコい手、使いますよね」

「確かにセコいけど、でもそれだけじゃあの人が犯人だって証拠とは云えないしねえ」

「けど私は確信あります、間違いないです、絶対あの人」

「だったらさっきそう云えばよかったのに」

「——そう、それで私も困ってるんですよね」

今頃云っても信じてもらえないだろうし、まったくもって苛立《いらだ》たしい。初めから後ろ姿だけを確認しなかったのが、返す返すも悔やまれる。

「こうなったらとことんまで調べてもらおうじゃないか、徹底的によ。俺が金持ってるかどうか、とっくり見やがれ」

上着を脱いだ出っ歯の中年男は、今度はシャツのボタンを外している。

おいおい、このおっさん本気だよ、勘弁してよ、おっさんが脱いでも誰も喜ばないぞ、そんなもん見たくないってば——葉月は呆れたが、警備員三人組は慌てたようで、

「おい、あんた、やめなさい」

「こんなところで何するんだ」

「落ち着いて落ち着いて」

「やかましいやい」

出っ歯は、警備員達を一蹴《いっしゅう》した。

「疑われたんだから、こっちにだって意地があらあ。これも濡《ぬ》れ衣《ぎぬ》晴らすためだ、よく見てやがれ、白黒はっきりつけようじゃねえか」

「まあまあ、あんた」

「そんなに興奮しなくても」

「よしなさいって」

「うるせい、冤罪《えんざい》かけられたこっちの身にもなってみろってんだ。さあ調べやがれ、身体検査してくれよ、ご自由にどうぞってなもんだ、畜生め」

出っ歯の男の剣幕に、とうとう女の子が泣きだしてしまった。お婆ちゃんの腰の辺りに顔を埋め、大きな声をあげて泣いている。お婆ちゃんがうろたえてそれを宥《なだ》め、出っ歯の男はさらに暴れて声高に怒鳴り、警備員達が押し止《とど》める。修羅場の様相を呈してきた。

あの子、かわいそう——葉月は、阿鼻叫喚《あびきょうかん》の混乱の中、お婆ちゃんの腰にしがみついて泣きじゃくる女の子を見て、そう思った。せっかくお婆ちゃんと動物園に来たのに、こんなことに巻き込まれて——かわいそうだ。でも、お婆ちゃんと二人で来るなんて、ご両親はどうしているのだろうか。共稼ぎで、休日出勤も辞さない忙しい家庭なのだろうか。お休みなのにお父さんもお母さんも相手をしてくれなくて、あの子、どこかへ遊びに連れて行ってもらえないからぐずって、それで見かねたお婆ちゃんが動物園に連れて来てくれたのかもしれない。あのお婆ちゃん、おっとりした感じだから、もしかしたら田舎の人ということも考えられる。息子夫婦が忙しくて孫に構ってやれないのがかわいそうで、上京して慣れない人ごみの中を動物園に連れて来てあげたのかも。でも、ひったくりなんかに遇《あ》っちゃって、気の毒だなあ。いや、もしかしたら、ご両親とも健在じゃないのかもしれない。離婚か死別か判らないけれど、片親しかいなくて、あの子、普段からあんまり世話をしてもらえない子で、たまの休みにお婆ちゃんが動物園に連れて行ってあげるって云ってくれて、もう嬉しくって何日も前から指折り数えて待ってて、絶対にお気に入りの赤いスカート穿《は》いて行こうって決めてて、それで今日やっとゾウさんやキリンさんやカバさんに会えて、物凄く物凄く嬉しかったのに、帰る間際に悪い人がお婆ちゃんの荷物盗んで、こんな大騒ぎになっちゃって、大人が揉み合って大きな声で怒鳴ってるから恐くて心細くて泣いちゃって、かわいそうに――。

「と、とにかく事務所の方に――そこでお話を」

ひときわ大きな警備員の声で、葉月は夢想モードから現実に引き戻された。はっとして顔を上げると、劣勢になった警備員達は、とりあえずこの場を収める選択をしたようだった。

「こんなところではあれですから、事務所でお話を聞くということで、ここはひとつ穏便《おんびん》に――」

年配の警備員の一人がそう云い、若い警備員はすっかりしおれてしまっている。せっかく犯人を捕まえたと思ったのに証拠がなくて、お手柄が一転して冤罪になりかけているのだから、無理もないことだろう。対して、出っ歯の中年男は自信たっぷりに、

「おう、望むところだ、気の済むまで話してもらおうじゃないか」

余裕いっぱいの表情で、にやにやしている。

「煮るなり焼くなり好きにしてくれよ、身ぐるみ脱ぐから調べてくれ。その代わり、何も出てこなかったら、どう落とし前つけてくれるのか、楽しみにしてるぜ」

完勝を確信しているみたいなその態度を見る限り、どうも開き直りやはったりではなさそうだった。この様子では、本当に証拠が出ないかもしれない。そうなったら、どうやって収拾をつけるのだろうか。葉月は大いに心配になってきた。

そして一同はぞろぞろと連れ立って——出っ歯の男は大威張りでにやにやと、警備員三人組は当惑の体《てい》で、そしてお婆ちゃんはまだベソをかいている女の子をあやしながら——行ってしまう。警備員達は今後の対応と対策を考えるのに——もちろん自分の立場の心配も——手いっぱいらしく、誰も葉月には声をかけてこなかった。荷物を返してしまったことで、どうやらお役ご免となったらしい。

遠くから騒ぎを見物していた野次馬も、ぱらぱらと散ってしまい、葉月は、またもや猫丸と二人きりで取り残された。少し涼しい風が出てきて、辺りは昼の明るさが徐々に失われつつある。

「やれやれ、とんだことに巻き込まれましたね」

と猫丸が、ちっとも迷惑そうではなく、むしろハプニングを楽しんだとでも云いたげな顔で云ってくる。

「ホントに——でも、あの子、かわいそう。せっかくお婆ちゃんと動物園に来たのに、あれじゃ悪い思い出だけが残っちゃいますよ」

「確かに、ちょいと気の毒ではありますね」

「どうしましょう——私、あの男が犯人だって判ってるのに云えなくて——あの子に悪いことしちゃった」

責任を感じていた葉月が俯くと、猫丸は相変わらず呑気な声で、

「まあ、ね」

「私、今からでも云ってきた方がよくないですか」

「うーん、どうかなあ——でもまあ、警備員さん達も引っ込みがつかなくなってるから、必死で考えてすぐに気付くんじゃないかな。いや、お巡りさんが来て気付くかもしれない」

「気付くって——何を？」

何か知っているみたいな猫丸の言葉に気を取られて、葉月はついぞんざいな口の利き方になってしまった。

「ねえ、何か気付いてるの——だったら云わなくちゃダメじゃない」

「うん、でもねえ、今さらしゃしゃり出て行くのもカッコ悪いような気もするしなあ」

煮え切らない猫丸に、葉月はいらいらして云った。

「カッコなんてどうでもいいでしょう。あの子がかわいそうだと思わなかったの」

「うん――そりゃ、まあ」

「だったら知ってることは云わなくちゃ。私にできることがあったら手伝うから。あの子のために何かしてあげたいよ」

「そうですねえ――まあ、知ってることって云うか、考えついたことなんですけどね」

とぼけた顔つきで、再び意味ありげなことを云い、猫丸はゆっくり歩き出す。

「まあ、立ち話も落ち着かないから、そこで座って話しましょ」

近くに木のベンチを見つけると――エゾヒグマとは斜め向かいの、サイの檻の前だ――ひょいと身軽に、一人で勝手に座ってしまう。円柱形の灰皿が備えつけてあるのを確認してから、猫丸は煙草を取り出し、火をつけた。お気楽そうに煙を吐く猫丸の隣に、葉月も腰掛け――知り合ったばかりの男とこんなところに並んで座るのもちょっと妙だと思いながらも――早速、聞いてみる。

「で、何なんですか、考えたことって」

「まあそんなに慌てずに――長尾さんもせっかちな人ですねえ」

くわえ煙草で、少し呆れたように云うと、猫丸はあまり長くない足を組んだ。そして云う。

「僕の話はただの可能性の話であって、完全に本当に確実ってわけでもないんですよ。それでも構いませんか」

「いいですよ、なんだって。とにかく早く教えてよ」

「そうやってせっつくんじゃありませんってば——本当にもう、せっかちな人なんだから」

と、じらすようにのんびりと煙草を吸って、

「それで、長尾さん、さっきあなたは、ひったくり犯人はあの男に間違いないって云ってましたけど、それ、断言できます？」

「うん、絶対、保証する」

葉月はうなずく。

「あのリバーシブルでちょっと惑わされたけど、体形や体つきからして間違いないです。こう見えても、私、デザインのプロ」

「ははあ、なるほどねえ——」

と猫丸は、感心したみたいにまん丸の目を一層大きくすると、

「そういう人の意見は尊重した方がよさそうですね。確かに僕も、あの男がひったくり犯人だってことには同意します。さっきのあの居直り方は——証拠がないからって嵩《かさ》にかかって上手《うわて》に出る態度といい——とうてい無関係の人には見えませんでしたからね。でもね、その証拠がないってのが、やっぱりネックなわけなんですよ」

「そうですね、せめて盗んだお金が出てくればいいんだけど——」

葉月が云うと、猫丸は煙草の煙を吐きながら、

「そう、しかし、あの様子じゃ本当に持ってないとしか思えませんね。これから身体検査もす

るんでしょうが、あれだけ調べろって自分から主張するくらいだから、多分お金は見つかりませんよ」

「うん、あれはブラフには見えなかった——だったらやっぱり、持ってないんでしょうね」

「あの男は、印象を変えるために服を裏返して着直していました。少なくとも捕まるまでに、それだけの時間の余裕があったことになりますね。とすれば、証拠として一番肝心のお金をどうにかする時間も、きっとあったはずだと思いませんか」

「そうね、だったらそのお金の行方を考えればいいんじゃないの——例えば、どこかに捨てた、とか」

葉月は思いつきを口にしてみたが、猫丸は即座に首を振った。

「けど、そんな感じはしませんでしたよ。あの男の様子は、してやったりって云わんばかりの態度だったと思いませんか。まんまとうまくやったぞって感じで——」

なるほど、猫丸の云うことにも一理ある。あの、最後に見せたにやにやした笑いは余裕綽々《しゃくしゃく》で、せっかくの獲物を捨ててしまったようには見えなかった。

「だったら、どこかに隠したっていうのはどう？　隠した後だったからあんな態度も取れた——。それで、無罪放免になってから、ゆっくり回収しに来るつもりだった、とか」

葉月の考えに、再び猫丸は首を横に振る。

「隠しといたって探されれば見つかっちゃいますよ。あの男の逃走経路は、警備員の人も追っかけてたから知ってるわけだし——放免してからこっそり尾行されたり、回収しに来たところを見張られてたら、万事休すでしょう。そうなったら、もう云い抜けはできませんよ。それに、僕に投げてよこした物が財布だったってことを思い出してくださいよ。隠すんだったら、財布ごと隠せばいい道理でしょ。走って逃げている最中に、わざわざ財布から現金だけを抜き取る手間をかけるくらいならば、財布ごと隠せばいいだけの話なんですから——。つまり、僕がカラの財布を受け取ったという事実が、お金を隠してなんかいないって根拠になるわけですよ」

「それじゃ、犯人は実は二人組で、ひったくりを働いたのはもう一人の共犯者だったってのはどう？」

「何云ってるんですか。僕達に荷物を放り投げて行ったのはあの男だって、断言したのは長尾さんですよ」

「うん、だからそうじゃなくて、ひったくりをしたのは別の共犯者で、あの男は荷物を受け取って逃げるだけの役目だったってこと」

「何のためにそんな余計な手間をかける必要があるんですか。そういう段取りだったなら、あの男は捕まる前に、バッグも財布もその辺のゴミ箱か何かに放り込んで、素知らぬ顔をしてればいいだけの話じゃないですか。実行犯じゃないんだったら、荷物さえ手放してしまえば、云い逃れることは簡単でしょうからね。僕達に荷物をパスして無関係の人間を巻き込むことで、警備員の足止めと時間稼ぎを図ったんですから、そんな手口を使ったんじゃないことは明らかでしょう。それに、二人組だったら、ひったくりなんてケチなことせずに、もっとリスクの少ない盗みを目論《もくろ》みますよ、普通は」

「あなたがグルでないって保証は?」

葉月の言葉に、猫丸は一瞬呆気に取られたようにぽかんとしたが、すぐに破顔一笑して、

「やだなあ、もう、勘弁してくださいよ——僕が共犯なら、今頃こんなところで悠長にあなたと話なんかしてないですよ。最初の段階で、とっととんずらしてますって。それこそ財布をパスしてもらって、警備員が来る前にずらかればいいだけなんだから——。あの時、長尾さんと一緒にいて財布を投げられた時に、僕が共犯だったら、あっという間にあなたの目の前から消えて見せましたよ」

確かに、それはそうだろう。猫丸の足の速さが、短距離ランナーがはだしで逃げ出すほどであることを——一緒に走って息切れしたから——葉月は身をもって知っている。あの脚力ならば、逃げ足も相当なものだろう。

「じゃ、お金はどこへ行っちゃったって云うんです?」

思いつきを次から次へと否定されて、半ばふてくされ気味に葉月が聞くと、

「そう、そこがこの一件のポイントになると思うんですね」

猫丸はそう云ってから、短くなった煙草を傍《かたわ》らの灰皿に押しつけて火を消すと、

「その前に、もうひとつ肝心のポイントを見逃してはいけないと思うんですよ」

「もうひとつ——?」

「そう、なぜこの場所を犯行場所に選んだかっていうことを」

「どういうことですか、それ」

葉月の問いに、眉の下まで垂れた長い前髪をひょろりと指でかきあげて、猫丸は、

「スリやひったくりや置き引きっていう種類の犯罪を犯すのに、一般的に考えて、犯人はどういう場所を選定すると、長尾さんは思いますか」

質問に質問を重ねる形で、聞いてくる。葉月は少し考えてから、

「それは、人で混雑しているところや、不特定多数の人が集まる場所——でしょう」

「そうですよね、それが普通です。で、さっきのあの男ですけど、場馴れしているように感じませんでしたか」

「うん、それはまあ、そう思いました」

話の流れがよく呑み込めなかったけれど、葉月は一応うなずいておいた。猫丸が聞いたのは、あの男が常習犯のように見えたかどうかということなのだろう。それは確かにそう感じた。指紋のことを考慮して最初から手袋をしていたことや、警備員に切った啖呵《たんか》といい開き直った態度といい、それはずっと思っていたことだった。

「それでね、長尾さん——ひったくり初体験とは到底思えないあの男が、どうしてこんな場所を犯行に選んだのか、そいつをひとつ考えてほしいんですよ」

「え——どういうこと？」

猫丸の問いかけは、繋《つな》がりなくあちこちへ飛ぶので、いちいちどうにも意味が摑みにくい。

「つまりね、どうして動物園なのかってことなんです。ちょっとした出来心だったんならともかく、ひったくりに慣れてる犯人なら、なるたけ捕まる危険を避けるはずでしょう。でも、動

物園ってのはぐるりを囲まれてて出入口もふたつみっつしかない——要は、退路を確保しにくいんですね。広い東京、他にもスリやひったくりに適した場所はいくらだってあるでしょうに——。休日なんだから、人がいっぱい集まっているところは他にもあるのに——。そもそも動物園なんて、家族連れやカップルばっかりなんだから、男一人で来てたら目立ちますよ。駅でも野球場でも競馬場でも、男一人で紛《まぎ》れ込んでも人目に立たない場所なんぞ、これもいっぱいあるだろうに、どうしてあの男は今日の仕事場に動物園を選んだのか——ね、ちょっと引っかかると思いませんか」

なるほど、そう云われてみればそうかもしれない。現に葉月も、一人で来ていて気後《きおく》れを感じたものだし、猫丸を見かけた時だって男一人で変な奴だと感じもしたし——。

「そこで、さっきのお金をどうしたのかって話に戻るんですけど——彼がここに来たのは、何か動物園ならではの盲点となる隠し場所があるからなんじゃないかって、僕はそう想像してみたわけなんです」

「動物園ならでは——？」

鸚鵡《おうむ》返しに云う葉月に、猫丸は仔猫みたいなまん丸い目でうなずいてから、新しい煙草に火をつけた。ふわりと風にさらわれる煙を見ているうちに、葉月の頭の中で閃《ひらめ》くものがあった。

「動物園って云えば——動物がたくさんいるってことよね」

「うん、まあ、そうですね」

細い指先で煙草をつまんだまま答える猫丸に、葉月は少し勢い込んで、

「そうか、だんだん判ってきた——。犯人は動物の習性を利用したって云いたいんでしょう。例えば、ある種のリスやネズミはエサを巣に運んで隠す習性がある——だから犯人は何かの容器に、ほら、コインを入れてがちゃがちゃって回すと玩具《おもちゃ》が出てくるあのカプセル、ああいうカプセルみたいな容れ物にお金を入れて、動物の柵の向こうに投げてやればそうすれば——動物がエサと間違って巣に持って行って、人の目から隠してくれる。リスやネズミじゃなくて、サルでもいいかもしれない。サルも物を隠しそうだし——。それかゾウに丸呑みさせるって手もありますね。エサの干し草の山にカプセルを投げ入れれば、お金はゾウのお腹の中へ隠れてしまう。そうすれば誰も気が付かない——まさか、ゾウのお腹に盗品が入ってるなんて。それともペンギンかも——ペンギンは足の間に卵を抱いて温める習性があるから、ペンギン山にカプセルを放り込んでおけば、あとは勝手にペンギンが身を挺して隠してくれて、これも見つからなくなっちゃう。それから他の動物だと後は——」

「いや、あのね、長尾さん、いくら何でもマンガじゃあるまいし、そんな無茶な」

夢中で喋っていて気が付かなかったが、猫丸は少し困ったような顔になっていた。

「動物ばっかりそんなに並べ立ててどうするんですか。もっと現実的に、動物園ならではのことに注意を向けてくださいよ」

「あ、そう——」

マンガ扱いは随分だとは思ったけれど、さすがにいささか子供じみた考えだと思い直して、葉月は周囲を見回してみた。

もうだいぶ陽も暮れかけてきた動物園。動物園――わざわざここを選んだ理由。どうしてひったくり犯は、この場所で仕事をすることにしたのか。動物園――なぜだろう。

葉月は何度も、辺りを見渡す。

動物園――柵があり、檻があり、木が植えてあり、通路がある。ただの動物園だ。そして空を見る。夕焼けの色に染まり始めた空。カラスらしき鳥影が、高く上空を飛んでいる。カラス――そうだ、カラスがいる。動物達のエサを奪うために、カラスがスズメが、ハトが来る。今日はたくさん、その姿を見た。ダチョウの檻に入り込んで、エサを横取りしていたスズメとハト。休憩所にいたカラスの大群。我が物顔にふるまっていた都会の野鳥。動物園の係の人も追い出すわけにはいかない鳥――。

「そうか、鳥」

いつしか葉月は、考えを言葉に出していた。

「ここはエサも豊富だし、身を隠す木もあちこちにあるから鳥が集まる。たくさんの鳥が出入りしているから、その中に一羽くらい毛色の変わったのがいても、誰も気になんかしないだろうし――そう、伝書鳩。これでしょ、猫丸さん」

葉月は、向き直って云った。

「球場や競馬場なんかの普通の人ごみでハトが飛んだら凄く目立つけど、ここなら全然目立たないでしょう。伝書鳩の足にお札を括《くく》り付けて飛ばせば――ハトは一人で家に帰ってくれるから、後でゆっくり回収できる。あの荷物の小銭入れが手付かずで残っていたのも、足に巻き付けることができなかったから——って云うか、重いし。そうでしょ、動物は動物の中に隠す——それを狙ってこの場所を選んだ、そういうことね」

云い切った葉月の顔を、猫丸は目を白黒させて見つめていた。特徴的な仔猫じみたまん丸の目で——。手にした煙草は吸うのを忘れられ、半分がた灰の棒と化している。

「いや、なんともまあ、変なことを考える人ですねえ、あなたは——」

びっくりしているのか呆れているのか、やがて猫丸はしみじみと詠嘆するかのように云った。そして、フィルターだけになった煙草を円柱形の灰皿に捨てると、

「まさかそんな妙なこと考えつくなんて——突飛な人だなあ。長尾さんって外見の印象とまるっきり違う人なんですね」

だったらどういう印象持ってたのよ——と聞きたくないでもなかったけれど、今はそれどころではないので、

「違うの？　伝書鳩」

「違うと思いますよ、多分——昔の少年向け探偵小説じゃあるまいし、実際の犯罪にハトを使うなんて、そんな時代錯誤のひったくり犯なんか現実にいるとは思えませんね。小銭に手を付けなかったのは、小銭入れが小さくて、逃げながら軍手をはめた手でバッグから出しにくかっただけのことだと思うし——それにだいたいあの男、ハトを運ぶためのバスケットとかそういう容れ物なんて、何も持ってなかったじゃありませんか。ついでに云えば、走って逃げてる最中にハトの足に紙幣を括り付けるなんて、そんな細かい作業なんかできっこないですよ」

「あ――そうか、それもそうね――」

愉快そうに云う猫丸に、葉月は肩をすくめることしかできなかった。悪くないアイディアだと思ったが、簡単に論破されてしまった。

「だったら、猫丸さんが考えたことって何なんですか」

「うん、まあ、僕の考えなんて当たり前すぎてつまんないですけどね、長尾さんに較べれば――」

と、猫丸はちょっとばかり皮肉っぽくにんまりと笑うと、

「僕が云う動物園ならではってことは、要はこういうことなんですよ――動物園というのは、柵の向こうの動物を安全に見物する場所だってこと」

「そんなの当たり前じゃない」

少し落胆して、葉月は云った。もっと意外性のある答えを期待していたのに。

「だから当たり前だって云ったでしょ――でもね、その当たり前だって思うところが問題なんです。当たり前だと感じる先入観が、往々にして見過ごしや盲点を生む原因になるんですから。えーと、そうですね、例えば――」

と、また煙草をくわえて火をつけ、猫丸は、

「そう、例えば、デパートやコンサート会場なんかで『ここから先はお客さまの立ち入りはご遠慮ねがいます』って書いた立て札があったとしますね――そういうのを見て、長尾さんはどう思いますか」

「どう思うって云われても——特にはなんとも思わないけど——ただ、入っちゃいけないんだなって思うだけで」

「どうして?」

「だってそっちから先は、私には関係ない場所だもん。楽屋とか従業員の控え室とかあって、一般客は入れないわけでしょ」

「そう、でも、たまにはちょいと入ってみようって悪戯心《いたずら》を起こす不心得者もいるでしょうね」

「そりゃいるだろうけど」

「つまり、その『立ち入りご遠慮ねがいます』の文字には、あんまり重みがないわけなんですね。そんなとこ入っても、ちょっと怒られてつまみ出されるだけだから、大きな抵抗感はないわけで——」

猫丸は、ゆっくりと煙草を吹かしながら云う。

「でね、長尾さん、今度はあなた、原子力発電関連の施設か何かを見学に行ったとしましょうや。そういう場所で、見学コースから外れたところに『危険・立入禁止』なんていう表示があったら、そこにこっそり入ってみようって悪戯心を起こす入って、いると思いますか」

「多分、いないと思う」

「どうして?」

「だって——危ないじゃない。原発の施設なんでしょう。もしかしたら放射能レベルが高い場所かもしれないんだから、恐くて入れないよ、そんなとこ」

「そうでしょう――これではっきりしましたね、同じ『立入禁止』の表示でも、原発とデパートという違うところにあるだけで、言葉の持つ重みに大きな差があるわけなんですよ。『立入禁止』の意味は同じでも――どう表現したらいいのかな、つまり、禁忌感が強い場所と弱い場所があるってことになります。強い禁忌感がある場所だと、多くの人が先入観を持ってしまって、ついうっかり、ここから先は誰も入れないと思い込んでしまう――そこで、あれを見てください」

そう云って猫丸は、華奢《きやしや》な指先で、道の向こうを指さした。葉月がそちらに目を向けると――そこは、さっき警備員がひったくり犯人と押し問答をしていた場所――エゾヒグマの寝床がある建物だった。猫丸が示しているのは、その建物に付いている鉄扉で、そこには紛れもなく「立入禁止」の表示があった。

「立入禁止――」

葉月が思わず声に出してそれを読むと、猫丸は煙草の煙を大きく吐いて、

「そう、立入禁止、です。どうでしょう、あれも結構、禁忌感が強いとは思いませんか。猛獣、それもエゾヒグマなんてデカいクマがいる建物はやはり、危険だから入れないという先入観が働いてしまうものではないでしょうか。要するに、あのドアは禁忌感と先入観のせいで、ちょっと見えにくいドアになっちゃってるんですね。ドアはただのドアでしかないのに――」

そう云われてみれば、葉月もさっきあそこを見た時に、完全に行き止まりだと思ったのだっ

た——。確かに、ドアはただのドアでしかないのに、まだ先があるのに、ひったくり犯人がどんづまりに追い詰められたのだ、と感じてしまった——。

「動物園というのは、柵の向こうの動物を安全に見物する場所だって、さっき云いましたよね」

猫丸は続ける。

「一般客が決められたルートしか歩かないのは、猛獣は危ないし大型の動物にあんまり近寄るのは恐いし、フンやら何やらで汚れているところはあるしで、余計な場所に入りたくないっていう禁忌感が働くからなんですね。それに警備員の人達にしたって、彼らは人を対象に警備をするのが担当ですから——さっき、ひったくり犯を追いかけたみたいに——動物のプライベートスペースは管轄外だという先入観が、常日頃からあることでしょう。動物の相手はあくまでも飼育係の仕事であって、自分達の守備範囲はお客さんのトラブルだけだという先入観が——」

煙草をくゆらせながら、猫丸は云う。

「さっきデパートの例を出した時に、長尾さんはこういう云い方をしましたよね。そっちから先は私には関係ない場所だ、と——。私には無関係だ、という思い込みがあって、さらにその上にヒグマの『立入禁止』の重みがあるあの場所では、大抵の人が先入観にとらわれた判断をしてしまいがちなんですよ。自分とは無関係だから、ついうっかり見落として、頭の中でないものとして決めつけてしまう——ドアはそこにちゃんとあるのに」

確かに、そういう判断をすることはある。今日の昼間、入園した時の葉月も、鳥類のエリアは自分とは関係ないからと思い、頭の中の地図から抹消した――猫丸の云っているのと同じことを、ほんの数時間前に葉月自身が経験したばかりなのだ。

「まあ、ややこしい話をしてしまいましたけど、結局、僕が考えたのは簡潔に云ってこういうことなんです。警備員に追われているひったくり犯が、なぜ、逃げやすい人ごみや出口に向かわずに、あんなどんづまりにしか見えないような場所に逃げ込んだのか――。ね、不自然でしょ。だから僕は、そこに引っかかったんですよ」

猫丸は、短くなった煙草を灰皿で潰《つぶ》して云う。

「犯人は身体検査を自ら望んでいる様子だったから、盗んだお金を隠し持っているようではありませんでした。そしてあんな、行き止まりみたいな不自然な場所に逃げ込んで、そこで捕まった――で、見ればそこにドアがある。だからこれは、あのドアの中にいる人にお金を渡したと考える他はないなって、そう思っただけの話なんですよ」

「え、それじゃ、あの人が――」

葉月は驚いて、エゾヒグマの檻の中を見た。水色の作業着の男の人が、ちょうど掃除を終えたのだろう、デッキブラシ片手に、ヒグマの寝床の建物へ入って行くところだった。

「ひったくり犯人は追われていて、相手は若い警備員だから、体力差もあってこれは逃げ切れないと判断して――でも、盗んだ物を身につけていなければ、云い逃れることも難しくありません。そこで、時間稼ぎに僕達を利用した上で、あの『立入禁止』のドアの向こうの人にお金だけを渡したんじゃないでしょうか――まさかエゾヒグマなんて猛獣と盗みという人間くさい行為を結びつける人も少ないでしょうし――とまあ、こんな段取りだったんだと思うんですけどね。そのドアが、ちょいとばかり見えにくいドアだっただけの話で」

「そんなのズルいですよ。さっき、共犯なんかいないって云ったの、猫丸さんじゃないですか」

「そんなこと僕は云ってませんよ、二人組じゃないって云っただけで」

猫丸はしれっとした顔をしている。

「そんなのありだったら、最初の警備員が仲間だったってことでもいいじゃない」

「それは無理ですよ。もしあの警備員がグルなら、あんな捕り物騒動になんかなるはずはないんですから。追いかける振りだけして、上司には見失ってしまいましたって報告すれば、それで済む話でしょ。わざわざ仲間を捕まえなくても」

「けど、あの掃除の人にしてみれば、ここは自分の職場なんでしょう。そんなところで仲間に盗みなんかさせるかな」

「だからね、僕が思うに、あの人は仲間なんて大それた立場じゃないと思うんですよ。積極的に犯行に加担していないところを見ると、あくまでもただの保険なんじゃないかって、そんな感じがするんですけどね」

「保険――?」

「そう。犯人にしてみれば、スリやひったくりなんて、中年男が一人でいると目立つ動物園でわざわざやらかさなくてもいいんだから、たまたま知り合いがここで働いているのを利用しただけなんじゃないかって思うんです」

「利用って、どういうこと」

「ひったくりをした後、うまく逃げられればそれでよし――でも万一、今日みたいに警備員に見つかって追いかけられるハメに陥った場合を想定して――それで保険を掛ける意味で、知り合いに頼み込んだのかもしれない。いざという時だけ頼むぜ――と。あの掃除の人は、いやいや片棒を担がされたのかもしれませんね」

嫌がっているのに盗みの片棒を担がされる――そういうストーリーはよく聞く。この前、ドキュメンタリー番組でやっているのを見た覚えがある。刑務所を出てから、また悪事に手を染める人が後を絶たないのは、多くの場合、昔の仲間の誘いを断り切れずに、ついずるずる引きずられて――なのだそうだ。だったら、あの掃除係の人とひったくり犯人も、そういう昔の仲間だったのかもしれない。前は一緒に組んで泥棒か何かをやっていて、片方だけが捕まって刑務所に入れられて、それでやっとの思いで出てきてから、改心してこれから、真面目に働こうと心を入れ替え、ようやくこの動物園に働き口をみつけ、日々一所懸命に実直に働いて、それでも昔の負い目があるから同僚ともあまり打ち解けられずに、一線を引いた態度しか取れずにいて、たまには一杯つき合えよ、なんて誘われても、いえ自分は酒は呑めません、不器用ですから、なんて答えて、あいつは無口で変わってるなあ、なんて評判立てられるけど、でも真面目に働いてるからいいんじゃないか、とか云われて一応平穏に暮らしてたけど、突然、昔の悪い仲間が訪ねてきて、おい、動物園の掃除の仕事なんかしてるそうじゃないか、だったらちょっと手を貸してもらいたいんだけどな、って持ちかけられて一度はきっぱり撥《は》ねつけるんだけど、ムゲに断るなんて冷たいじゃねえか、お前の昔の姿を今の同僚は知ってるのか、なんて過去の前科の話をちらつかせて脅されて悩むんだけど、やっと見つけた働き口を失うわけにはいかないし、奥さんが身重《みおも》でこれから子供が生まれるという大事な時に失職するわけにはいかないし、世話になってる園長さんへの義理もあるけど、悩むたびに奥さんの顔が頭にちらついて、どうにか手に入れた小さな幸せが壊れるのが恐くて、苦渋の選択を強いられた末に、とうとう昔の仲間の要求を呑むしかないと悲しい決断をしたのも奥さんのために――。

「さっきの動物に隠させるって話、実はいい線いってたのかもしれませんね」

いきなり猫丸が云い、葉月の夢想モードが断ち切られた。安手のメロドラマみたいな世界に浸り込んでいた意識を現実に戻すと、猫丸がまん丸い目を柔和に笑わせている顔がそこにあった。

「ゾウやペンギンに隠させても、後で回収するのには結局、係員の協力が不可欠なんですから、僕の考えたこととよく似てますからね」

猫丸はそう云って、長い前髪をくるりと指で弄《もてあそ》んでいる。空想の残滓《ざんし》がまだ頭に残っている葉月は、少しぼんやりしながらも口を尖《とが》らせ、

「でも、要するに事後共犯がいたってだけの話でしょ――つまらないよ、そんなの」

「そう、つまんないですねえ。まあ、現実はえてして、散文的な結末になることが多いわけだ

し——。そりゃ僕も、面白いことの方が大好きなんだけど」

猫丸は、丸い目で空を見上げて云う。どうでもいいけどこの男、最初に見た時はおバカとしか思えなかったけれど、今の話の語り口のうまさといい、案外頭の切れる人なのかもしれない。どちらにせよ、ユニークな人物であることは確かである。と、そんなことを考えながら葉月は、

「面白いって意味では、私の考えの方が楽しかったでしょ、伝書鳩、とか」

「そうそう、あれは僕も好きだなあ、どこかレトロな情緒があって——。あんなこと突然思いつくなんて、長尾さんって想像力が豊かな人なんだなあって感心しましたよ」

猫丸は何気なく云ったようだったが、ふっと体が軽くなるのを、葉月は感じていた。まるで、重い肩凝りが一瞬で消し飛んでしまったかのように——。

想像力が豊かだと云われた——葉月は躍り上がらんばかりに嬉しかった。「君の想像力が枯れちゃったんじゃないかって云う人もいてね」——昨日の課長の言葉が、色褪《あ》せていく。あんなおっさんにそんなこと云われる筋合いはない。猫丸みたいにユニークな人に誉められたんだから、そっちの方がよっぽど重みがある。同じ「立入禁止」の言葉でも、場合によって重みが違うのと同じで——。俄然《がぜん》、自信が湧いてきた。そう、大丈夫だ。まだまだやれるぞ、私は。ずっと営業なんか行ってたまるか。ずっとデザイン課に居座り続けてやる。まだいけるんだ。ずっとずっと、がんばっていけるぞっ。

「さてと、それじゃ、ちょっくら様子でも見に行きましょうかね」

と、唐突に猫丸は、ベンチから腰を上げた。

「行くって——どこに」

尋ねた葉月に、猫丸は、仔猫じみたまん丸の瞳を向けてきて、

「ここの管理事務所ですよ。もうお巡りさんが来ていて、全部解決してるかもしれませんから。僕の想像が当たってるって保証はどこにもないんですからね。よしんば当たってたとしても、掃除の人は身元が割れてるわけだし、逃げる心配もないから、あっちを先に見てきましょう」

「そうですね、もし解決してなかったら、今の話、聞かせてあげなくっちゃ」

と、葉月も立ち上がった。すると、猫丸は、黒いぶかぶかの上着のポケットを何やらごそごそやって、

「それに、あの子の様子も気になるしね。もう泣きやんでるといいんだけどなあ」

と、妙な物体を取り出した。カチューシャ——そう云えば最初に会った時に、ポケットからプラスチックの棒が何本も突き出しているのを見た記憶がある。カチューシャの先端みたいだとは思ったけれど、まさかそのものズバリだとは予想していなかった。ただし、普通の髪留めなどではなく、動物の耳の形をした布がくっついている、猫耳カチューシャなのだ。

「えーと、何色かあるけど、長尾さんはどれがいい?」

平然と尋ねてくる猫丸に、葉月は少なからず仰天して、

「あの——何ですか、それ。猫丸さん、どうしてそんな物持ってるのよ」

「どうしてって、売店で売ってたから買っただけなんだけど——面白いからお土産にしようと思ってね」

さも当然と云いたげに、猫丸は答える。

おいおい、大の男がそんな物お土産に買うなよな——二の句が継げないでいる葉月に、猫丸は猫耳カチューシャを一本、またもや当たり前のことみたいな態度で手渡してくる。

「服の色に合わせて白がいいかな、僕は黒にするから——うん、コントラストも完璧だね」

「——で、こんな物もらって、私はどうすればいいのよ」

「いや、二人でこれつけてね、動物漫才をするんだよ、あの女の子をお客さんにして」

「動物漫才——?」

云ったきり、葉月は次の言葉が出てこない。何を云っているのか、この変な男は、もう本当に、訳が判らない。

「こないだちょいと友人のコントの舞台に出たんだけどね。演芸場借り切ってやったんだけど、僕も助っ人で参加して——ちょうど動物のネタもちょっとあったから、あれをアレンジすればどうにかなるだろう」

「どうにかって——で、できないよ、そんなの、私」

「平気平気、ほとんど僕一人で喋るから。長尾さんは適当に合わせてくれればいいだけ」

こともなげに云って猫丸は、ひょいと猫耳を頭に装着する。即席の猫男の出来上がり——。それが似合う。似合いすぎている。ただでさえ小動物的な丸い目をしているのに、童顔と全体的なちっちゃさのせいで、本当によく似合っているのだ。こんな間抜けなグッズがここまでしっくりくる男も珍しいだろう。その異様なほどのぴったり加減に、葉月は笑うことすら忘れてしまった。

「じゃ、歩きながらざっと稽古《けいこ》しとこうか」

唖然とする葉月を放っておいて、猫丸は一人でさっさと歩き出す。

「まずこう、上下《かみしも》から別々に登場ね、で、まん中に来てから、クロネコくんでーす、シロネコちゃんでーす、二人揃ってアニマルズ、よろしくおねがいしまーす。と、ここんとこ、呼吸合わせてね。で、僕の台詞。いやあ、この前、私、動物園に行ってきましてね、動物のくせに一丁前に動物園なんて、ちょっと生意気ですかね——って、聞いてます？　長尾さん」

いきなり、猫丸が振り返った。夕暮れの動物園で一人、漫才の練習に勤《いそ》しむ猫耳男——あまりと云えばあまりにもシュールな光景に、葉月は何も考えられないで立ち尽くすばかりだった。

「長尾さん、やる気出してくれないと困るなあ。あの子のために何かしてやりたいって云ったの、あなたなんですからね。動物園が悪い思い出になっちゃったらかわいそうだって、あなた云ってたでしょ。だったらせめて最後に愉快な思い出、作ってあげようよ。動物園って楽しいところなんだよって——。何でもできることなら手伝うって云ったのも、長尾さんなんですからね。まさか忘れたとは云わせませんよ。あの言葉に責任取ってもらいますからね」

そう云って猫丸は、にんまりと人が悪そうに笑った。その瞬間、インスピレーションの固まりが、ずどんと音を立てるようにして葉月の頭に落ちてきた。

そうだ、できた。これだ、新キャラクター『ねこまるたろうくん』。いや、本当に「たろう」なんて名前かどうか知らないけど——今決めた、私が決めた。『ねこまるたろうくん』は漫才師で、弟の『ねこまるじろうくん』とコンビを組んで活動している。正体は猫なんだけど、なぜか人間の振りをして芸人になっているのだ。童顔でちっちゃくて、やたらとかわいいくせに、人が悪くて口が悪くて、煙草を横ぐわえしていて、相方のじろうくんに無理難題をふっかけるのが趣味で――これはいい、いける、面白いキャラになる、絶対に人気が出る、評判になる、売れる、売れるぞお、大ヒット間違いなし。ねこまるたろうくんぬいぐるみがどしどし出荷されて、キャラクターグッズがばしばし捌《は》けて、ライセンス契約のオファーもがぼがぼ来て、私のボーナスもがばがばだあ。女子高生なんかみんな携帯ストラップにたろうくんくっつけて歩いて、Tシャツも文具もたろうくん一色に世の中を席巻《せっけん》して、たろうくんぬいぐるみがないと眠れない子供が続出して、マンガ化されてアニメにもなって高視聴率でCDも出て、映画もできて興行収入トップで社会現象になって、行く行くは千葉かどこかに「ねこまるたろうくんランド」が華々しくオープンして――。

クリスマスの猫丸

街はクリスマスによって包囲されている。

どこもかしこも至るところ、目一杯クリスマス――これでもかと云わんばかりのクリスマスムードだ。

普段から歩き慣れているはずの、会社の最寄り駅の駅前アーケード街が、いつもとは大分違った様相を呈している。都会のクリスマスは賑《にぎ》やかだ。

赤と緑のリボンで飾り立てた街並、華やかにライトアップした街路樹、イルミネーションに彩《いろど》られたショーウインドー、林立するクリスマスツリー、そこここの店の入口には丸いリース、その正体はアルバイト店員と思《おぼ》しきサンタクロースの一群、四方八方から洪水のごとく流れてくるクリスマスソング――。

いつもはちょっと気取った感じで小洒落《こじゃれ》た店が軒を連ねるアーケード街は、今日ばかりは、ここを先途《せんど》とクリスマスムードを煽《あお》っている。そろそろ日暮れということもあり、人通りも増えてきていた。行き交う人々の表情も、どことはなしに浮き立っているように見える。

まあ、それもそうか、今日はクリスマスイブなんだし――。

と僕は、いささか冴えない気分でそう思いながら、とぼとぼと一人で歩いていた。

浮かれた雰囲気の街や着飾った人々とは裏腹に、僕は普段と変わらぬ薄っぺらなコートを着て、いつもと同じように会社から出てきたところである。世間の人達はこうやって休日を楽しんでいるのに、何で僕だけ会社なんだよ――と、少々ふてくされ気味に――。

アーケード街の中ほどにある喫茶店に到着し、ここも緑のリースが飾られた扉を開くと、店の中もクリスマスムード一色だった。中央の大きなテーブルのまん中に、満艦飾の巨大ツリーが屹立《きつりつ》し――金銀のモールやプラスチックの星やプレゼントの小箱のミニチュアなどがやけくそみたいに吊り下げられている派手なツリーだ――カウンターにはポインセチアの鉢植え。ご丁寧なことに、店員がみんなサンタクロースの赤い帽子を被っている。

「お一人様ですか」

サンタ帽のウェイトレスに尋ねられ、

「あ、いえ、待ち合わせです、二人です」

僕は思わず、一人ではないことを強調して答えてしまった。クリスマスイブの夕方に一人淋《さび》しく喫茶店に入る奴だと思われたくない――と、体裁を取り繕《つくろ》ってみたわけであるが、待ち合わせの相手が相手だから、あまり胸を張れることでもないかもしれない。

店はそこそこ混んではいたけれど、幸い窓際のテーブルがひとつ空いていた。大きなガラス窓越しに、外の通りが見渡せる席だ。僕はコートを脱ぐと、迷わず眺めのいい席に腰を下ろした。

窓から、街の賑わいがよく見える。

買い物客、駅へ向かう人、散策を楽しむ風情の人――明らかに気合いを入れておめかしたと思われる若い女の子は、これからパーティーにでも繰り出すのだろうか――。みんなのんびりと歩いている。上天気のためにこの時期にしては暖かく、ホワイトクリスマスこそ望めそうにないが、誰もがクリスマスイブのひと時を楽しんでいるようである。プレゼントの包みを抱えている人もいる。ケーキの大箱を持っている人の姿も目立つ――この先に、人気のケーキ屋があるのだ。多分、そのケーキ屋は、今日は笑いが止まらないことだろう。カップルも多い。物凄く楽しそうに見える。羨ましくなんかないぞ、と無理に自分に云い聞かせても虚《むな》しいだけだから素直に認めてしまうが、物凄く羨ましい。

まあ、なにせ今日はクリスマスイブだしな――。

また僕は、小さくため息をついた。こんな日に会社の近くにいる我が身がつくづく情けない。別にデートなどする相手がいるわけでもないけど、やはり休日は休日として、せめて人並にゆっくりしたかった。

最前まで、死にもの狂いで仕事をしていたのだ。今日中に印刷所にファックス入稿しないと来年の仕事初め早々地獄を見るのは確定的になる原稿があったので――僕の仕事は雑誌の編集なのである――その処理に追われていた。休日出勤を強《し》いた印刷会社の人達に謝りの電話を入れつつ、原稿に朱を入れながら出来た順に一枚一枚ファックス送信するという綱渡りを演じ、昼食もそこそこに馬車馬みたいな獅子奮迅で――。何もかもが、〆切りを守らなかったあの男が悪いのだ。おまけにどうにか無事にすべてを片付けた後、その相手との、このあまり意味のない待ち合わせ――。まったく困ったものだ。

例によって、あの先輩に振り回されている僕なのである。

「なあ、八木沢《やぎさわ》、実はエラいことになってるんだ。接待エネルギーが切れかかってるんだよ、僕は」

先日の電話で、〆切りがとっくに過ぎた原稿の催促をする僕に、彼は平然と云い放ってくれたものだ。

「接待エネルギーって――何です」

「あれ、とぼけやがるね、お前さんは。接待エネルギーは接待エネルギーさね、接待を受けることによって原稿を書く気力体力ともに充塡《じゅうてん》するという、出版業界に古来より伝わるあの伝説のパワーの源だ」

「早い話がまたタカるつもりなんですね」

「わはははは、身も蓋《ふた》もない云い方をするね、お前さんときたら――。まあ、平たく云っちゃえばそういうこったね。毎度のごとくお前さんが会社の帳面をこう、どがちゃかしてさ」

「吞気《のんき》なこと云わないでください、時間ないんですから。もう本当にデッドエンドなんですよ」

「まあまあ、そうやって不満そうな声でもってつれないこと云うんじゃありませんよ。だから接待エネルギーが切れて危機的情況なんだってば」

「勘弁してくださいよ」

「うん、勘弁するする、接待エネルギーさえフルパワーになればね。エネルギーがないと原稿はどうなっちゃうのか、誰も知らない、僕も知らない」

あろうことか、脅しまでかけてくる。

一度甘い顔を見せてしまったせいで味をしめて、すっかり接待癖がついてしまったのだ。このところ、やたらとタカろうとする。ちょっとでもおだてたら、とことんまで調子に乗らないと収まらない人なのである。

そもそも、接待だのご招待だのは、こちらからお願いして原稿を執筆して頂いている相手に対してこそ、成立するものではあるまいか。三十過ぎのいい大人が定職にも就かずにふらふらしているのを、僕が見かねて、実録風読み物の記事を書く仕事を回してあげているというのに――あの人は自分の立場を判っているのだろうか。僕は常々、疑問に思っている。元々器用な人だから、その記事もうまい具合にデッチ上げて編集部内での評判も上々なのが、僕としては釈然としない。さらに驚くべきことに、最近では名指しでファンレターまがいの手紙が読者から届くのだから、世も末と云うべきか。そして、その情況にご当人がいい気になって胡座《あぐら》をかいているのも、僕にとっては面白くない。また、その評判のいい犯罪実録読み物というのが、実録とは名ばかりでその実ほとんど創作と云っていいほどのいい加減なシロモノで、あの先輩が何も考えず適当に書き飛ばしているのがありありと判るから――余人は知らず、腐れ縁の長い僕だけはお見通しだ――これがやっぱり癪《しゃく》の種である。

まあ、そんなお調子者の接待強要に、唯々諾々《いいだくだく》と従ってしまうこちらの気の弱さにも、多少の問題はあるのかもしれないけど——。

とにかく、どうにか説き伏せて先に原稿を書かせたのはいいが、結局、接待強要からは逃れられず、この待ち合わせとなった次第。クリスマスイブだというのに仕事に追われた挙句、うんざりするほど見飽きた顔との待ち合わせ——色気のないことこの上なしだ。

コーヒーを飲みながら、僕はバッグから文庫本を引っぱり出した。約束の時間までは、まだちょっと間がある。急ぎの仕事を超特急で終えた虚脱感の中、一人ぽつんとオフィスにいるのが侘《わび》しくなって、さっさと出てきたからである。せっかくのクリスマスイブなのに、無人の会社で無聊《ぶりょう》をかこっているのも芸がない。コーヒーを味わいつつ文庫本を片手に、街の様子でも眺めていれば、やるせない境遇の僕だって、少しなりともこのムードを楽しめるだろう。

正面の窓の外を、見るともなしにぼんやり眺める。

買い物客でさんざめくアーケード街。舗道の向こうに、花屋とブティックとイタリアンレストランが並んでいる。花屋には、さっきから引っ切りなしにお客が出入りしている。サンタクロースの扮装をした店員も忙しそうだ。今しも、豪勢な花束を抱えた中年のご婦人が、満足そうな笑みを浮かべて店から出てきたところである。世の中には、クリスマスイブに花なんか買って帰る人もいるもんなんだなあ——頬杖《ほおづえ》をついて僕は、ちょっと感心したみたいな感慨に耽《ふけ》ってしまう。どこに飾るのかな、あの花——。郊外の大きな家のダイニングルームで、クリスマスの御馳走と一緒に食卓を彩るのだろうか。それとも、都内の小粋なレストランのパーティーで、ホスト役を勤める紳士にプレゼントとして渡されるのだろうか――。

まあ、どっちにしても、僕みたいなアパート住まいの安月給取りには縁のない世界だよな――などと、少々いじけた感想を持ってしまう。

花屋の隣のイタリアンレストランの入口には『本日は御予約のお客様に限らせていただきます』との張り紙が出ている。世の中にはクリスマスイブの夜にああいう高級な店を予約して、ディナーと洒落込む人もいるもんなんだなあ――。どういう人なんだろうか。やっぱりカップルなのかな。ぱりっとしたスーツで決めて、ドレスの美女をエスコートしてワインで乾杯、か――我ながら貧困なイメージだな。まあ、いずれにせよ、僕みたいな独り者には関係ない世界だよなあ――。

そんなふうにして、窓の外を何となく眺めている時だった。

何やら、赤い物体が猛スピードで通り過ぎた。

脱兎《だっと》のごとく、それは走り抜けて行った。

窓の、左から右側へ向かって――赤い服装の人物が駆け抜けたのだ。

サンタクロースだ。

サンタクロースが全力疾走で走り過ぎた――。

何だ、ありゃ――僕はちょっと啞然《あぜん》として、そのまっ赤な後ろ姿を見送った。

師走の街を全速力で駆け抜けるサンタクロース。変な光景である。道行く人もびっくりしている。

大方、バイト君サンタが遅刻でもしそうになっていたんだろう——僕は少し苦笑して、コーヒーカップを口に運んだ。落ち着いて考えれば、バイト君サンタの一人くらい全力疾走していても、別段おかしなことではない。さっきから、街の至るところでサンタの扮装の店員を見ているし、その中に一人、時間にルーズなのがいても不思議なことでもないだろう。今のは突然走って現れたから、ちょっと意表を突かれて驚いただけである。

まあ、慌ただしい師走だし、サンタクロースも走るだろうさ——。どうでもいいけど『疾走するサンタクロース』って、語感がなかなか面白いんじゃないかな。短編小説のタイトルにでもなりそうだ——。

などと、益体《やくたい》もないことを思いながら、僕は文庫本を開く。通勤電車で読みかけの時代小説だ。栞《しおり》をつまみ出して——えーと、どこまで読んだんだっけ、ああ、そうだ、御前試合で剣豪が敗れて切腹するとか何とか云ってる場面だ、さて、どうなるんだろうな、誰が切腹を止めるのか、あ、やっぱりこのライバル剣士が出てくるのか——と、江戸時代の雰囲気に没頭しかけていると——、

また、サンタが走った。

今度も全力疾走だ。

一目散に駆け抜けて行く。

サンタクロースが走り抜けて行く。

二人目だ。さっきのサンタが戻って来たわけではない。なぜなら同じ方向——窓の、左から

右へ――に走って行ったからだ。

何やってるんだ、あいつら――。

二人目の駆けるサンタクロース。一人目の奴から、まだ五分と経っていない。赤い服、赤いズボン、赤い帽子。ふわふわの白い縁取りで飾られた、まっ赤な衣装のサンタクロース。ごく当たり前のサンタの恰好だが、それが人ごみを巧みに擦《す》り抜け、走り去って行った。

しかも、全力疾走で――。綿でできていると思しき髭《ひげ》で顔が被われていたから、その表情までは見えなかったけれど、多分、必死の形相をしていたことだろう。なにせあの猛スピードだ。必死にでもならなくては、あれほどのスピードは出まい。

しかしそれにしても、何をやっているのだ、あのサンタ達は――僕は、いささかきょとんとして、窓の外を見やっていた。人波に消えてしまったサンタクロースは、もう影も形も見えない。走るサンタに通行を妨害されて目を丸くしていた買い物客達も、既に平静に戻っている。

何だったんだろう、あの二人は――首を傾《かし》げて、僕は考える。バイト君サンタが遅れそうになっていたとしても、二人連続というのも変な気がする。そもそも、遅刻しそうだからとはいえ、サンタの恰好のままで街を走るというのがおかしな話ではないか。バイト君サンタは、それぞれの勤務先の店で着替えるはずだ。だから、遅れそうなバイト君ならば、普段着で走っていなければならないはず――慌てて勤め先に駆け込んで、そこの更衣室で着替えることになるのだから、サンタの恰好で疾走する必要などないだろう。それとも、サンタというのは元来走るものだったろうか――いやいや、サンタは橇《そり》に乗っているのだ。そう、トナカイに引かせた橇で空を飛ぶ人のはず。自力で走るなんて話は聞いたこともない。さっきからあちこちで店員の扮するサンタを見かけているけれど、他のサンタはそんな様子はなかったし——。だったらなぜ——。

と、気にして窓の外を見ている僕の目に、またもやそれが飛び込んできた。

三人目だ。

またまた走るサンタだ。

全力疾走している。

窓の左から右へ——やはり同じ方向へ——どたどたばたばたと赤い長靴で、猛烈な速さで駆け抜けて行く。ふわふわの白い縁取りの、赤い服、赤いズボン、赤い帽子。純白の付け髭をなびかせて、サンタが走る。全速力で走る。道行く人々が、慌てて道を開けている。

二人目のサンタから、やっぱり五分と間隔が開いていない。一体、どうして走っているのだろう、あのサンタ達は——。三人も揃《そろ》って——。

サンタが走り去って行った窓の右側を、身を乗り出して、僕は覗《のぞ》いて見た。全力疾走サンタはもういない。どこかへ駆け抜けて行ってしまったのだ。

サンタがどこにもいなかったので、少し失望する。もしかしたら、通りの向こうでサンタの集会でもしていて、それで急いでいたのかもしれない——と、少々奇妙なことを考えてしまったのだ。なにせ、三人ものサンタが同じ方向へと走って集結して行ったのだから、集会でもしていると考える他はないと思ったからだった。しかし、サンタの集会なんていうのも、聞いたことがない。夜中の公園での猫の集まりではあるまいし、サンタが集会して何をしようというのか。だいたい、ここから見える花屋のサンタはずっと店内にいるし、他にもサンタは通り過ぎるが、集会に参加する様子などはない。

僕は頭を振って、サンタクロースが群れ集《つど》って気勢を挙げているバカげたイメージを振り払った。

こんなくだらないことを考えついてしまったのは、一年ほど前に僕の身に降りかかったあの電報騒動のことが思い浮かんだからだった。

夜中に何度も何度も届く不気味な電報。

その騒動自体は、傍迷惑《はためいわく》なあの先輩の予測通りにあれからすぐに終結して、僕は安堵したのだが――と云っても、尻すぼみに終息したからこそ、裏にあの人が推測したような事情があったのかどうか、今となっては確かめる術《すべ》はないのだけれど――あれは、たくさんのうちの一つ、という点が問題になったのだった。夜中の怪電報は、僕にだけではなく他にも多くの家々に届けられているのではあるまいか――と、あの先輩は云った。だから、この疾走するサンタ達も、僕が目撃した三人の他にも、もっとぞろぞろいるのではないかと思ってしまったのだ。ぞろぞろと団体で、サンタが群れ成して集団で――それで、サンタの集会などという、妙ちきりんなイメージが湧いてきたのである。

まあ、そんなバカバカしいイメージはともかく、あのサンタ達はどうしてあんなに走っていたのか――どうでもいいことだけど、ちょっと気にかかる。普段の、忙しさにかまけている時ならば、きっと気にも留めなかったであろう些細《ささい》なことだが、今年の仕事納めを無事済ませて、少し安心した気分でいるから、こんなちっぽけなことが気になってしまうのだろう。

疾走するサンタクロースの謎。

駆け抜けるサンタの不思議。

どうしてサンタがあんなにたくさん走っていたのか——。

バイト君が遅刻しそうになっていたとしても、さっき考えたように、着替える場所はそれぞれの店だろうし、よしんば、集団サンタ更衣室などという不自然な施設がこの街にあるとしても、五分と間をおかずに三人も立て続けにというのはやはり妙である。

各店対抗サンタ徒競走大会——？　街を挙げての景気付けのイベントとして——いや、いくらなんでも、そんなくだらないことをやっている暇はないだろう。ただでさえ忙しいクリスマスイブなのだから、どの店舗でもそんなイベントに参加させるほど人員の余裕があるとは思えない。買い物客の邪魔になるし、だいいち、通行人でごった返している道でそんなことをしたら危険だ。

だったら街とは関係なく、ただバイト君サンタ達がふざけて鬼ごっこでもしていたのか——。それもなさそうなことである。この忙しい時期に三人もサボって遊んでいたら、雇い主にどやされるに決まっている。

それならば、何なんだろう、あのサンタ達は——四人目が走って来ないかと窓の外を気にしながら、僕はぼんやりと考えていた。

さっぱり訳が判らない。

ひょっとしたら、あの先輩ならば、何か考えつくかもしれない。そして、いつものように云うのだろうか。別に難しいことじゃないね、確証はないけど、ただの解釈でいいなら簡単に思いつくよ――と。それから、あの仔猫みたいな目を悪戯《いたずら》っぽく笑わせながら、云うかもしれない。こんな簡単なことくらいどうして考えつかないんだよ、まったくお前さんときたら、何にも考えないでぼおっとしてやがるんだから――。

「何をぼおっとしてやがるんだよ、何にも考えてない顔して」

出し抜けに声をかけられて、僕は仰天《ぎょうてん》した。びっくりしながら顔を上げると、問題の先輩がすぐそばに立っていた。僕の休日出勤の原因を作った、脅迫までして接待を強要した、電報事件に明解な解釈を示した、待ち合わせの相手の――、

「ああ、猫丸先輩――」

まだ幾分ぼんやりとして僕が呟《つぶや》くと、

「ああ、じゃないよ、まったく――お前さんときたら魂抜けて腑《ふ》抜《ぬ》けたような顔で脱力しきってやがって、僕が入って来ても気づきもしないんだからな」

呆れたように、猫丸先輩は云った。

いい年をして高校生じみた童顔に、仔猫みたいなまん丸い目。極めて小柄な身体に、十年一日のごとく着たきり雀の黒いぞろっとした上着を羽織っている。眉の下まで垂れたふっさりとした前髪を揺らしながら、窓を背にした席に、ひょいと身軽に座ると、

「どうでもいいけど、街がごちゃごちゃと混んでやがるよな。クリスマスだか何だか知らないけど、どうして日本人が外国の神様の誕生日でこんなに浮かれ騒ぐ必要があるっていうんだろうね」

挨拶《あいさつ》も抜きに、いきなり不信心なことを口走る猫丸先輩である。そして、水とメニューを運んできたウェイトレスにアイスコーヒーを注文すると、季節感も信仰心もない先輩は、

「でもまあ、この浮かれてる雰囲気は悪くないよな。不景気風が吹いてどんよりしてるより、街に活気があって、みんな浮かれはしゃいでにこにこしてればおめでたいってもんだ。いっそのこと、クリスマスだけじゃなくて他の日も浮かれて騒ぐようにすりゃいいんだよ。例えば、ほら、お釈迦《しゃか》様の誕生日の灌仏会《かんぶつえ》って四月八日だけど、あれはキリストさんの誕生日と違ってこれほど盛り上がらないだろ、花まつりって云っても今ひとつマイナーだ。あれもクリスマスくらい派手に賑々しく全国規模で言祝《ことほ》げばいいんだよ。めりーお釈迦様、ってね。クリスマスケーキとシャンパンの代わりに桜餅と甘茶でかっぽれってな按配《あんばい》だよ。どっちも神様仏様の誕生記念日ってことで云や意味は同じなんだからさ——あ、キリストさんは神様じゃなくて救世主だったっけ——まあ、いいか、そんな細かいことはどうでも」

相変わらず、天然脳内麻薬分泌患者みたいな躁《そう》状態の猫丸先輩は、嬉しそうにぺらぺらと早口で捲《まく》し立てる。僕が口を挟む隙を与えようとすらしない。

「どうせなら、一年中浮かれるってのも手だな。世界中のありとあらゆる神様や教祖様の生誕記念日をお祝いにすれば、三百六十五日くらいすぐに埋まって年がら年中お祭り騒ぎにできる

ぞ。歴史上どんな神様も受け入れてきた柔軟性が我ら日本人の美徳だ。おまけに景気対策にもなって八方丸く収まるしな。キリストさんの十二月二十五日にお釈迦様の四月八日、大本教《おおもと》の出口王仁三郎《でぐちおにさぶろう》が確か七月十二日だったかな、それからマホメットにゾロアスターに、天空真神教の天空院なんとかって人やラエリアンムーブメントのクロード・ボリロン・ラエルや――」

「伝統のある宗教と怪しげなのと、ごっちゃにしないでくださいよ」

ようやく口を挟んだ僕に、猫丸先輩は仔猫みたいな丸い目をじっと向けてきて、

「伝統や由緒がありゃ偉いってもんじゃないだろ、だったらイスラム社会とキリスト教圏の国がどうして今もってケンカし続けてるんだよ、どっちも途轍《とてつ》もなく伝統あるぞ――どうでもいいけど、八木沢、お前さんさっきから何を気にしてるんだ」

「――え?」

「人が話してるのに上の空でさ、ちらちら窓の外ばっかり見てやがって――何があるんだよ、外に」

と、上体を捻《ひね》って猫丸先輩は、ガラス窓の向こうを眺める。

「あ、いや、その――サンタが、ですね――」

若干しどろもどろになって僕は答えた。どうやら、四人目が走って来ないか気にかけていたのを、悟られてしまったらしい。

「ふうん、サンタをねえ」

にやにやと人の悪い笑顔になりながら、猫丸先輩はまた窓の向こうを見る。折しも窓の外で

は、サンタクロースの恰好をした若い女の子が、道行く子供連れの買い物客に風船を配っているところだった。宣伝用なのだろう、風船には大手眼鏡チェーン店のロゴが入っている。にこやかに風船を配る女の子サンタは、赤いブーツに赤いミニスカートで、この季節だというのに太股《ふともも》まで剝《む》き出しだ。

「おねえちゃんのコスプレサンタなんぞ見て鼻の下伸ばしてやがったのか。お前さんもあれだね、気の多い男だね、まったく。この夏の一件はもう忘れちまったのかよ」

猫丸先輩は、運ばれて来たアイスコーヒーをストローでかき回しながら、にたにたと笑ったままで云う。

この夏の一件――その言葉で僕は一瞬、絶句してしまう。もちろん忘れるはずもない。忘れようとしても忘れられないあの時のことを思い出すと、まだ気持ちがざわめく。

今年の夏、僕はこの先輩と共に地方に出張に行って、エラい目に遭って来たのだ。あれを出張と呼べるのかどうかはともかく、ともかくエラい目に遭ったのは確かである。先輩のいつもの得手勝手に振り回されたことを除いても、なにしろ殺人事件のまっただ中に巻き込まれたのだから――。その時に出会ったあの女性――そう、僕の編集する雑誌に、猫丸先輩宛で送られてきたファンレターがきっかけとなって知り合った、あの――あの人のことを思い出すと、今でも心にさざ波が立つのを抑えられない。

「いいえ、別にコスプレサンタなんか見てたんじゃないですよ」

動揺を押し殺し、僕は無理して笑顔を作る。

「ほら、あのサンタ、あんな大荷物を運んで大変そうだなあ、と思いましてね」

窓の外には、おねえちゃんサンタと入れ替わりに——残念、もうちょっとミニスカート姿を眺めていたかったのに——一人のサンタが大きな紙箱をいくつも抱えて、えっちらおっちらと通り過ぎようとするのが見える。紙箱の大きさから判断するに、中身は多分、デコレーションケーキか何かだろう。さっきから、こういうふうに荷物を運んでいるサンタも、何度か見かけている。

「またお前さんは白々しいことを——」

猫丸先輩は、外の様子を興味もなさそうにちょっと一瞥《いちべつ》しただけで、

「どうしてそういうつまらない言い訳をするんだろうね、お前さんは——嘘つくんならもっとうまくつきやがれよ。いいじゃないか、おねえちゃん見てたって素直に云えば」

「いえ、別に嘘じゃ——」

「嘘だよ、お前さんが他人の労働を思いやってやれるような、そんな殊勝な人間じゃないことくらい、とうに判ってるんだからな」

猫丸先輩は、またにやにや笑うと、煙草を取り出して火をつけた。

あの電報騒動の際に、さんざ傲慢《ごうまん》だの思いやりがないだのと僕を揶揄《やゆ》したのを、まだ覚えているのだ。一年も前のことで人をからかい続けるのだから、そのしつこさたるや、まるで小学生レベルである。大人気《おとなげ》ないとは、この人のためにあるような言葉だ。

「で、何を気にしてたんだよ。お前さん、誰か来るのを待ってるみたいな感じだったぞ。今日

は他にも誰か参加するのか」

　煙草の煙を吐いて云う猫丸先輩に、僕は軽く首を振って、

「そうじゃないんですけど——いえ、実はちょっとだけ気になることがあって——別に大したことじゃないんですけどね」

　疾走するサンタのことを教えてあげることにした。小学生レベルでしつこいこの人のことだ、云わなければいつまでもくどくどと皮肉を続けるであろうことは、僕も経験上学んでいる。

「——というわけでしてね、僕はてっきりサンタクロースの集会でもあるのかと思っちゃったんですけど——でも、そんな様子もないし。だいたい、くだらないですよね、サンタの集会なんて」

「いや、それで当たりだ。正解だよ」

　話を聞き終えた猫丸先輩は、短くなった煙草を灰皿で揉み消しながら、真顔で云った。

「はあ——？」

　思わず聞き返した僕に、猫丸先輩は面白くもなさそうな顔つきで、

「あるんだよ、実際、サンタの集会ってのが。そんなことも知らないなんて、お前さんも無教養な男だね、まったく——。いいか、サンタクロースっていうのは、四世紀にミュラって町の司教だった聖ニコラウスに由来してるってことぐらいは、お前さんだって知ってるだろう」

「はあ——」

　僕はとりあえず、曖昧《あいまい》にうなずいておく。

「この聖ニコラウスって人は、毎日午後五時になると決まって一人で聖堂に籠《こ》もって神に祈りを捧げるのが習慣だったんだ。それを毎日毎日、雨が降ろうが槍が降ろうがどんなに体調が悪かろうが、死ぬまで四十六年間も続けたって話だ。さすがに後世、聖人として奉られる人は根気があるもんだな。その故事にあやかったのが、サンタの夕刻の祈りの儀式――通称、サンタの祈りの時間、だ。フィンランドにある国際サンタクルス振興会の決まりで、サンタの扮装をした者は毎日午後五時に集まってお祈りしなくちゃいけないんだよ。ほら、サンタの衣装に版権なんかないだろ、あれは国際サンタクルス振興会が版権を放棄してるんだな。どこの国の人でも信仰に関わらず、無許可でサンタの恰好をしてもいいという自由を与える代わりに、国際サンタクルス振興会ではこのサンタの祈りの時間を推奨しているわけだ。手の空いているサンタはでき得る限り集《つど》いて一分間の祈りを神に捧ぐべし、とね――。お前さんの見た全力疾走するサンタどもも、その集いに遅れそうになって慌ててたんだろうな、きっと。だから、お前さんが直感的に思ったサンタの集会、それで正解なんだよ。ちなみにこれはマメ知識なんだけど、本来の聖ニコラウスの祝日は、確か十二月六日だったはずだ。日本じゃそれがキリストさんの降誕祭とごちゃ混ぜになってるみたいだけどな」

「本当ですか」

「嘘だよ」

「――は？」

「嘘だってば、信じるなよ、こんなデマカセ――あ、でも聖ニコラウスの十二月六日は本当だからな」

いともあっさり、猫丸先輩は云う。

僕は二の句が継げなくなって黙ってしまった。呆れ返ってものも云えない。そんなデマカセを延々と喋って、何が楽しいのだろう、この人は――。本当に小学生レベルだ。大人気ないとかいう次元じゃないよな、まったく――。

「それより、ほら、八木沢、聞こえるだろ」

ぴくりと顔を上げて、いきなり猫丸先輩は云う。中空に耳をそばだてるその様子は、夜中に物音を聞きつけ、びっくりして飛び起きた仔猫みたいである。

「ほら、パトカーの音だ」

「え――」

「聞こえるだろ、パトカーだよ」

「別に聞こえませんけど――」

「もっとちゃんと聞けよ、このおたんちん」

そう云われれば聞こえてきた。パトカーのサイレンの音だ。喫茶店内のざわめきとは別に、かすかにそれが聞こえてくる。しかし、音は遠い。随分《ずいぶん》遠くで鳴っているらしく、よほど注意していないと聞き漏らしてしまいそうだ。こんなのをよく聞き取ったな、この変人は――まったく、猫みたいに耳聡《みみざと》い人である。

サイレンの音は、すぐに止まった。近付いて来る様子はなかった。どこか遠くの方で駐車したのだろう。

「――で、あの音がどうかしたんですか」

僕が尋ねると、猫丸先輩は煙草に火をつけて悠然と煙を吐き、

「多分、強盗か何かでもあったんじゃないかな、ほら、年の瀬は多いだろう、そういう事件が」

「ええ――」

「それで、強盗があった現場がこっちで――」

と、猫丸先輩は火のついた煙草の先端で窓の外――僕から見て左側の方向――を指して、

「それから、逃走用の車があっちに隠してあった」

今度は反対側――僕から見て右側――を示した。

「恐らく、逃走用車輌を置いておく適当な場所が、現場近くになかったんだろうな――車の特徴を目撃されちゃマズいから、そういうのは人目に立たないところに隠しておくもんだからね。それで、犯人グループは仕事を終えて逃げる途中に、このアーケード街を通り抜ける必要があったわけだ」

くわえ煙草の猫丸先輩は、長くふっさりとした前髪を、片手で掻き上げる。

「しかし、街はごった返していて人通りも多い。そこで考えたのがサンタクロースの扮装だ。クリスマスイブの街にはサンタの恰好をした者がたくさんいる。それと同じ姿なら、簡単に紛れ込めるという計算だな。街で目撃者の証言を取っても、サンタの恰好だったとしか答える人

はいない——自分の身体的特徴をすべて隠してしまうという、これは強盗犯達の周到な企みなんだ。だぶだぶの赤い服で体型を隠し付け髭で顔を隠していても、誰も異様とは思わない——この時期ならば、ああサンタが通るな、としか思われないって寸法だ。つまり、お前さんが見た全力疾走するサンタは、逃走する強盗一味の姿だったわけなんだよ。全員一緒に逃げたんではいくら何でも目立ちすぎるから、時間をズラして一人ずつ逃げた——だから、間隔が少し開いていたわけなんだ」

「——」

僕は何も云えないでいた。

眉唾《まゆつば》ものだ。

確かに話の辻褄《つじつま》は合っているし、猫丸先輩の喋りっぷりがもっともらしいから、ついつい納得しそうになってしまう。なるほど、強盗グループが逃走していたのなら、死にもの狂いで走っていたのも無理はないだろう。目立たないように、一人一人時間をずらしてバラバラに逃げていたというのも、うなずけないでもない。しかし、さっきの聖ニコラウスの例もある。本当に信じてしまっていいのだろうか——どうにも判断がつかない。

「お、今度は鵜呑《うの》みにしなかったな」

僕の表情から疑心暗鬼を読み取ったのだろう、猫丸先輩はにやりと笑ってそう云った。

「さすがに二度目ともなると、八木沢といえどもおいそれと引っかからないか——。でも、面白いなあ、お前さん相変わらず、人の云うことにすぐ左右されて、気持ちがぐらぐらするのが手に取るように判るんだからなあ。これだからお前さんおちょくるのはやめられないんだよ」

「おちょくるって——それじゃ、やっぱり今のもデタラメなんですか」

「あたぼうよ、本当の強盗がそんなおバカな変装するもんか、映画やドラマじゃあるまいし。だいたい強盗が逃げてるところを目撃するだなんて、そんな非日常的なことがそうそう起こるわけないじゃないかよ。たまさかサイレンが聞こえたから、ちょいとアドリブかましてみただけだよ」

「——まったくもう、いい加減にしてくださいよ」

付き合い切れないよ、ホントに——と、僕はいささか呆れた気分のため息をつき、

「だったら本当は何だと思うんですか、あの疾走するサンタは——。うまい説明が思いつかないんだったら、変な作り話して遊ばないでくださいよ」

「まあまあ、そうやってひょっとこが焼き鳥の串に齧《かじ》りつくみたいに口とんがらかすんじゃありませんよ、お前さんは——。サンタの走っていた理由は別に難しいことじゃないよ。それが本当に真実かどうかは僕には判らないけど、僕なりの解釈でいいなら聞かせてやるよ」

出た、お得意の台詞《せりふ》だ。この言葉が出たら、猫丸先輩はくだらない与太話《よたばなし》に飽きてきていて、そろそろ本当の意見を喋ろうとする頃合いなのだ。少なくとも、これまでの僕の経験によれば、だが——。ただ、生来の臍《へそ》曲がりのこととて、さすがに僕も自分の予測に万全の自信は持てない。だから僕は、疑いを込めて、

「本当ですか——」

「うん、今度は本当」

「集会や強盗じゃなくて、ですか」

「そうだよ、お前さんもくどい男だね、まったく——。でも、タダじゃつまらないな」

と、猫丸先輩は、煙草を灰皿に押しつけて消すと、天真爛漫《てんしんらんまん》な笑顔になって、

「そうだ、こうしよう——今日の接待な、何でも僕のリクエストに応じてくれるってのはどうだ」

「——まあ、それくらいは構いませんよ。どうせタカられるのは同じだし」

「わははははは、嫌味を云うんじゃありませんよ、お前さんは、すぐいじけるんだから」

どんな嫌味を云ってもちっとも動じない猫丸先輩は、楽しそうに煙草をくわえて、

「この前読んだ翻訳物の小説に、こんな一節があったんだ——えーと、こんな感じだ——『誰かが何かをしているのを見つけるのは簡単だが、誰も何もしていないのを発見するのは困難だ』とね——どうだ、なかなか含蓄《がんちく》がある台詞だろ」

「はあ——」

何を云い出すやらさっぱり判らない。どうして突然、格言めいた言葉が出てくるのだろう。これはまだ、与太話の続きなのか——僕の予測は外れていたのだろうか。

「そうそう、そう云えば、こないだ、変な光景を目撃したんだけどな」

不得要領《ふとくようりょう》な気分の僕を置いてけぼりにして、猫丸先輩はさも愉快そうに云う。

「道でね、何やら工事をしてるらしい作業着のお兄ちゃんがいたんだけどさ、なんと、そのお

兄ちゃんが踊ってたんだよ。電信柱の下に立ってね、こう——」

と、出し抜けに猫丸先輩は立ち上がると、踊り始めた。何が「そう云えば」なのかてんで判らないが、その行動はあまりにも唐突だった。腰をくねらせながら片手を高く上げて天を仰ぎ、ひとしきりうねうねと蠢《うごめ》いて、かと思えば屈《かが》んで地面をすりすりと撫《な》で擦《さす》る。原始宗教に於《お》ける雨乞いの儀式のようである。

「ほれ、こんな具合にな、踊ってるわけだよ、お兄ちゃんが。僕も何事かと思ったんだけど、歩いてる他の通行人もぎょっとしていた」

くねくねと踊り続けながら猫丸先輩は云う。どうでもいいけど、ここが喫茶店の店内だということを忘れないでほしい。隣の席のカップルが、それこそぎょっとしている。

「でもな、近付いてみたら何のことはない、そのお兄ちゃんがどうして踊ってるかすぐ判ったんだ。実はね、お兄ちゃんの足元にはコードのデカい束が丸めて置いてあってな、これが工具やら何やらの陰になってて遠目には見えなかったんだよ。それから電信柱の上には、もう一人作業着の男が上がってて仕事中でね、これも電柱の反対側だから見えにくかったんだ。な、それで判るだろう。デカいコードの束は丸ごと持って上がるには重いから、電柱の上の人は、地面に置いてた長いコードを一本、上から手繰《たぐ》り上げてたってわけなんだ。つまり、下のお兄ちゃんはコードが絡まないように、手繰り上げるのを補助してただけなんだな。そのコードが細くて、遠くから見た僕や通行人には見えなかった——それだけのことなんだ。ほれ、こんな具合に——」

と、猫丸先輩はまた実演を始める。屈んで地面を擦ってから、片手を天高く上げる——なるほど、架空のコードを想定すれば、そう見えてくるから不思議だ——足元のコードの束から一本だけ摑《つか》んで、上の人が引っぱりやすいように上に伸ばしている——。いや、それはいいけど、判ったからもうやめてほしい。隣の席のカップルが、そそくさと席を立っている。こちらと目を合わせないように、露骨に目を逸《そ》らして——。

「判りましたからもう座ってください、みっともないですから——」

ひたすら踊り続ける猫丸先輩を、僕は慌てて席に押し戻した。大人気ないばかりか、人目を気にしないにも程がある。

「とまあ、こんな具合にね——」

僕の周囲に対する気配りなど微塵《みじん》も顧みず、当の本人は至って涼しい顔でアイスコーヒーを啜《すす》ると、

「そのお兄ちゃんが意味もなく踊ってるんじゃないと気付いた途端——近くまで寄ってコードが見えてきたわけだな——通行人の人達は、もう何事もなかったように通り過ぎて行ったんだ。ぎょっとして立ち止まったことなんか、なかったみたいな平然とした顔でね——。つまり、さっきの言葉を云い替えると、こう云うこともできる——『誰かが妙なことをしていると目立つが、誰もが一日で納得できることをしている人は目立たない』——ってね。お前さんが見た疾走するサンタもそれと同じことなんだろうと、僕は思うんだけどね」

いきなり話が本題に戻ったので、僕は少しまごついてしまった。

「同じこと——って、どういう意味です」

「で、そのサンタは袋を持ってたのか？」

僕の問いかけには答えずに、猫丸先輩は妙な質問を返してきた。

「袋——ですか？」

「そう、袋——サンタクロースにはつきものの、プレゼント入れるデカい袋だよ。普通のサンタはあれを担いでるだろ、お前さんが見たのは持ってなかったのかよ」

そう云われれば、はて、そんな物を持っていただろうか——僕はちょっと考え込む。走っている姿に気を取られて、そこまでは見ていなかった。記憶がはっきりしない。いや、持っていなかったような気がする。あのサンタは三人とも全力疾走していたけれど、大きなプレゼント袋など担いでいたら、走るのに邪魔になるだろう。もし持っていたとしたらきっと、走りにくそうで印象に残ったに決まっている。そんなことはまったく感じなかった。だから——、

「多分、持ってなかったはずです」

僕が答えると、猫丸先輩は煙草に火をつけながら、うなずいて、

「やっぱりな——お前さんの話にはサンタが何か持ってたって言及がまるでなかったから、そうじゃないかと思ってたんだ」

「判ってたんですか、そんなこと」

「うん、何か持ってたなら、どうして走っていたのかという謎を解くヒントになったはずだからな——例えば、カンバンか何か持っていて、どんな職種の店のサンタか判れば、考える取っ

かかりくらいにはなるはずだろう。でも、お前さんはそれに一言も触れなかった。だからきっと、そのサンタは何も持ってなかったんだろうなと思ったんだ」

ゆっくりと煙草の煙を吐いて、猫丸先輩は云う。普通、人の話を聞いていてそこまで裏を読むものだろうか——やっぱりこの人は、通常の人とは少し違った感覚を持っている。有体《ありてい》に云ってしまえば、変な人だ。

その変人は、話を続けて、

「要するに、疾走するサンタは全員、カンバンもチラシも持ってなかったわけだよな、さっきのコスプレおねえちゃんサンタみたいに風船を持ってたんでもない——ここから判るのは、問題のサンタは宣伝活動中ではないってことだよな」

「ええ、まあ、そうですね」

「サンタの恰好なんて、このクリスマス商戦まっただ中にあっちゃユニフォームみたいなものだろ。つまりそのサンタは営業中の姿だったわけだ。だから走ってたのも、仕事の一環だったと云えるだろうね。お前さんが考えた通り、ふざけて遊んでいたんではない——。でも、チラシや風船を持ってたわけじゃないから宣伝活動中とは思えないし、袋も持ってないから完全営業形態でもない——営業中の割には、恰好が中途半端だよな。だから、仕事の一環といえども、走ること自体は仕事じゃないわけだ。とすると、移動途中と考えるのが一番自然なんじゃないだろうか。従って、走ってたのも、単純に急いでいたと考えればいいんじゃないかな」

「急いでたって——どこへ行くんですか」

僕は聞いた。急いで移動中だということは得心がいかないでもない。急いでいたように見えたからこそ、サンタの集会に遅れそうなのではないか、などとおかしなことを考えてしまったのだ。それならば、急いでどこへ行こうとしていたのか――今度はそれが問題になる。

「営業用のユニフォーム姿で、なんにも持っていない手ぶらで、しかも急いでいた――この条件で考えれば、最もありそうな答えは一つしかない。すなわち、何かを取りに行く途中だった――」

猫丸先輩はそう云うと、不意に、火のついた煙草の先をこちらに突きつけてきて、

「ところで八木沢、お前さんの見たサンタだけどな――二人目と三人目はどう違った？　外見の特徴が」

「はあ――？」

答えに窮してしまった。どう違うもこう違うも、サンタはサンタだ。

「それから、三人目と一人目の違いはどうだ――？　ほら、答えられない。そんなこったろうと思ったよ。お前さんの話の中に、サンタの外見の違いについては何も出てこなかったからな」

と、猫丸先輩は煙草をくわえて、

「この一件のポイントは、全力疾走するサンタが二人も三人もいたことにあるわけだろう。お前さんが突っ走るサンタを見て、それがたくさん何人もいると思い込んじまったから、それが不可解に見えてしまったんだ。確かにそんなのが三人も四人もいたら不自然だからな。でも、

そのサンタの外見の違いを、お前さんは判ってないんだよ。だったら、お前さんが見たサンタ、それがみんな同じサンタだと考えてはどうしていけないんだ」

「え——？」

ちょっと虚を突かれる思いだった。あのサンタが三人とも同一人物——？　その可能性は考えてもみなかった。そんなことがあるのだろうか——。

少々茫然《ぼうぜん》としている僕に、猫丸先輩は片頬だけでにやりと笑いかけてきて、

「そう考えればシンプルになって、少しはすっきりするだろ、全力疾走サンタが何人もいると考えるよりは——。そもそも、サンタなんて誰でも同じに見えるからな、さっきの強盗の話じゃないけど、特徴はサンタであることしかないんだから。見分けがつかなくたっておかしくはないよ。付け髭で顔の区別だってつきゃしないんだしな」

「でも——サンタはみんな同じ方向へ走って行ったんですよ、こっちからあっちの方へ」

僕は窓の外を示して云った。そう、同じ方向へ走っていたからこそ、サンタが同一人物だという考えが出てこなかったのだ。これは決して僕の判断間違いではない。

だが、猫丸先輩はしれっとして、

「何往復もしてたと思えばいいだけなんじゃないか。何度も何度も突っ走って、だんだんくたびれて走るフォームも微妙に違ってきたから見た目の印象が変化して、それで同一人物と気がつかなかったってのはどうだ」

「何往復も——って、何のために？」

「だからさっき云ったただろ、何かを取りに行くためだって」

「いえ、だったら、何を取りに行くのに何往復もする必要があるって云うんですか」

僕の質問をはぐらかすように、猫丸先輩は、短くなった煙草をゆっくりと灰皿で揉み消すと、

「例えばだね、お前さんが目撃した疾走するサンタは、ケーキ屋さんのアルバイトサンタ君だとしようか——。で、今日はクリスマスイブなんだから、ケーキ屋さんはどうなると思う？」

「そりゃ忙しいでしょうね」

「そうだろう、もう間違いなく一年で一番売り上げがある日だよな。その辺の凡百《ぼんびゃく》のケーキ屋さんはもちろん、人気のある評判のケーキ屋さんだったら尚のことだ」

そう云われて、この先に人気のケーキ屋があることを、ふと僕は思い出していた。

「そういうケーキ屋さんだと、今日はケーキがどかどか売れるわけだ。大きなデコレーションケーキや、ほれ、あの木の切り株の形したヤツや、クリスマスリースみたいに丸いヤツや——そういう大型のケーキもたくさん、な。もちろん店の外にワゴンか何か出して店頭販売もするだろう。けど、それでも追っつかないくらいに、もうどんどん売れる。文字通りの書き入れ時だ。さて、そこで考えてみようや。そんなケーキ屋さんでは、その片っ端から売れて行く大型のケーキをどこに貯蔵しておくだろうか——。当然、店の冷蔵庫や貯蔵庫やショーケースはフル活用するだろうな。でも、一年で一番デカいケーキが売れる今日という日に、果たして店の貯蔵容量だけで事足りるだろうかね。はなはだ疑問だと思うんだよ。到底、足りないだろうな。年間一番売れる日なんだから、ストックのスペースは当然のことながら、店内の貯蔵容量をオ

ーバーしてることだろう。だとしたらケーキ屋さんはどう対処するか——。解決策は簡単だ。どこか近くの他の店に、今日だけストック場所を借りるしかない。大きな冷蔵貯蔵庫があって、クリスマスだからって売り上げにあんまり影響がない店に——例えば、豆腐屋さんとかラーメン屋さんとかタコ焼き屋さんとか——。そして、その借りたスペースとケーキ屋さんの場所がちょいと離れていたとしたらどうなるだろう」

「あ——」

ようやく話の流れが呑み込めて、僕は我知らず感嘆の声をあげてしまう。

「そういうケーキ屋さんのバイト君は、今日はさぞかし大童《おおわらわ》だろうね。ケーキがもうどんどこ売れまくる。店頭販売のワゴンに積み上げたケーキの箱の山が見る見る小さくなる。サンタの扮装で雰囲気作りをしながら売り子をしていても、そりゃもう天手古舞《てんてこまい》だ。まして、こうして夕方になれば、そのペースはもっと早くなる。帰路に就く人達もお客さんの波に加わって、売れるスピードにも加速度がつく。バイト君、汗だく。店主もテンション上がって目が吊り上がる。昼間の比較的余裕のある時間に並べておいたケーキの大箱も、もう底が尽きかけ、ショーケースもカラっぽになる勢いで売れに売れて、店主の血圧さらに上がって大声で『急いでストックのケーキ持ってこいっ、早くしろ、全部持ってこい、お客さん待たすな、急げっ、死ぬ気で急げっ』——かくしてバイト君、サンタの恰好のまま、必死で走る仕儀に立ち至るわけだ。契約している貯蔵庫があるあっちの店の方向へと——」

そう云って猫丸先輩は、背後のガラス窓の右側を指で示した。疾走するサンタクロースが駆け去って行った方向を――。

「しかし、行きはともかく帰りは走るわけにはいかないよな、大きなケーキの箱をいくつも抱えてるんだから――。なにせモノがケーキだ、乱暴に扱ったりしたら潰《つぶ》れちまう。だから、往路は急いで復路はゆっくり、ってな具合になる。こうごちゃごちゃ人通りの多い道じゃ台車なんかも使えやしない。手で抱えて運ぶしかないだろう。すると、一時に運ぶケーキの数はどうしても限られてしまう。そこで、店にケーキの箱を運び終えたら、またトンボ帰りの猛ダッシュ――。これをバイトサンタ君、何度も繰り返すハメになるってわけだ」

ケーキの箱をいくつも抱えたサンタクロース――そう、さっきそういう姿を見た覚えがある。ミニスカートのおねえちゃんサンタと入れ違いに、確かにそんなサンタもこの前の道を通ったはずだった。

「さっき云っただろう、『誰かが何かをしているのを見つけるのは簡単だが、誰も何もしていないのを発見するのは困難だ』――つまり、疾走するサンタに気を取られているお前さんにとって、荷物を抱えてもたもた歩いているサンタは何もしていないのと同じだったってわけだな。電柱の下で踊るお兄ちゃんが、コードを手繰ってると判明した途端に誰からも関心を払われなくなったのと同じに、荷物を運んでいるサンタなんか、当たり前すぎて全然目立たないんだから――。それで戻ってくる時のサンタを見逃したんじゃないか。ただでさえ今日は街じゅういっぱいにサンタが溢れてるんだから、その中に紛れて――」

なるほど、そういうことだったのか、そう考えればすっきりと腑に落ちる――僕は、膝《ひざ》を打つ思いを味わっていた。強盗だの集会だのより、遙かに説得力が感じられる。猫丸先輩の臨場感溢れる巧みな話術のせいもあるだろうけど、納得できたのは間違いない。これが本当に正解なのかどうかは別として、僕の中では疾走するサンタは、もう謎でも不可解でもなくなった――これで充分と云えるだろう。元々、謎とも呼べないような些細な疑問であるだけに、こういう日常的な解釈が最も似つかわしいのかもしれない。

「まあ、結局、お前さんが薄ぼんやりしてやがってサンタが同一人物だと見抜けなかったんだから処置なしだな。もっともお前さんに人並の観察力を求めるのが、酷ってもんかもしれないけどね」

猫丸先輩は肩をすくめながら云うが、この見解には承服しかねる。普通、気がつかないよ、そんなことまで――と、僕は思う。観察力不足などと云われるのは心外だ。そんな発想を即座にしてみせる芸当は、やはりこの変人の頭の回線が、常人とは違って素《す》っ頓狂《とんきょう》な具合になっているからに他ならないだろう。やっぱりおかしな人なのだ、この人は。

「さて、そろそろお腹も空いちまったな、ご接待の時間といこうじゃないか」

そう云って猫丸先輩は、テーブルの上の伝票を指先で弾《はじ》いた。伝票の紙がするりと滑って、僕の真正面で止まる。器用な技を使う人だ。

「店のセレクトは何でもリクエストOKって約束だからな、僕の一存で決めさせてもらうぞ」

「判りましたよ、もう――仕方ないなあ」

子供みたいに嬉しそうに笑う顔を見ると、文句を云う気も失せてしまう。僕は、伝票を持って立ち上がった。

「で、どこの店へ行くんですか」

「それがな、この近くに高級地鶏の店があるそうなんだけどね、備長炭の炭火焼で比内地鶏を喰わせるってんで有名な店なんだと」

「――そ、その店なら知ってますけど、でもあそこは値段の方も高くて有名な――」

「そうそう、値段も結構だけどお味もまた結構だって評判聞いたんだよ。炭火でもって、こうじんわりと、肉汁したたるジューシーな鳥肉を、皮もぱりっとこんがり焼いて、ちょいと焦げてるところか何かあってそこがまた香ばしいという――うう、たまんないなあ」

「たまらないのは僕の交際費ですよ、そんなの経費で落ちるかどうか――」

僕の嘆きなど聞こえないふりで、猫丸先輩は、ふっさりと垂れた長い前髪をふわりと掻き上げ、

「まあ、せっかくだから鶏喰らおう、鶏。今日は日本全国、みんな鳥を喰う日なんだからな。七面鳥だなんて贅沢《ぜいたく》は云わない。けど、地鶏で豪勢にやれば淋しいお前さんの気も紛れるだろ――なんたって今日はクリスマスイブなんだし」

そう云って猫丸先輩は、にんまりと笑うのだった。

解説

佐々木敦

本書『夜届く　猫丸先輩の推測』は、二〇〇二年九月に講談社ノベルスで刊行され、二〇〇五年九月に講談社文庫化された倉知淳の短編集『猫丸先輩の推測』を改題したものである。実に十二年ぶりの再刊であるわけだが、かといって「待望の復活！」的な大仰な感じがほとんどしないところが、とてもこの著者らしい気がする。シリーズキャラクターの猫丸先輩同様、作者の倉知氏自身もまた、どこか時間を超越した存在になっているのかもしれない。ともあれ、めでたいことである。

周知のように、作者の倉知淳は、一九九三年に若竹七海《わかたけななみ》の出題による『競作　五十円玉二十枚の謎』の一般公募部門に本名の佐々木淳（私と似ている！）名義で投じた解決編が「若竹賞」を受賞し、それがきっかけとなって倉知淳というペンネームでミステリ作家としてデビューした。一九九四年に刊行された第一作品集『日曜の夜は出たくない』で颯爽《さっそう》と登場したのが誰あろう、本作の探偵役でもある猫丸先輩である。猫丸先輩は一九九五年に刊行された初長編『過ぎ行く風はみどり色』でも主役を張り、一九九九年には第二短編集『幻獣遁走曲　猫丸先輩のアルバイト探偵ノート』が纏《まと》められ、そして「猫丸先輩もの」としては四冊目、第三短編集となったのが本作というわけである。

デビューへの扉となったのが「五十円玉二十枚の謎」だったことからもわかるように、倉知淳の作風は、いわゆる「日常の謎」に分類されることが多い。シリーズとしての「猫丸先輩もの」も、倉知氏のフェイバリットだというディクスン・カー風味に彩られた、不可能興味の連続殺人が起こる長編『過ぎ行く風はみどり色』を除けば、基本的に「日常の謎」系の謎解きで占められている。

しかしパイオニアとされる北村薫の『空飛ぶ馬』（一九八九年）の出現以来、長い年月が経過しており、今や「日常の謎」を好んで扱うミステリ作家は数多い。倉知淳以後にもどんどん登場しており（その最重要人物は、もちろん二〇〇一年に『氷菓』でデビューした米澤穂信《よねざわほのぶ》だ）、特に近年は更に増加傾向にあると感じられる。「日常の謎」は疑いなく、日本の本格系ミステリにおける一大サブジャンルに成長した。だとすれば、ここでは倉知淳の「猫丸先輩もの」が、並み居る「日常の謎」系の中で、如何なる位置を占めているか、そこにはどのような独自性があるのかを考えてみなくてはならない。

「日常の謎」と総称されているサブジャンルにおいては、文字通りあくまでも「日常性」の圏内に留まりつつ、本格ミステリとしての要件を満たすことが求められる。そこでは殺人は無論のこと、警察の介入を要請するような犯罪一般が基本的に退けられている。となると、まず「日常の謎」の第一の特徴、そして第一の困難は、何が「謎」なのかを提示することにあると考えられる。本格ミステリの結構である「謎と解決」のワンセットを成立させるためには、探偵役による説得力のある解決を必要とするような魅力的な謎を設定しなくてはならない。「日常」とはつまり「非日常ではない」ということである。しかしそもそも密室やらダイイングメッセージやらといったミステリのお決まりのパターンは露骨に「非日常」を属性とするのだから、それ以外の「日常」とは要するにわれわれの通常の生活と人生のほぼ全てということであり、その射程範囲は非常に幅広い。ならば簡単でありそうなものだが、むしろそれゆえにこそ、何を「謎」とするのか、いや、というよりも、読者に対して、これが「謎」なのだということを適切かつ明確に伝えるために、独特のセンスと技術が必要なのだ。

それは読者が「で、だからそれが何なの?」と白けてしまうほど普通過ぎてはならないし、だからといって誰の目にも「謎」と映るほどあからさまであることも許されない。それはいわば「謎」として提示されてはじめて「謎」に見えてくるようなものでなければならない。「謎」として示されなければ気づかぬままに通り過ぎてしまったかもしれないのに、言われてみれば、考えてみれば、確かに奇妙で、不可思議で、不可解で、妙に「謎」めいて感じられてくる、ということがポイントなのである。これは実はとても難しいことなのではないか。

「日常の謎」のこのようなハードルの高さは、もちろん「解決」にもかかわってくる。「日常」に埋め込まれた、あるいは「日常」から炙り出された「謎」への「解決」が示されたとき、読者が「それって当たり前じゃん」とか「なーんだ、普通のことじゃないか」などと思ってしまっては元も子もない。そこにはたとえ微温的なものであっても、やはり「驚き」がなければならない。しかしだからといってあまりにもとんでもない「解決」だと「日常」から乖離《かいり》してしまう。つまり「謎」の選定／設定と同様に、それに対する「解決」の開示のあり方にも繊細な配慮と戦略が求められるのだ。

かくのごとく、いうなれば「日常の謎」は、ほとんど超絶技巧を駆使しないと書けないようなタイプのミステリなのである、本来は。そして繰り返すが、これはそもそも「本格ミステリ」が「日常」という概念とは相容れない、それとは逆立する物語形態として存在しているからに他ならない。

さて、そこで猫丸先輩である。

なんだか無闇に小柄な男だった。まっ黒いコートみたいな上着を着ているのだが、それが体格に合っていないから全体的にでろりとしていて、ぱっと見には幼稚園児のスモックのように見える。長い前髪が額を隠した顔も童顔の小作りで、年齢不詳の外見だ。特徴的な仔猫じみたまん丸い目で、にこにこしながらこっちを見ている。

（「カラスの動物園」）

毎話、おおよそこんな風に描写される猫丸先輩は、何事につけ好奇心と野次馬精神が旺盛《おうせい》で、やたらと人なつっこく、しかし何作もの作品で語り手を務める大学時代の後輩で編集者の八木沢に対しては傍若無人で横柄《おうへい》な態度を取ったりもする。「猫丸先輩もの」は、八木沢をはじめとする語り手たちが、何らかの「謎」に直面し、もしくは特に直面しているわけではなかったが猫丸先輩の登場によって俄《にわ》かに「謎」として立ち上がってきた何かしらの引っかかりを認識し、いつもほぼ即答に近い猫丸先輩の「推測」を聞いて腑《ふ》に落ちて終了、というのが基本的なパターンである。そう、本作の講談社文庫版の解説で加納朋子《かのうともこ》氏も強調されていたが、何といっても、この「推測」というのが素晴らしい。「推理」ではなく「推測」。

実際、猫丸先輩はほとんどの場合、真相を言い当てているのではない。彼はただ「こう考えれば謎は謎でなくなる」と言っているだけなのだ。こうだとすれば、ほら、不思議でもなんでもない、謎でもなんでもないじゃないか、と。しかも彼はそれを「こうとも考えられる」とか「僕にはこう思える」という体で口にする。多くの名探偵がそうであるように自分の考えが絶対の正解だとゴリ押ししてきたりはしない。案外慎み深いのだ。だから「推理」ではなく「推測」なのである。エピソードによっては、猫丸先輩の「推測」が当たっているかいないかが明らかにされないままで終わることもある。つまり作者の倉知淳にとっては、実は「唯一の解決」というものは重要視されていないようなのである。

本作に収められた短編にも、猫丸先輩が「こうとも考えられる」をトンデモ度の高い順から次々に披露する場面がある。本格ミステリの超絶技巧のひとつである「多重解決」のパロディとも言えるが、「多重解決」の難点は、どれだけ「解決」を連ねていったとしても、結局は最後に置かれたものが「真の解決」とならざるを得ない、ということにある。ところが猫丸先輩は良くも悪くも無責任なので、自分が提示する「解決」の真実性にこだわってはいない。まあ、これがいちばんありそうだとは思うけど（或いは、これがいちばん面白いと思うけど）、でも本当のところはわからないよ、と嘯《うそぶ》くばかりなのだ。

本書の冒頭に据えられた、今回新たに表題作の座に輝いた「夜届く」は、八木沢の家に、夜、何通も届く謎の電報を扱った傑作だが、猫丸先輩は鮮やかな発想の逆転によって「謎」を氷解させつつも、それが唯一絶対の「真相」だとは言わないし、事実その通りだったのかは確かめられないままで終わってしまう。そして八木沢はこう思う。「猫丸先輩は一つの解釈にすぎないとしつこく云っていたが、僕にとっては充分納得できる解決である。（略）たとえこの推論が真相を射抜いていないとしても、もうドア・チャイムの音に怯えることもないだろう」。この箇所は極めて重要だと思う。つまり倉知淳にとって大事なことは、名探偵が神のごとき能力で真相を射抜くことではなく、ただ「謎」が「謎」でなくなることなのである。だから「推測」で構わないのだ。

では、今度は「謎」の提示について述べよう。例に挙げるのは本書の第二編「桜の森の七分咲きの下」である。入社そうそう花見の場所取りを命じられた小谷雄次が公園の丘の上で孤独に時間を潰していると、次々と闖入者《ちんにゅう》がやってくる。途中までは頼りない新入社員の苦労話として何事もない感じなのだが、最後の闖入者の猫丸先輩の「推測」によって、小谷は自分が先ほどまで体験していた出来事が何であったのかを知る。いや、この書き方は正しくない。例によって猫丸先輩が披露した話が正しいのかどうかは最後まで明らかにされないからだ。だが、それでも小谷は思う。「本当に、さっきまでのクサった気分はもう微塵も残っていない。（略）

確かに発想と見方を変えれば、物事はこんなに楽しくなる。なんと云うか、とても面白い」。重要なのは、次のくだりである。

考えてみれば、猫丸の話も不思議で、実に面白い。雄次が不可解とも何とも思っていなかった一連の出来事に、ひとつの解決を示して見せてくれたのだ。謎の前に解決がある話——。推理小説か何かに喩えるのなら、謎が提示される前に解決編が始まる、とでも云おうか。こういう形式って珍しいのではないだろうか。

（「桜の森の七分咲きの下」）

ここはもはや登場人物の小谷というよりも倉知淳自身の心の声、野心と自信に満ちた作者からのメッセージというべきだろう。猫丸先輩の「推測」を聞くことによって、遡行《そこう》的に「謎」が形成される。これぞまさに「日常の謎」のアクロバットである。

しかも強調しておくべきは、「夜届く」の八木沢も、「桜の森の七分咲きの下」の小谷も、猫丸先輩の「推測」を聞くことによって、気持ちが軽く、明るくなっている、ということである。もしかしたら、それは真の「解決」ではないのかもしれず、あるいはそもそも「謎」そのものが存在していなかったかもしれないのにもかかわらず、結果として、猫丸先輩は彼らを、それ以前よりもちょっとだけ幸福にしているのだ。この意味で、猫丸先輩は「名探偵」というよりも、いわば一種の妖精のような存在だと言えるかもしれない。彼は「謎」と「解決」の双方を大胆に、だが見方を変えればほんの僅《わず》かだけズラすことで、彼にかかわった人々をハッピーにする。何と言うか、平凡な「日常」を少しだけ面白くしてくれる、いや「平凡な日常」なんてものは実は存在しないのだと教えてくれるのだ。そしてこれこそ「日常の謎」と呼ばれるミステリの最大の存在意義ではないだろうか？

さて、本書に続く「猫丸先輩もの」の作品集も刊行されている。その名も『猫丸先輩の空論』。「推測」の次は、なんと「空論」！　いやはや、倉知淳の野心（？）には畏《おそ》れ入る。だがしかし、それはやっぱり、これみよがしの大仰さとは無縁の、なんとも人懐っこく、それでいて妙に人を喰った感じもある、つまり猫丸先輩そっくりの態度なのだが。

本書は二〇〇二年、講談社ノベルスより刊行され、
〇五年講談社文庫に収録された。

著者紹介　1962年静岡県生まれ。日本大学芸術学部卒。93年、『競作 五十円玉二十枚の謎』で若竹賞を受賞しデビュー。2001年、『壺中の天国』で第1回本格ミステリ大賞を受賞。著書に『日曜の夜は出たくない』『幻獣遁走曲』『ほうかご探偵隊』『皇帝と拳銃と』『片桐大三郎とXYZの悲劇』などがある。

検印
廃止

夜届く
猫丸先輩の推測

2018年1月26日　初版

著　者　倉《くら》　知《ち》　　淳《じゅん》

発行所　(株)東京創元社
代表者　長谷川晋一

162-0814/東京都新宿区新小川町1-5
電　話　03・3268・8231-営業部
　　　　03・3268・8204-編集部
URL　http://www.tsogen.co.jp
暁印刷・本間製本

ISBN978-4-488-42110-6　C0193

ぼくのミステリな日常
若竹七海